U0934979

陶渊明诗文鉴赏辞典

领衔撰稿
吴小如　韦凤娟　骆玉明　赵昌平
葛晓音　周勋初　周啸天　韩兆琦

上海辞书出版社

《陶渊明诗文鉴赏辞典》领衔撰稿

吴小如　韦凤娟　骆玉明　赵昌平

葛晓音　周勋初　周啸天　韩兆琦

撰稿人（按姓氏笔画排列）

于天池　于思宇　于翠玲　王镇远　王　燕　韦凤娟

邓小军　史双元　汤华泉　许　结　孙　明　孙绿怡

吴小如　沈伟民　张　巍　陆国斌　陈邦炎　陈祥耀

林家英　罗忠族　金性尧　周勋初　周啸天　赵其钧

赵昌平　钟元凯　骆玉明　曹融南　葛晓音　韩兆琦

鲁同群　臧维熙　熊　笃　魏同贤

责任编辑　石晓玲

【前言】

【前言】

陶渊明(365 或 372 或 376—427)　中国古代最著名的田园诗人。东晋人。一名潜,字元亮,私谥靖节。寻阳柴桑(今江西九江)人。《晋书》、《宋书》均谓其系陶侃曾孙,但后人颇怀疑其说。祖茂,曾任武昌太守。父逸,曾任安城太守。太元十八年(393),陶渊明任江州祭酒,元兴三年(404)为镇军将军刘裕之参军,旋又为建威将军江州刺史刘敬宣之参军。义熙元年(405)任彭泽县令,在职八十一天,因不满现实黑暗,不愿为五斗米折腰,弃官归田。朝廷诏征著作郎,他称疾不就。

今存诗文辞赋一百二十余篇,多为归隐后作。散文以《桃花源记》最有名,构想一无剥削无压迫的理想王国。《五柳先生传》是一篇自传性的作品。《归去来兮辞》叙写归隐原因及隐居后的舒畅情怀。赋以《感士不遇赋》揭露时弊最深,鞭笞最力。诗以田园诗成就最高,代表作《归园田居五首》、《饮酒诗二十首》等表现对黑暗社会的憎恶,对田园生活的热爱和对自然景物的赞美。《杂诗十二首》表现不负盛年、及时自勉的积极思想。《咏荆轲》、《读山海经·精卫衔微木》等篇,寄寓怀抱,颇多慷慨悲愤之音。其作品亦有明哲保身、及时行乐、人生无常之思想流露。艺术上兼有刚健豪放与恬静冲淡的特色,而后者最能代表其艺术风格。其诗情感真切,意境淡远,语言质朴,在玄言诗统治晋代文坛时能独树一帜。由于其人、其文不合时尚,故不为当世所重。刘勰《文心雕龙》对其未作评价,钟嵘《诗品》仅将其列入中品。萧统为最早重视陶诗者,始编陶诗八卷,并为其作传及序,但《文选》中所选陶诗不及谢灵运多。自唐代开始,陶渊明及其作品始被人重视,为李白、杜甫所推崇。至宋,更受文人的普遍景仰,苏轼有和陶诗百余篇,清沈德潜评陶为“六朝第一流人物”(《说诗晬语》)。有《陶渊明集》、

《搜神后记》。本书是本社中国文学鉴赏辞典系列之一。精选陶渊明代表作品76篇，其中诗65篇、文10篇，另请当代研究名家为每篇作品撰写鉴赏文章。其中诠词释句，发明妙旨，有助于了解陶渊明名篇之堂奥，使读者尝鼎一脔，更好地了解陶渊明辉映古今的理想人格、文学成就对后世文人与文学的深远影响。另外本书末还有附录《陶渊明生平与文学创作年表》，供读者参考。不当之处，尚祈读者指正。

上海辞书出版社文学鉴赏辞典编纂中心

2011.11

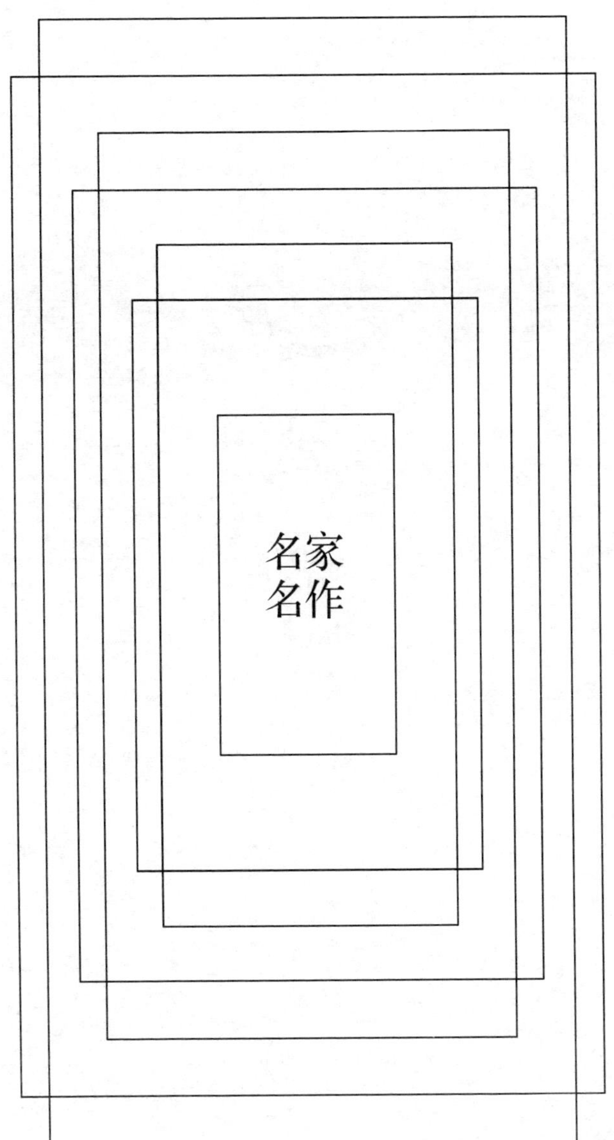

吴小如　韦凤娟　骆玉明　赵昌平　葛晓音　周勋初　周啸天　韩兆琦　等撰写

【目录】

【目录】

诗

文

附录

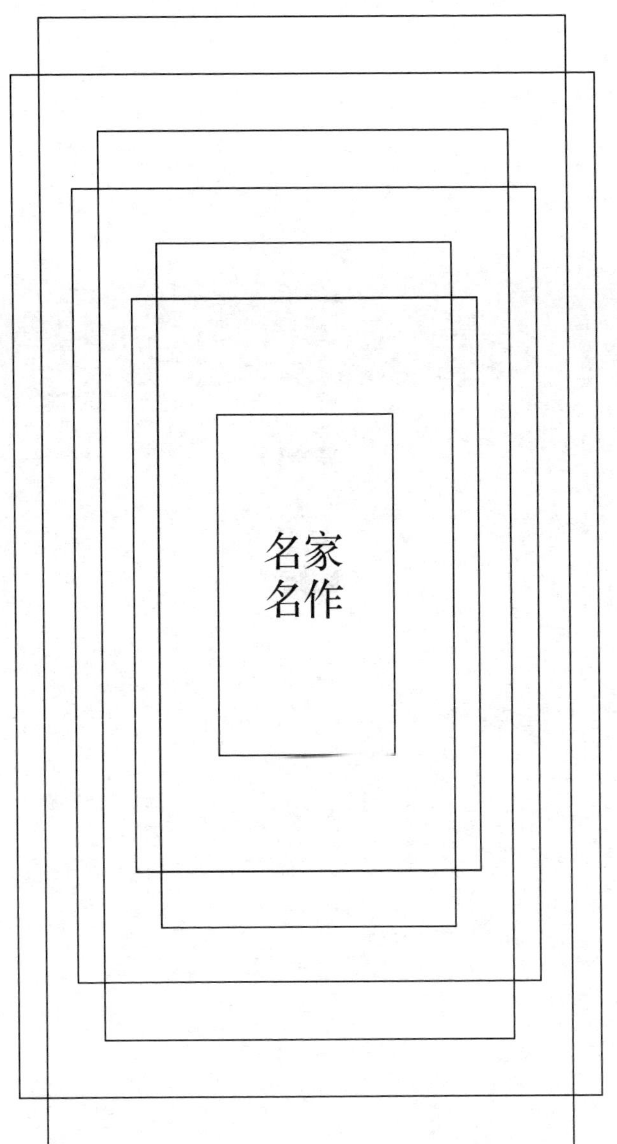

吴小如 韦凤娟 骆玉明 赵昌平 葛晓音 周勋初 周啸天 韩兆琦 等撰写

【诗】

【原文】

时 运

时运，游暮春也。春服既成，景物斯和，偶影独游，欣慨交心。

迈迈时运，穆穆良朝。袭我春服，薄言东郊。山涤余霭，宇暧微霄。有风自南，翼彼新苗。洋洋平泽，乃漱乃濯。邈邈遐景，载欣载瞩。人亦有言，称心易足。挥兹一觞，陶然自乐。延目中流，悠想清沂。童冠齐业，闲咏以归。我爱其静，寤寐交挥。但恨殊世，邈不可追。斯晨斯夕，言息其庐。花药分列，林竹翳如。清琴横床，浊酒半壶。黄唐莫逮，慨独在余。

这首诗模仿《诗经》的格式，用四言体，诗题取首句中二字，诗前有小序，点明全篇的宗旨。本来，汉魏以后，四言诗已渐趋消歇。因为较之新兴的五言诗来，其节奏显得单调，而且为了凑足音节，常需添加无实义的语词，也就不够简练。但陶渊明为了追求平和闲静、古朴淡远的情调，常有意选用节奏简单而平稳的四言诗体。因为是有意的选择，其效果比《诗经》本身更为明显。

全诗牵涉到这样一个典故：据《论语》记载，一次孔子和一群门徒围坐在一起，他让各人说出自己的志向。最后一个是曾点，他说："暮春者，春服既成，冠者五六人，童子六七人，浴乎沂，风乎舞雩，咏而归。"意思是：在暮春时节，天气暖和得已经穿得住春装了，和五六个成年朋友一起，带上六七个少年人，到曲阜南面的沂水里入浴，再登上求雨的土坛，迎着春风的吹拂，然后一路唱着歌回家。这想像中和平安宁的景象，悠闲潇洒的仪态，把向来严毅深沉的老夫子也感动得喟然长叹，说："吾与点也。"（我的心与曾点一样）后代修禊（三月三日在水边洗濯以消除不祥）的风俗渐盛，因为时间也是暮春，又同是在水边嬉游，所以关于修禊的诗文，常引用到《论语》中这个典故。东晋元兴三年（404），陶渊明四十岁，正闲居在家乡寻阳柴桑（今江西九江）。他在禊日出游东郊，想起曾点说过的那一番话，写下了这首纪游的《时运》诗。诗前小序的大意是：暮春时节，景物融和，独自出游，唯有身影相伴，欣喜感慨，交杂于心。全诗四章，恰是前二章说欣喜之情，后二章叙感伤之意。

先说一二两章。第一章前四句中，"时运"谓四时运转；"袭"谓取用、穿上；"薄言"是仿《诗经》中常用的语词，无实义。这四句意思很简单，用五言诗写两句也够了：时运值良朝，春服出东郊。但诗歌语言并非唯有简练才好，而必须服从特定的抒情要求。下笔缓缓四句，正写出诗人悠然自得、随心适意的情怀。开头"迈迈"、"穆穆"两个叠词，声调悠长，也有助于造成平缓的节奏。而且"迈迈"形容时间一步一步地推进，"穆穆"形容春色温和宁静，都排除了激荡、强烈的因素，似乎整个时空和诗人的意绪有着同样的韵律。后四句写郊外所见景色：山峰涤除了最后一点云雾，露出清朗秀丽的面貌；天宇轻笼着一层若有若无的淡淡云气，显得格外高远缥缈；南风吹来，把踪迹留在一大片正在抽发的绿苗上，那些禾苗欢欣鼓舞，像鸟儿掀动着翅膀。这些写景的句子从简朴中显出精巧，似漫不在意，却恰到好处。同时这开远的画面，又是诗人精神世界的象征。它广大、明朗、平和、欢欣。

第二章转笔来写自己在水边的游赏，这情趣和《论语》中说的"浴乎沂，风乎舞雩"相似。"洋洋平泽"，是说水势浩大而湖面平坦，诗人就在这湖边洗濯着（这里"漱"也是洗涤之意）；"邈邈远景"，是说远处的景色辽阔而迷濛，它引人瞩目，令人欣喜。这四句中写动作的两句很简单，其实就是四个

【鉴赏】

动词。“乃”和“载”都没有实义，主要起凑足音节、调和声调的作用。写景的两句也很虚，不能使读者切实地把握它。但实际的效果如何呢？那洋洋的水面和邈邈的远景融为一气，展示着大自然浩渺无涯、包容一切的宽广。诗人在湖中洗濯，在水边远望，精神随着目光延展、弥漫，他似乎和自然化成了一个整体。这四句原是要传布一种完整而不可言状的感受、气氛，倘若某一处出现鲜明的线条和色块，就把一切都破坏了。后四句是由此而生的感想：人们不是这样说吗：凡事只求符合自己的本愿，不为世间的荣利所驱使，人生原是容易满足的。举起酒杯一饮而尽，在朦胧醉意之中，我就自得其乐。

以上是说暮春之游在自然中得到的欣喜。陶渊明热爱自然，这是人所皆知的。他病重时写给几个儿子的遗书中，还言及自己“见树木交荫，时鸟变声，亦复欢然有喜”。不过，陶渊明之热爱自然，内中还深含着一层人生哲理。在他看来，多数人由于违背了人的自然本性，追逐无止境的欲望，于是虚伪矫饰，倾轧竞争，得则喜，失则忧，人生就在这里产生了缺损和痛苦。而大自然却是无意识地循着自身的规律运转变化，没有欲望，没有目的，因而自然是充实自由的，无缺损的。人倘能使自己化同于自然，就能克服痛苦，使人生得到最高的实现。这样再来看前二章，也许可以体会得更深一些。

那么，陶渊明为什么又“欣慨交心”，还有一种感伤呢？说到底，人终究不能完全脱离社会，只是面对着自然生活——哪怕是做了隐士。就在陶渊明写作《时运》诗的前一年（元兴二年）冬，军阀桓玄篡晋自立，国号楚，并把晋安帝贬为平固王，迁往自己的根据地江州，安置在寻阳。不久另一名军阀刘裕（后来的宋武帝）以复晋为旗帜，起兵讨伐桓玄。元兴三年自春至夏，两军在寻阳一带反复拉锯，战争异常激烈。这动荡不宁、恶浊昏暗的社会现实，与陶渊明笔下温和平静的自然，恰成为反面的对照。它不能不在诗人的心中投下浓重的阴影。三四两章伤今怀古的感叹,正是以此为背景的。

第三章前四句,写自己目光投注在湖中的水波上,遥想起《论语》中曾点所描叙的那一幅图景:少长相杂的一群人,习完了各自的课业,无所忧虑、兴味十足地游于沂水之滨,然后悠闲地唱着歌回家。需补充说明的是,这里面包含着双重意义:一方面是个人的平静悠闲,一方面是社会的和平安宁。这本是曾点(包括孔子)所向往的理想境界,但陶渊明把它当作实有之事,以寄托自己的感慨。他的周围,是一个喧嚣激荡的流血世界;他自己,进不能实现济世之志,退又不能真所谓超然物外。而且他是孤独的,小序中说"偶影独游",正与曾点所说"冠者五六人,童子六七人"相对照。他不能不感伤。下面说:"我爱其静,寤寐交挥。"用一个"静"字总括曾点所叙,并表示对此时刻向往,不能自已("交挥"犹言"迭起"),因为那种社会的安宁与人心的平和,是他所处的世界中最为缺乏的;那种朋友们相融无间、淡然神会的交往,又是他最为渴望的。最后两句说:遗憾的是那个时代与自己遥相悬隔,无法追及。这实际是说,他所向往的一切不可能在现实中出现。

第四章所叙,是游春后回到居所的情景。开头两句,写经过自晨至夕的流连,又回到家中。接着四句描摹庭园景色和室内陈设。这里表面上没有写主人的活动,但我们的目光跟着诗篇取景的镜头,看到分列小径两旁的花卉药草,交相掩蔽的绿树青竹,床头一张古琴、半壶浊酒,不是清楚地感受到一种清静的气氛和主人清高孤傲的情怀了吗?第二章出现过的、使诗人"陶然自乐"的酒,在这里重又出现了,不过它现在似乎更带有忧伤的色彩。酒中的陶渊明到底是快乐的还是忧伤的呢?恐怕他自己也说不清。后面"黄唐"指传说中的黄帝、唐尧,据说他们统治的远古时代,社会太平、人心淳朴。但是"黄唐莫逮",这个时代自己已经无法追赶了,"慨独在余",

【原文】

我只能一个人独自感叹伤怀。最后这两句的意思和第三章结尾两句差不多,不过是换了一个寄托感慨的对象,把伤今怀古的情绪回复加强了一番。但怀古并非陶渊明真正的目的。他只是借对古人的追慕表达对现实的厌恶,对一种空想的完美境界的向往,这和《桃花源记》实质上是共通的。

这首诗表现的情绪、蕴含的内容是复杂而深厚的。诗人从寄情自然中获得欣慰,但仍不能忘怀世情,摆脱现实的压迫;他幻想一个太平社会,一个灵魂没有负荷的世界,却又明知道不可能得到。所以说到底他还是痛苦的。但无论是欢欣还是痛苦,诗中表现得都很平淡,语言也毫无着意雕饰之处。陶渊明追求的人格,是真诚冲和,不喜不惧;所追求的社会,是各得其所,怡然自乐,因而在他的诗歌中,就形成了一种冲淡自然、平和闲远的独特风格。任何过于夸张,过于强烈的表现,都会破坏这种纯和的美,这是陶渊明所不取的。

(孙　明)

游斜川并序

辛酉正月五日,天气澄和,风物闲美,与二三邻曲,同游斜川。临长流,望曾城,鲂鲤跃鳞于将夕,水鸥乘和以翻飞。彼南阜者,名实旧矣,不复乃为嗟叹;若夫曾城,傍无依接,独秀中皋,遥想灵山,有爱嘉名。欣对不足,率共赋诗。悲日月之遂往,悼吾年之不留。各疏年纪乡里,以记其时日。

开岁倏五十,吾生行归休。念之动中怀,及辰为兹游。气和天惟澄,班坐依远流。弱湍驰文鲂,闲谷矫鸣鸥。迥泽散游目,缅然睇曾丘。虽微九重秀,顾瞻无匹俦。提壶接宾侣,引满更献酬。未知从今去，当复如此否？中觞纵遥情，忘彼千载忧。且极今朝乐，明日非所求。

晋安帝义熙十年(414)，岁次甲寅(诗序的“辛酉”，据逯钦立考证，应是“正月五日”的干支)，作者年五十岁。正月五日，“天气澄和，风物闲美”，他和二三邻里，偕游斜川。作者一面感年时易往，一面喜景物宜人，不禁欣慨交心，悲喜集怀。这诗真实记录了作者刚入半百之年的一时心态。斜川，其地不详，当在诗人所居南村附近。

诗开头四句写出游的缘由。张衡《思玄赋》说：“开岁发春。”开岁，指岁首。随着新岁来临，诗人已进入五十之年(有的刻本“五十”作“五日”，未可从)。古人说：“人上寿百岁。”(《庄子·盗跖》)由此常引出人们“生年不满百”的慨叹。进入五十，正如日已过午，岁已入秋，是极足警动人心的。孔融就曾说过：“五十之年，忽焉已至。”(《论盛孝章书》)首句用“倏”，意也正同，都表现出不期其至而已至、亦惊亦慨的心情。五十一到，离开回归空无、生命休止的时候也不很远，(《淮南子·精神训》：“死，归也。”《说文》：“休，止息也。”)要“念之动中怀”了。于是，在初五那天景气和美的良辰，他作了这次出游。

次节“气和天惟澄”以下八句，充分就“游”字着笔。在一碧如洗的天幕下，游侣们分布而坐。山水景物，一一呈献在眼前：近处是微流中的彩色鱼儿在嬉游，空谷中鸣叫着的鸥鸟在高飞。作者用较华采的笔墨着意写出游的、飞的都那样自得，空中、水底无处不洋溢着生机，这其中自然也含着他的欣喜和向往。再放眼远远望去，湖水深广，曾(通“层”)丘高耸，也构成佳境，令人神驰意远。特别是这曾丘(指庐山边上的鄣山)，不仅使人联想到昆仑灵山的峻洁(《后汉书·张衡传》注引《淮南子》说：“昆仑有曾城，九重，高万一千里，上有不死之树在其西”)；而且它“旁无依接，独秀中皋”(尽管它不如昆仑山曾城的真有九重)，顾瞩四方，无可与比拟者，也足以对人们的人格修养有所启示。序中说：“欣对不足，率共赋诗。”我们正应感谢这曾丘，因为它的诱发，才给人间留下这好诗！

三节“提壶接宾侣”四句，写出好景诱人，邻里欢饮，使诗人不禁兴起“未知从今去，当复如此否”的感念。这是对人生、对美好事物——诗中所写的风物之美、人情之美、生活之美无限热爱、执着的人自然会产生的想法，作者把人们心中所有的感念，以朴素自然的语言真率地吐露了出来。

结尾四句，写出酒至半酣，意适情遥的境界。古人说：“生年不满百，常怀千岁忧。”(《古诗十九首》)而作者却以高昂的意气唱出“忘彼千载忧”。他的人生观是超脱的。他又说：“且极今朝乐，明日非所求。”这是本有旷达胸怀、又加以“中觞纵遥情”的作者所发出的对良辰、美景、佳侣、胜游的热情赞叹，和“今朝有酒今朝醉，明日愁来明日愁”的颓废之歌是迥然异趣的。

鲁迅的遗墨中，有书赠“广平吾友”的这首诗的手迹(见《鲁迅诗稿》“附录”)，虽没署写时日，但应和他发表有关评陶的若干名论的时间相去不远，是三十年代初所写的。从鲁迅对此诗的喜爱、肯定态度这一端，亦足以窥见本诗对后世人们的影响。

(曹融南)

怨诗楚调示庞主簿邓治中

天道幽且远，鬼神茫昧然。结发念善事，僶俛六九年。弱冠逢世阻，始室丧其偏。炎火屡焚如，螟蜮恣中田。风雨纵横至，收敛不盈廛。夏日长抱饥，寒夜无被眠。造夕思鸡鸣，及晨愿乌迁。在己何怨天，离忧悽目前。吁嗟身后名，于我若浮烟。慷慨独悲歌，锺期信为贤。

汉代乐府《相和歌》中有《楚调曲》，《楚调曲》中有《怨诗》一题。这是陶渊明仿照那种样式写给自己朋友的一首诗。主簿、治中都是官名，是当时州刺史的秘书、助理。庞主簿指庞遵，邓治中其人不详。因为诗中有"僶俛六九年"字，故知此诗是作于诗人五十四岁，当时为晋安帝义熙十四年(418)。

作品分前后两段，前段十四句，诗人从自己半生的艰难遭遇出发，对自古以来众口所说的天道鬼神的存在提出了怀疑。开头两句是结论，是贯穿全段的。下面的十二句是这个结论所由得出的事实根据。他说，从刚刚成人(结发)那个时候起，我就一个心眼地想着做好事，苦力巴结(僶俛)，到现在已经五十四岁了。自己的遭遇又是如何呢？二十岁(弱冠)，世道乱离，苻坚南侵；三十岁(始室)，家门不幸，死了妻子。再以后就是天灾屡降，气候反常，先是荒旱不已，螟蜮丛生；接着又是狂风暴雨，铺天盖地，闹得庄稼收不了一把，从而挨冻受饿，自己的经济生活现在已经完全陷入绝境了。看看这种现实，这能说明有什么"福善祸淫"的天道鬼神吗？后段共六句，写他面对目前这种艰难处境的思想活动。他愤慨地说，我今天陷入到这个如此穷困悲凉的境地，这都怪我自己，怨不得什么别的天命或人为；历代圣贤不总是教导人们要立德、立功、立言，要名垂青史，像画麒麟么，但是在我看来，这些就如同过眼的烟云一样无足轻重，我自己在这里慷慨悲歌，我别无他求，我以有你们这两位像锺子期一样的知音人而感到欣慰与自豪。

【鉴赏】

这是表现陶渊明晚年的生活景况及其思想情绪的一篇极其重要的作品。陶渊明以“田园诗人”著称，他的作品流传最广而又最脍炙人口的是《五柳先生传》、《归去来兮辞》、《桃花源记》这种文，和《归园田居》、《和郭主簿》、《饮酒》这种诗。后来经过鲁迅先生的批评提醒，人们又开始注意了《咏荆轲》、《读山海经》等少数所谓带有点“金刚怒目”式的作品，而真正了解陶渊明晚年的生活与思想的读者仍是不多。因此，我们觉得有必要向读者推荐《怨诗楚调示庞主簿邓治中》这首诗。

这首诗告诉了我们什么呢？首先，它描绘了诗人晚年悲惨的生活情景，他已经到了挨饿受冻，无法维持的境地。他“夏日长抱饥，寒夜无被眠”，以至冻得“造夕思鸡鸣”，夜间盼着快点天亮；饿得“及晨愿乌迁”，白天又盼着快点天黑。这是多么难熬，多么难以忍受的岁月啊！反映陶渊明晚年的这种悲惨困苦生活，可以用来和《怨诗楚调示庞主簿邓治中》相参证的，还有《杂诗》，其中说：“代耕本非望，所业在田桑。躬亲未曾替，寒馁常糟糠。岂期过满腹？但愿饱粳粮。御冬足大布，粗絺以应阳，正尔不能得，哀哉亦可伤！”还有《饮酒》，其中说：“竟抱固穷节，饥寒饱所更，敝庐交悲风，荒草没前庭。披褐守长夜，晨鸡不肯鸣。”词语都几乎一样。回想陶渊明归田的初期，那时他的家庭尽管不很富，但至少还保持着一个小康局面。他的居住情况是“方宅十余亩，草屋八九间。榆柳荫后园，桃李罗堂前”。他的饮食情况是“园蔬有余滋，旧谷犹储今”，“春秋作美酒，酒熟吾自斟”。在这样的生活条件下当隐士，自然是比较容易的。但是好景不长，四十四岁那年他家中失了大火，“一宅无遗宇”，什么都给烧得精光了。从此他的生活日益贫困，他的参加劳动也不得不由原来的观赏性、点缀性而逐渐地变成了维持生活的基本手段。也正因此，自然灾害对于陶渊明也就成为一个关系极其紧密的问题了。例如眼下陶渊明的困境就是由于“炎火屡焚如，螟蜮滋中田。风雨纵横至，收敛不盈廛”这种原因造成的。

这样的生活，在我国古代文学家们的经历中极为少见，对此我们应该充分注意。

其次，它表现了诗人晚年对社会现实的极大愤慨与不平，他满腹牢骚，甚至连天道、鬼神都恨起来了。他说："天道幽且远，鬼神茫昧然"，从自己的切身遭遇可以证明这些都是骗人的东西。与此相近，他在《饮酒》诗中还说："积善云有报，夷叔在西山。善恶苟不应，何事立空言！"情绪都是非常激烈的。在这里，他表面上是指着天道鬼神，实际上他的批判矛头乃是指向当时的黑暗社会，指向那个掌握着人类命运的腐朽的统治集团。陶渊明这时的思想情绪和他归田初期的那种面貌大不相同了，归田初期他总爱唱那种"乐天知命"、"安贫乐道"的高调，在《癸卯岁始春怀古田舍》中他说："先师有遗训，忧道不忧贫"；在《归去来辞》中他说："聊乘化以归尽，乐夫天命复奚疑！"那时的陶渊明是以和平恬淡，与世无争著称。现在则不同了，牢骚越来越多，情绪越来越大。是他的修养水平降低了么？不是。鲁迅先生说："'雅'要想到适可而止。'雅'要地位，也要钱。"（《病后杂谈》）不论谁要说"安贫"，那他首先得保持一种至少是不太贫的经济条件。否则要想使人"安"得住，而且还要"乐"起来，那是很难的。陶渊明先前总爱说"息交游闲业，卧起弄书琴"；"悦亲戚之情话，乐琴书以消忧"，颇有点像是读书弹琴成癖的样子。可是到了晚年写作《咏贫士》，当他已经"倾壶绝余沥，窥灶不见烟"的时候，他也就"诗书塞座下，日昃不遑研"了。越穷越苦，思想矛盾也就越多，情绪也就越激烈，这是人之常情，是真实的。陶渊明的诗歌以真实著称，但若以后期这种艰难地写痛苦写愤怒的作品，和前期那种轻易地写快乐写恬淡的作品比起来，则显然是后期作品表现的思想更真切、更实在。对此我们也应该充分注意。

第三，作品表现了陶渊明在这种极其痛苦难熬的生活中的意志坚定，宁死不移。他已经横下一条心来，无论怎样穷困，他再也不出去做官，再也不去和那个黑暗的上层社会同流合污了。他说:“在己何怨天,离忧悽目前。吁嗟身后名,于我若浮烟。”这是什么意思?比陶渊明早百余年的放诞派张翰曾说:“使我有身后名,不如生前一杯酒。”难道陶渊明也像张翰那样肆无忌惮地蔑视前代圣贤的古训?不是,他所蔑视的正是当时官场中像苍蝇追逐血腥一样所追逐的那种东西。他说他之所以陷入今天这样的困境,这都怪他自己,怪不得天道鬼神或其他人事。这是真话么?不,这是牢骚,这是他在交相地表现他对当时政治的不平,同时其中也包含着一种坚守了节操,在精神道德上获得了胜利的骄傲与自豪。在我国两千多年的封建社会中,与黑暗官场不合作,蔑视功名利禄而隐居田园去当清闲地主的,历代不乏其人。但是能够忍冻受饿,竟至于“饥来驱我去,不知竟何之。行行至斯里,叩门拙言辞”地宁可去向人家乞食,也绝不回头,而一直挺下去,直至老死田园的,却除了陶渊明再也找不出第二个。陶渊明的气节是感人的,陶渊明的骨头的确比别人硬。这一点尤其应该引起我们的注意。

陶渊明诗歌的艺术风格是以淳朴实在著称,所以梁启超曾经说,“唐以前的诗人,真能把他的个性整个端出来和我们相接触的,只有阮步兵和陶渊明,而陶尤为甘脆鲜明”(《陶渊明之文艺及其品格》)。今天我们来读他晚年写的这首《怨诗楚调示庞主簿邓治中》,不就如同当面听我们的一位老朋友用连珠一般的语言在向我们诉说他一系列的不幸,在那里发牢骚,在那里怨天恨地,在抒发他对现实社会的愤愤不平吗?这首诗和他归田初期作品中的那种宁静恬淡、情景交融比起来,显然是变得更为愤激、更为质直了,但是陶渊明作品中那种突出的真情实感的流露,却是始终一贯的。他有乐说乐,有苦说苦,有牢骚不平也决不故意掩饰。他的语言是那样浅近、凝练、生动、准确,例如:“夏日长抱饥,寒夜无被眠。造夕思鸡鸣,及晨愿乌迁”,这种对于受冻者在冬天的长夜里盼望天亮,盼着快点日出;挨饿者在夏天的长昼里盼着天黑,以为上床不动,肚子也可能会好受一些的心情的描写,没有一点实际感受的人莫说是写不出,就是想也恐怕难以想到。

其次,这首诗表现作者极端困苦时的心理矛盾,表现他向老朋友倾诉满腔不平时的声音口气,也是异常逼真的。他时而正说,时而反说;时而高昂,时而压抑;时而逼紧,又时而荡开,周回反复,激楚动人。明代学者黄文焕说:"'丧室'至'乌迁',叠写苦况,无所不怨;忽截一语曰'在已何怨天',又无一可怨;'何怨'后复说'离忧悽目前',又无一不怨矣。"(《陶诗析义》)说得相当好。

诗的最后两句是"慷慨独悲歌,锺期信为贤",这一方面是为了表现他与庞主簿邓治中之间的亲密友谊,使整首诗和"示庞主簿邓治中"这个题目呼应起来,同时它还有更积极的意义在。诗人说,今天我是遇到了你们这两位像锺子期一样的知音人,所以我才向你们说了这些话;倘若换个别人,我才不向他们讲呢!这里表现了诗人对世俗社会的极端蔑视,表现了他"举世皆浊我独清,众人皆醉我独醒"的无比超脱,而他那种坚守节操、永不回头的态度也就不言而喻了。果断、决绝、辞严、义正,气势如横截奔马一笔收束,给人留着无限思忖吟味的余地。

(韩兆琦)

答庞参军

三复来贶[①],欲罢不能。自尔邻曲,冬春再交;款然[②]良对,忽成旧游。俗谚云:"数面成亲旧",况情过此者乎?人事好乖,便当语离;杨公所叹[③],岂惟常悲。吾抱疾多年,不复为文,本既不丰,复老病继之;辄依

【原文】

《周礼》往复之义，且为别后相思之资。

相知何必旧，倾盖定前言。有客赏我趣，每每顾林园。谈谐无俗调，所说圣人篇。或有数斗酒，闲饮自欢然。我实幽居士，无复东西缘；物新人惟旧，弱毫多所宣。情通万里外，形迹滞江山；君其爱体素，来会在何年！

〔注〕 ① 来贶：送来的赠品，这里指庞参军所赠的诗。 ② 欸然：诚挚貌。③ 杨公所叹：杨公，杨朱。《淮南子·说林篇》记杨朱见歧路而哭之的故事。朱自清先生认为，这里的歧路，只是各自东西的歧路，而不是可南可北的歧路。因此，"杨公所叹"在诗中可指离别。

《陶渊明集》中有五言、四言《答庞参军》各一首，据四言《答庞参军》序，庞为卫军参军。按江州刺史王宏镇寻阳，于宋永初三年(422)进号卫将军，则庞当是王宏的参军。庞在寻阳为官，与陶渊明遂成"邻曲"，后庞参军奉命出使江陵，告别友人，陶渊明以此诗作答，表达了自己与庞参军的真挚友情。

这首诗的序文较长，作者以诗化的语言，交代了两层意思：一是因有"来贶"，所以写作是诗，扣紧诗题"答"字；二是追叙与庞参军的友情，因此在离别之际感到悲伤，也因此在老病无力、不复为文的情况下，还要勉力作答，为全诗的感情抒发作了铺垫。

全诗十六句，可以分两个层次。第一层是前八句，追忆与庞参军真挚深厚的友情。"相知何必旧，倾盖定前言"两句，说明两人不是旧交，而是新知。这从序文的"自尔邻曲，冬春再交"中可以看出。《史记》卷八十三《鲁仲连邹阳列传》引谚云："有白头如新，倾盖如故。"意思是说，如果人不相知，从初交至白头，还会像刚认识一样，没有友情。如果人各相知，即使是偶然乘车在道上相遇，也会像老朋友那样并车而谈，以至两车的车盖相切、倾斜，久久不忍分手。以下六句，追忆旧游。“有客赏我趣，每每顾林园”，是总述。“赏我趣”当然是谦虚的说法，反过来说，也是陶渊明所处的林园环境的情趣，陶渊明独立的人格力量、高雅的生活方式，吸引、感染了包括庞参军在内的客人，因此使他们经常造访，时时登门，终于成为“相知”。下面四句，从两个方面来谈“趣”，实际是从两个方面来说明两人交游的内容和感情的基础。一是谈圣之趣，“谈谐无俗调，所说圣人篇”，说明谈话内容的格调、境界之高，不是一般碌碌之辈汲汲于名利的庸俗之谈所能企及的。二是饮酒之趣，“或有数斗酒，闲饮自欢然”，若能以酒助谈，则兴致更高，说明了交遇方式的高雅、闲适，感情交流的自然、融洽。当然，这也是“陶渊明式”的生活情趣和交友方式。

“我实幽居士”以下八句是第二层，抒发依依惜别的情怀。正因为相交深、知遇厚，所以一旦分离，就无法扯断联络感情的纽带。诗人自己是立志归隐之人，没有俗务缠身，不会因公事鞅掌，东西奔走；而朋友却要远离自己而去，从此天各一方，因此希望别后能常通音问，以释遥念。“物新人惟旧”，语见《尚书》：“人惟求旧，器非求旧惟新。”意思是器物求新，而朋友间当以旧谊为重。但即使感情相通，不惧相隔万里，也终究无法改变天各一方、江山阻隔的现实，不复能时时谈笑宴饮。只能希望你在远方自己保重身体，以后相会，还不知在何年何夕呢？这一层诗人抒发的感情十分细腻丰富：分手在即，不免感伤、怅惘；感伤之余，又要嘱咐常通音信，叮咛保重身体，对分手后的“情通万里”，来年的重新相会寄托了希望。显得十分朴实、深沉。

这是一首送别诗，又是一首表达真挚友情的抒情诗，反映了陶渊明田园生活的一个侧面。同陶诗的其他篇什一样，这首诗也以它的真情真意深深地感动着每一个读者。按理说，送别诗完全可以写得愁肠百结，缠绵悱恻，令人不忍卒读，但这首诗却以明白如话的诗句，举重若轻，朴实无华地表达了自己的感情，真是“一语天然万古新，豪华落尽见真淳”（元好问《论诗绝句》），它的强大的艺术感染力，正是这种“天然”、“真淳”造成的。

（沈伟民）

和刘柴桑

山泽久见招，胡事乃踌躇？直为亲旧故，未忍言索居。良辰入奇怀，挈杖还西庐。荒途无归人，时时见废墟。茅茨已就治，新畴复应畬[①]。谷风转凄薄，春醪解饥劬[②]。弱女虽非男，慰情良胜无。栖栖世中事，岁月共相疏。耕织称其用，过此奚所须。去去百年外，身名同翳如[③]。

〔注〕 ① 畬：整治新田。 ② 饥劬：饥渴劳苦。 ③ 翳如：泯灭。

刘柴桑即刘程之，当时与陶渊明、周续之被合称为“寻阳三逸”。刘程之不但人品、志趣与陶相同，生活经历也有相似之处，刘曾作柴桑令，后辞归故园，陶渊明曾作彭泽令，后隐于乡间。这是一首和诗，赞美了刘回归自然，耕织自足的生活态度，也流露了陶潜自己安于隐遁，不慕名利的情趣。

诗可分为三层。

【鉴赏】

“山泽久见招，胡事乃踌躇？直为亲旧故，未忍言索居。”此为第一层，以问答的句式代刘程之剖白心迹，追述往日企盼山泽而徘徊官场的苦衷。“见招”即招我，此为拟人法，移情法，不写友人之神往，而说是山林泽国在召唤，物我无间，往来绸缪，心存亲切之见。“久”字突出时间之长。但既然早已心慕自然，为什么又一直踌躇回顾、未能遽然挂印而去呢？人生于社会中，总有些义务、人情需要照顾。“直”，但，只。“索居”，离群独居。原来是迫于生计、碍于亲旧，故未能及早隐遁山林。这个解释通达自然，饱含人情，显出诗人体切之深。

从“良辰入奇怀”以下十句为第二层。人生于社会中自然要顾及义务责任，但人生于天地间，还有自己的心灵与个性。当心灵受不了过重的负载时就会挣开束缚、摆脱樊笼，归于自然。“良辰入奇怀”仍为拟人写法，“入”字尤为高妙，不写归隐者企盼良辰之状，而说良辰扑入人之怀抱，犹如“悠然见南山”之“见”字，一个字就道出了景与目谋，心与景会，天外飞来，悠然神会之状，如印印泥，丝丝入扣。如此直捷的感悟，定当触发深藏的宿愿，想来刘程之即此“归去来兮”。“荒途无归人，时时见废墟”两句写归途所见，点出了时代之黑暗、民生之凋敝，田园之荒芜，也正是这种“乾坤含疮痍”的痛苦现实加快了隐者远离官场的步伐。“茅茨已就治，新畴复应畬。谷风转凄薄，春醪解饥劬。弱女虽非男，慰情良胜无。”这六句正面赞颂刘程之清苦而不失自我的劳动生活、乡隐乐趣，其中也融铸了陶潜自己的隐居经验和生活感受。茅屋修好了，夏日纳凉于北窗下，当得羲皇上人。新开垦的田地需要整治了，把希望与汗水一道洒下，劳动所得，虽苦犹甘。初春的风尚有些寒意，也撩拨起一丝早已沉于心底的失望和凄清，但回家喝上三两杯家酿春酒，松松筋骨解解乏，似醉非醉中望着朦胧的山雾，心中又涌上了莫名的欢喜。没有男孩，想来你是有些寂寞，但是，老朋友，你听我说，世间没有毫无缺憾的生活，况且女儿辈虽体质柔弱，常依膝下，善解人意，也别有一种天伦之乐。这一段文字以己度人，摹写刘程之归隐生活，质朴自然，措语简淡，淡至看不见诗，犹如老朋友对床夜语，这真是陶潜的好诗。因为冲淡的语言内包含着真挚的感情，没有虚饰，没有造作，使人感到"语淡而味终不薄"。

"栖栖世中事，岁月共相疏。耕织称其用，过此奚所须。去去百年外，身名同翳如。"最后一层即事议论，感慨世情，更多地表达了诗人自己的见解，既是安慰友人，也是自我排解。人生在世犹如白驹过隙，况且这又是一个栖栖不安的社会，能保全生命、自耕自织以求暖衣足食也就够了，超过了人本体之要求就是非份之想了。"功名富贵若常在，汉水也应西北流。"百年之后，同归于灭，身尚不在，利禄名望又有什么长久价值呢？这种人生苦短的思想自然有消极的成份，但作品中表现出来的浮云富贵，敝屣功名的观点又何尝不是一副清凉剂呢？对那些热衷于刀口上舔血的如蝇小人不也是一篇极好的醒世之文吗？

这首和诗以己度人，由人及己，同声相应，同气相求，既可看作刘程之速写，也可看作陶潜自我写照。作者以清淡之心写清淡之人，摹清淡之品，修饰愈少而愈见其"真美"。

（史双元）

和郭主簿二首（其一）

蔼蔼堂前林[①]，中夏贮清阴。凯风因时来，回飙开我襟[②]。息交游闲业[③]，卧起弄书琴。园蔬有余滋，旧谷犹储今。营己良有极，过足非所钦。舂秫作美酒，酒熟吾自斟。弱子戏我侧，学语未成音。此事真复乐，聊用忘华簪[④]。遥遥望白云，怀古一何深。

〔注〕 ① 蔼蔼:茂盛貌。 ② 回飚:回风。 ③ 闲业:不急之务,即弹琴、读书之类。 ④ 华簪:华贵的发簪,此代指富贵。

诗题《和郭主簿》然郭氏姓名事迹均不详,"主簿"是州县主管簿书的属官。此诗作年众说纷纭,逯钦立校注《陶渊明集》根据其《命子》、《责子》二诗推算,系于义熙四年(408)渊明44岁时作,较为可信。在此之前,陶渊明从二十九岁起,因"亲老家贫","耕织不足以自给,幼稚盈室,缾无储粟"(《归去来辞序》),曾几度出仕,最后一次是四十一岁(405)时出任彭泽令,在官八十余日,因不愿"为五斗米折腰向乡里小儿,即日解绶去职"(萧统《陶渊明传》)。在这十三年间,东晋内乱迭起,到处腥风血雨,官场腐败,人心险恶,世风伪诈,哀鸿遍野。处在这样动乱、黑暗的时代,庶族出身、家道中衰的陶渊明,虽然有过"猛志逸四海","大济于苍生"的宏图壮志,结果也必然是"有志不获骋"(《杂诗》之二)。于是,他便归隐寻阳,开始了躬耕田园的生活。《和郭主簿》就是他归家二年后所作。这一首描写了夏日乡居的淳朴、悠闲生活,表现出摆脱官场牢笼之后那种轻松自得、怀安知足的乐趣。

此诗最大的特点是平淡冲和,意境浑成,令人感到淳真亲切、富有浓郁的生活气息。通篇展现的都是人们习见熟知的日常生活,"情真景真,事真意真"(陈绎曾《诗谱》)。虽如叙家常,然皆一一从胸中流出,毫无矫揉造作的痕迹,因而使人倍感亲切。无论写景、叙事、抒情,都无不紧扣一个"乐"字。你看,堂前夏木荫荫,南风(凯风)清凉习习,这是乡村景物之乐;既无公衙之役,又无车马之喧,杜门谢客,读书弹琴,起卧自由,这是精神生活之乐;园地蔬菜有余,往年存粮犹储,维持生活之需其实有限,够吃即可,过分的富足并非诗人所钦羡,这是物质满足之乐;有粘稻舂捣酿酒,诗

【鉴赏】

人尽可自斟自酌，比起官场玉液琼浆的虚伪应酬，更见淳朴实惠，这是嗜好满足之乐；与妻室儿女团聚，尤其有小儿子不时偎倚嬉戏身边，那牙牙学语的神态，真是天真可爱，这是天伦之乐。有此数乐，即可忘却那些仕宦富贵及其乌烟瘴气，这又是隐逸恬淡之乐。总之，景是乐景，事皆乐事，则情趣之乐不言而喻；这就构成了情景交融，物我浑成的意境。诗人襟怀坦率，无隐避，无虚浮，无夸张，纯以淳朴的真情动人。我们仿佛随着诗人的笔端走进那宁静、清幽的村庄，领略那繁木林荫之下凉风吹襟的惬意，聆听那朗朗的书声和悠然的琴韵，看到小康和谐的农家、自斟自酌的酒翁和那父子嬉戏的乐趣，并体会到诗人那返朴归真、陶然自得的心态……。

这首诗用的是白描手法和本色无华的语言。全诗未用典故，不施藻绘，既无比兴对偶，亦未渲染铺张，只用疏淡自然的笔调精炼地勾勒，形象却十分生动鲜明。正如唐顺之所评："陶彭泽未尝较音律，雕文句，但信手写出，便是宇宙间第一等好诗。何则？其本色高也。"（《答茅鹿门知县》）当然，这种"本色高"，并非率尔脱口而成，乃是千锤百炼之后，落尽芬华，方可归于本色自然。所谓"一语天然万古新，豪华落尽见真淳"（元好问《论诗绝句》），只有"大匠运斤"，才能无斧凿痕迹。本色无华，并非质木浅陋。试看首二句写景，未用丽词奇语，但着一平常"贮"字，就仿佛仲夏清幽凉爽的林荫下贮存了一瓮清泉，伸手可掬一般，则平淡中有醇味，朴素中见奇趣。又如"卧起弄书琴"，"弄"字本亦寻常，但用在此处，却微妙地写出了那种悠然自得、逍遥无拘的乐趣，而又与上句"闲业"相应。再有，全诗虽未用比兴，几乎都是写实，但从意象上看，那蔼蔼的林荫，清凉的凯风，悠悠的白云，再联系结尾的"怀古"（怀念古人不慕名利的高尚行迹，亦自申己志），难道与诗人那纯真的品格，坦荡的襟怀，高洁的节操，全无相关、全无象征之类的联系么？这正是不工而工的艺术化境之奥妙所在。所以东坡评陶诗"质而实绮，癯而实腴”(《与苏辙书》)。刘克庄说它“外枯而中膏，似淡而实美”，的系灼见。

（熊　笃）

和郭主簿二首（其二）

和泽周三春，清凉素秋节。露凝无游氛，天高肃景澈。陵岑耸逸峰，遥瞻皆奇绝。芳菊开林耀，青松冠岩列。怀此贞秀姿，卓为霜下杰。衔觞念幽人，千载抚尔诀。检素不获展，厌厌竟良月。

《和郭主簿》二首皆同一年所作，前首写夏景，此首写秋色。写秋色而能独辟蹊径，一反前人肃杀凄凉的悲秋传统，却赞赏它的清澈秀雅、灿烂奇绝，乃是此诗具有开创性的一大特征。古诗赋中，写秋景肃杀悲凉，以宋玉《九辩》首肇其端：“悲哉，秋之为气也！萧瑟兮草木摇落而变衰。”往后秋景与悲愁就结下了不解之缘，如汉武帝的《秋风辞》、汉代《古歌》(秋风萧萧愁杀人)、曹丕的《燕歌行》、祢衡的《鹦鹉赋》、曹植的《赠丁仪》、《赠白马彪》、《幽思赋》、王粲的《登楼赋》、阮籍《咏怀》(开秋兆凉气)、潘岳的《秋兴赋》、张协的《杂诗》(秋夜凉风起)等等，或触秋色而生悲感，或借秋景以抒愁怀，大抵皆未跳出宋玉悲秋的窠臼。而陶渊明此诗的秋景却与众迥异，别开生面。首句不写秋景，却写春雨之多，说今春调合的雨水(和泽)不断，遍及了整个春季三月。这一方面是《诗经》中“兴”的手法的继承，另一方面又把多雨的春和肃爽的秋作一对比，令人觉得下文描绘的清秀奇绝的秋色，大有

【鉴赏】

胜过春光之意。往下即具体写秋景的清凉素雅:露水凝结为一片洁白的霜华,天空中没有一丝阴霾的雾气(游氛),因而益觉天高气爽,格外清新澄澈。远望起伏的山陵高岗,群峰飞逸高耸,无不挺秀奇绝;近看林中满地盛开的菊花,灿烂耀眼,幽香四溢;山岩之上苍翠的青松,排列成行,巍然挺立。凛冽的秋气使百卉纷谢凋零,然而菊花却迎霜怒放,独呈异彩;肃杀的秋风使万木摇落变衰,唯有苍松却经寒弥茂,青翠长在。难怪诗人要情不自禁地怀想这松菊坚贞秀美的英姿,赞叹其卓尔不群的风貌,誉之为霜下之杰了!

善于在景物的写实中兼用比兴象征手法,寄寓强烈的主体情感,是此诗的又一显著特征。诗人对菊举杯饮酒(衔觞),由逸峰的奇绝,松菊的贞秀,自然联想、怀念起那些与逸峰、松菊颇相类似的孤高傲世、守节自厉的古代高人隐士(幽人),他们千百年来一直坚持着(抚)松菊(尔)那种傲然特立的秘诀要道,其高风亮节真是可钦可敬。这里,赞美企慕"幽人"的节操,也寓有诗人内在品格的自喻和自厉。然而这只是诗人内心世界的一方面;另一方面却是"少时壮且厉,抚剑独行游"(《拟古》之八);"猛志逸四海,骞翮思远翥"(《杂诗》之五);"或大济于苍生"(《感士不遇赋》)的宏图壮志。《杂诗》之二已作于五十岁左右,但仍感叹:"日月掷人去,有志不获骋。"晚年所作《读山海经》中,还义愤填膺地大呼"明明上天鉴,为恶不可履",赞扬"刑天舞干戚,猛志固常在",《咏荆轲》中又歌颂:"其人虽已没,千载有余情。"这一切都说明诗人终其一生,也未忘情现实;在向往"幽人"隐逸的同时,内心始终潜藏着一股壮志未酬而悲愤不平的激流。这种出处行藏的矛盾心情,反映在此诗中,便逼出结尾二句:诗人检查平素有志而不获施展,在清秋明月之下,也不由得老是厌厌无绪了。赞慕"幽人",正是兼济之志"不获展"之后,必然要"独善"的一种自厉;但"兼济"之志毕竟是诗人的初衷,因而独善之中,仍时露不平之气:

这又与“幽人”有别。

由此可见，写秋景的清凉澄澈，象征着幽人和诗人清廉纯洁的品质；写陵岑逸峰的奇绝，象征着诗人和幽人傲岸不屈的精神；写芳菊、青松的贞秀，象征着幽人和诗人卓异于流俗的节操。从外在联系看，以秋景起兴怀念幽人，又从幽人而反省自身，完全顺理成章；从内在联系看，露凝、景澈、陵岑、逸峰、芳菊、青松等意象，又无不象征着“幽人”的种种品质节操，无不寄寓着诗人审美的主体意识，真是物我融一，妙合无痕。而在幽人的精神品质中，又体现了诗人的精神品质；但“有怀莫展”之叹，又与那种浑身静穆的“幽人”不同。

以松菊为喻写人或以松菊为象状景，前人早已有之。《论语·子罕》：“岁寒然后知松柏之后凋也。”但这只是单纯取喻说理。屈原《离骚》有“夕餐秋菊之落英”，虽有象征，但只是抒情中的想像借喻，并非景物写实。曹植《洛神赋》中“荣耀秋菊，华茂春松”是用菊松喻洛神的容光焕发，所比仅在外貌而非内在品质，且仍非写实景。左思《招隐》有“秋菊兼糇粮，幽兰间重襟。”是化用《离骚》“夕餐秋菊之落英”和“纫秋兰以为佩”二句，性质亦同。其《咏史》中“郁郁涧底松”喻寒门才士受抑，亦非写实。至于钟会、孙楚的《菊花赋》虽是写景，却并无深刻的象征意义。真正把景物写实与比兴象征自然巧妙地融为一体的，当自渊明始。苏轼评陶云：“大率才高意远，则所寓得其妙，选语精到之至，遂能如此。如大匠运斤，不见斧凿之痕。”（《冷斋诗话》引）读这首诗，深知苏评确非溢美。

（熊　笃）

【原文】

赠羊长史并序

左军羊长史，衔使秦川，作此与之。

愚生三季后，慨然念黄虞。得知千载上，正赖古人书。圣贤留余迹，事事在中都。岂忘游心目？关河不可逾。九域甫已一，逝将理舟舆。闻君当先迈，负疴不获俱。路若经商山，为我少踌躇。多谢绮与角，精爽今何如？紫芝谁复采？深谷久应芜。驷马无贳患，贫贱有交娱。清谣结心曲，人乖运见疏。拥怀累代下，言尽意不舒。

这诗是陶集赠答诗中的名篇。诗中念古伤今，流露着作者对时局的观感和政治态度，也体现了“君子赠人以言”的古训，对友人进行讽示、忠告，大有别于一般伤离惜别、应酬敷衍之作。羊长史，名松龄，是和作者周旋日久的友人，当时任江州刺史、左将军檀韶的长史。这次是奉使去关中，向新近北伐取胜的刘裕称贺。秦川，今陕西一带。

刘裕在消灭桓玄、卢循等异己势力之后，执掌朝政，功高位尊，已怀有夺取司马氏政权的野心。晋安帝义熙十二年(416)刘裕率师北伐，消灭了羌族建立的后秦国，收复了古都长安、洛阳。自永嘉之乱以来，南北分裂，晋师不出，已逾百年。这次北伐胜利，本是一件大好事。无奈刘裕出兵的动机，只是为了提高自己的威望，所以才得胜利，便匆匆南归，去张罗篡位的事了。他一心只是“欲速成篡事，并非真有意于中原”。南北统一的希望，终成泡影。三年之后，他便代晋成了依然偏安江左的刘宋王朝的开国之君。

对刘的意图，作者是看得很明白的。所以对北伐胜利和羊长史入关称贺，他都表现得十分冷漠，只在序里淡淡地说了一句“衔使秦川”而在诗中又委婉地讽示友人，不要趋附权势，追求驷马高官。这一切，都显现出这位“隐逸诗人”对现实和政治还是相当敏感、有所干预的。

因为诗所涉及的是很敏感的时政问题，所以其表现也十分隐约、含蓄。全诗分四节。首节八句，悠徐地从“千载外”说起，说是自己生在三季（夏、商、周三代之末）之后，只有从古人书里，得知些黄帝、虞舜之世的事，不禁慨然长念——那时真风尚存，风俗淳朴平和。言下之意，三季之后，就只剩下欺诈虚伪，争攘篡夺了。这自然是对刘裕的隐隐嘲讽。既提到“古人书”，就以它为纽带，自然地转入下文：也正是从书里，知道了贤圣余迹，多留存在中都（指洛阳、长安）一带。点到“贤”字，目光便已遥注到下文的“绮（里季）与角（里先生）”；而“圣”，则上应“黄虞”。自己是一直向往“贤圣”们所作所为的，所以始终盼望着去那里游骋心目；只是限于关山阻隔（实际是南北分裂的代用语），没能如愿而已。这样缓缓说来，既说出自己对“贤圣”的崇仰心情，也以宾带主，渐渐引入羊长史的北去。思路文理，十分绵密。

次节四句，转入赠诗。现在九域（九州，指天下）已经初步统一起来了，诗人下了决心，要整治船只车辆，北上一行。听说羊长史要先走一步，自己因身有疾病，难以联袂同行，只有赠诗相送。作者早衰多病，五十以后即“渐就衰损”（《与子俨等疏》），“负疴”当然是实情；但“不获俱”的真正原因，还应在于羊长史是奉使向刘裕称贺，而自己却是要“游心目”于贤圣遗迹，目的既不同，当然也不必同行了。

“路若经商山”以下八句，是赠诗主旨所在。到关中去，说不定要经过商山，那正是汉代初年不趋附刘邦的绮、角等“四皓”（四个白首老人）的隐栖之地。作者很自然地借此向友人嘱咐，要他经过时稍稍在那里徘徊瞻仰，并多多向四皓的英灵致意：他们的精神魂魄又怎样了呢？相

【鉴赏】

传他们在辞却刘邦迎聘时曾作《紫芝歌》:“漠漠高山,深谷逶迤。晔晔紫芝,可以疗饥。唐虞世远,吾将何归?驷马高盖,其忧甚大。富贵而畏人兮,不若贫贱之肆志。”(见《古今乐录》)现在,紫芝有谁再采呢?深谷里也大概久乏人迹、芜秽不堪了吧?——多少人已奔竞权势、趋附求荣去了。作者在这里说“为我”,流露出自己是有心上追绮、角精魂的人,同时也示意友人要远慕前贤,勿误入奔竞趋附者的行列。接着,他又化用《紫芝歌》后段的意思警醒友人:“驷马无贳患,贫贱有交娱。”——高车驷马,常会遭罹祸患;贫贱相处,却可互享心神上的欢愉。是讽示,也是忠告,朱光潜在《诗论》中曾举到这首诗说:“最足见出他于朋友的厚道。”正指此处。

《紫芝》一歌,可看作这首赠诗的灵魂。篇首的“慨然念黄虞”,已化用了“唐虞世远”之意;直到结尾,作者还郑重写出“清谣(指《紫芝歌》)结心曲”,深慨绮、角长往,人既乖违,时代亦疏隔久远,自己只有在累代之下,长怀远慕,慨叹无穷了。“言尽意不舒”,见出作者对时世慨叹的多而且深,也示意友人要理解此心于言语文字之外。

本诗对刘裕不屑涉笔,意存否定,却对不趋附权势的绮、角崇仰追慕,这些都显示出他崇高的人格修养。在写作上,虽从远处落笔,却紧扣正意,徐徐引入,最后才突出赠诗主旨,手法都很高妙。无怪方东树《昭昧詹言》云:“《羊长史》篇文法可以冠卷。”

沈德潜论赠答诗,谓“必所赠之人何人,所往之地何地,一一按切,而复以己之情性流露于中,自然可咏可读。”(《说诗晬语》)本诗应是此论的一个好例。

(曹融南)

和胡西曹示顾贼曹

蕤宾五月中,清朝起南飔,不驶亦不驰,飘飘吹我衣。重云蔽白日,闲雨纷微微。流目视西园,晔晔荣紫葵,于今甚可爱,奈何当复衰!感物愿及时,每恨靡所挥。悠悠待秋稼,寥落将赊迟。逸想不可淹,猖狂独长悲!

这一首诗作年无考,研究陶诗的人,有把它系于晋安帝元兴二年癸卯(403)的。如按其说,则诗作于《癸卯岁始春怀古田舍二首》之后,《癸卯岁十二月中作与从弟敬远》之前。去年,荆州刺史桓玄举兵入京,窃取文武最高官职,总揽朝政;这年春天正月,又加大将军封号,篡晋的迹象已经显著,这意味着政治上一场大变故即将来临。这时渊明丁母忧家居,面对朝廷变局,既无能为力;自身生活,也得赖躬耕自给。题目所示,是胡西曹写诗给顾贼曹,而渊明又作诗和之。胡、顾名字都不详。西曹、贼曹是州县属官名,前者主管人事、选举,后者主管治安。诗是平常酬和之作,并不经意写,但若联系这时期的政治背景和渊明自己的处境来看,则思想感情自然也并不简单。

起四句直写当前气候,说在阴历五月的一天早晨,吹起南风,不快不慢,飘动着诗人的衣服。古代以十二律配合十二个月,"蕤宾"是配合五月之律,见《礼记·月令》,诗中用以标志五月。风是夏天"清朝"中的"南飔",飘衣送凉,气象是清爽的。接着两句,不交代转变过程,便紧接着写"重云蔽白日,闲雨纷微微。"由晴到雨,似颇突然。以上六句是面的总写,一般叙述,不多描绘。

【鉴赏】

“流目”四句，由面移到一个点。先写诗人在清风微雨中，转眼观看西园，见园中紫葵生长得“晔晔”繁荣，虽作集中，亦只叙述。上文的叙事写景，直贯到此；而对着紫葵，忽产生一种感慨：“于今甚可爱，奈何当复衰！”感慨也来得突然，但内容还属一般，属于人们对事物常有的盛衰之感。这里转为抒情。下面两句：“感物愿及时，每恨靡所挥。”承前两句，抒情又由点到面，同时由对客观事物的反映转到对自身的表白，扩大一步，提高一步，句法同样有点突然，而内容却不一般了。渊明本是有志于济世的人，被迫过隐居生活，从紫葵的荣晔易衰而联想自己不能及时发挥壮志，建立功业，这种触动内心痛处的感受，本来也是自然的，不妨明白直说，可诗中偏不说出“愿及时”愿的是什么，“靡所挥”挥的是什么，让读者自作领会。“靡所挥”的“挥”字当是“发挥壮志”之意；有作“挥杯”解释的，即是省去“杯”字。这样理解，比较不合诗语组织的习惯，又把渊明看成真是处处想到喝酒的人，也不切合。

上文各以六句成片，结尾以四句成片。这四句由思想上的“恨”转到写生活上的困难，以及在困难中不可抑制的更强烈的思想活动。“悠悠待秋稼，寥落将赊迟。”等到秋天庄稼收成，有粮食不继的迫切问题。处境如此，还有上文的为外物而感慨，为壮志而感伤的闲情，在常人眼中，已未免迂疏可笑；而况下文所写，还有“不可淹（抑遏）”的“逸想”和什么“猖狂”的情感或行动，冷静一想，也未免自觉“可悲”了。有了“悠悠”两句，则上下文的思想感情，都变成出于常情之外，那么作者之非常人也就不言可喻了。把“不常”写得似乎可笑可悲，实际上是无意中反映了他的可钦可敬。

这首诗在陶诗中是写得较平凡的，朴质无华，它的转接突然的地方，也表现它的“放”和“直”，即放手抒写，直截不费结撰。但也有它的含蓄，有它的似拙而实高，它的奇特过人，即不露痕迹地表现作者襟怀的开阔和高远。

联系当时的时代背景和作者的处境，“猖狂”的来龙去脉，也就有迹可寻，即是对于黑暗、险恶的政局和自身抱负莫展的愤激。邱嘉穗《东山草堂陶诗笺》说："此诗赋而比也。盖晋既亡于宋，如重云蔽日而阴雨纷纷，独公一片赤心如紫葵向日，甚为可爱，而又老至，不能及时收获，渐当复衰，此公之所以感物而独长悲也。"话未免有点穿凿，把"重云"、"紫葵"等句都作隐喻之辞看，真有点读陶诗如解释阮籍《咏怀》诗的味道了。如按前文系年，则这时晋并未亡于宋；把渊明对于东晋皇帝的态度当作葵花向日，也未免小看他的心迹。我们把这些诗句都作赋体看，并不妨碍从中可以看出诗人的政治热肠和人生态度，看出他的高出常人的地方，即在艰难的生活中不忘济世。诗写得很随便，却有深远的意境。王夫之《古诗评选》说此诗："广大深邃，学陶者何尝见其涯涘。"看来是别有会心，而非故作高论。

（陈祥耀）

癸卯岁十二月中作与从弟敬远

寝迹衡门下，邈与世相绝。顾盼莫谁知，荆扉昼常闭。凄凄岁暮风，翳翳经日雪。倾耳无希声，在目皓已洁。劲气侵襟袖，箪瓢谢屡设。萧索空宇中，了无一可悦！历览千载书，时时见遗烈。高操非所攀，谬得固穷节。平津苟不由，栖迟讵为拙！寄意一言外，兹契谁能别？

题中的癸卯岁，是晋安帝元兴二年(403)，渊明三十九岁。先二年，安帝隆安五年(401)，渊明似曾出仕于江陵，旋丁母忧归家。这首诗即丁忧家居时之作。敬远是渊明的同祖弟，其母与渊明的母亲又为姐妹；先渊明卒，

【鉴赏】

渊明有文祭他。文中可见两人饥寒相共、志趣相投的密切感情。渊明这首诗借赠敬远以自抒情怀。作诗当月,桓玄篡晋称楚,把晋安帝迁禁在渊明的故乡寻阳。这是一场政治上的大变局,诗是在这种背景下写的。渊明不是对手世事无所动心的人,但处在当时东晋统治阶级自相争夺严重的险恶环境中,他只能强作忘情,自求解脱。解脱之道,是守儒家的固穷之节,融道家的居高观世之情,但又不取儒家的迂腐,道家的泯没是非。

"寝迹"四句,写自己隐居家中,销声匿迹,与世隔绝,四顾没有知己,只好白天把"荆扉"(柴门)长闭。"寝迹衡门(指陋室)",并不是渊明本怀消极,是被黑暗世局迫成的。"邈与世绝",实际是"绝"不了的;"邈"更难说,安帝就被禁近在咫尺的寻阳。复杂的情怀,坚苦的节操,"莫谁知"倒是真的,就诗篇来说,只把敬远除外。这四句转折颇多,故陈祚明《采菽堂古诗选》评为:"一意一转,曲折尽致。"起四句叙事,接下去四句写景。景有"凄凄"之风,"翳翳"之雪。"凄凄"来自"岁暮","翳翳"由于"经日",轻淡中字字贴实。四句中由风引起雪,写雪是重点,故风只一句,雪有三句。"倾耳"二句,千古传诵,罗大经《鹤林玉露》说:"只十字,而雪之轻白虚洁尽在是矣。"查慎行《初白庵诗评》说:"真觉《雪赋》一篇,徒为辞费。"《采菽堂古诗选》说:"写风雪得神。"其妙处在轻淡之至,不但全无雕刻之迹,并且也无雕刻之意,落笔自然而兴象精微,声色俱到而痕迹全消,不见"工"之"工",较后人一意铺张和雕刻,能以少许胜多许。"劲气"四句,紧承风雪叙事:写寒气侵衣,饮食不足,屋宇空洞萧条,没有什么可愉悦的。一"劲"字备见凛冽之状;"谢屡设"三字,以婉曲诙谐之笔写穷困,尤饶达观情趣;"了无"撇扫之词,束上启下。"历览"八句,议论作结:屋内外一片严寒(暗包政治气候),事无"可悦",唯一的排遣和安慰,只有借读"千载书",学习古代高人志士的"遗烈";"遗烈"两字,偶露激情。"高操"两句,又出以诙谐,掩抑激情。有人说这是讽刺当时受桓玄下诏褒扬的假"高士"皇甫希之之流,实际上还包含作者不愿为司马氏与桓氏的争夺而去殉"臣节"的意思;假高、愚忠,俱不屑为。"固穷"自守,本无以此鸣高之意,故自嘲此节为"谬得"。诙谐中表现了坚贞与超脱的结合,正是前面说的对于儒道精神很好的取舍与结合:是非不昧,节行不辱,而又不出于迂拘。仕进的"平津"(坦途)既不愿再走,那么困守"衡门",就不自嫌其"拙"了;不说"高",又说"拙",正是高一等,超一等。"寄意"二句,才写到赠诗敬远的事,说"寄意"于"言外",只有敬远能辨别此心"契合"之道,归结本题,又露感慨。黄文焕《陶诗析义》说这八句,转折变化,如"层波迭浪",庶几近之;但更应该说这"层波迭浪"表面上竟能呈现为一片宁静的涟漪。

此诗前半叙事、写景,后半议论,俱以情渗透其中。尽管事写得很简洁,景写得传神入化,议论很多;但终以情为主,而情偏没有直接表露。把悲愤沉痛和坚强,变成闲淡乐观和诙谐,把层波迭浪变为定流清水,陶诗的意境,哪能不达到极顶的深厚和醇美呢?

(陈祥耀)

始作镇军参军经曲阿作

弱龄寄事外,委怀在琴书。被褐欣自得,屡空常晏如。时来苟冥会,
宛辔憩通衢。投策命晨装,暂与园田疏。眇眇孤舟逝,绵绵归思纡。
我行岂不遥,登降千里余。目倦川途异,心念山泽居。望云惭高鸟,
临水愧游鱼。真想初在襟,谁谓形迹拘。聊且凭化迁,终返班生庐。

晋安帝元兴三年(404),陶渊明已四十岁了,为生活所迫,出任镇军将

【鉴赏】

军刘裕的参军，赴京口(今江苏镇江)上任。往昔的生活经历使他对官场的黑暗已经有了十分深切的了解，口腹自役，这与作者的本性又格格不入，行经曲阿(今江苏丹阳)时，他写下了这首诗，诉说内心的矛盾和苦闷。

陶诗总的特点是亲切、平易。其述志诸作多如朋友相聚，一杯在手，话语便从肺腑间自然流出。初看似略不经意，细读却深有文理。这首诗便正是如此。

全诗可分四段。首四句为第一段，自叙年轻时淡泊自持之志。作者谈到自己从小就对世俗事务毫无兴趣，只在弹琴读书中消磨时间。虽然生活穷苦，却也怡然自得。此话果真？真！作者不止一次地说过自己“少无适俗韵，性本爱丘山”，颜延之的《陶徵士诔》也说他“弱不好弄，长实素心”。然而，又不完全如此。因为作者在《杂诗》之五中说过“忆我少壮时，无乐自欣豫。猛志逸四海，骞翮思远翥”这样的话，可见他本来曾经有过大济天下苍生的宏伟抱负。作者之隐居躬耕，除了个性的原因外，更主要的是由于受“闾阎懈廉退之节，市朝驱易进之心”、“密网裁而鱼骇，宏罗制而鸟惊”的污浊而黑暗的现实之所迫。那么，作者这里开宗明义，先讲自己年青时的生活志趣是什么意思呢？应该说，一个人对往日美好事物的追忆，常常就是对现实处境不满的一种曲折反映。作者强调自己年青时寄身事外、委怀琴书的生活，实际就表达了他对今天迫不得已出仕的自我谴责，对即将到来的周旋磬折、案牍劳形的仕宦生涯的厌恶。

虽然作者厌恶仕宦生活，然而他又以道家随运顺化的态度来对待自己迫不得已的出仕，把它看作是一种命运的安排。既然如此，那就无须与命运抗争，尽可以安心从政，把它当作人生长途上的一次休息好了。第二段“时来苟冥会，宛辔憩通衢”等四句对自己的出仕之由就作了这样的解释。但是，通衢大道毕竟不能久停车马，因此这休息就只能是小憩而已，与园田的分别也就只能是暂时的。作者正是抱着这样的态度和打算，坦然应征出仕了。

从“眇眇孤舟逝”至“临水愧游鱼”八句为第三段，叙作者旅途所感。抱着随顺自然，不与时忤的宗旨和暂仕即归的打算登上小舟，从悠闲、宁静、和平的山村驶向充满了险恶风波的仕途，刚出发心情也许还比较平静，但随着行程渐远，归思也就渐浓。行至曲阿，计程已千里有余，这时诗人的思归之情达到了极点。初出发时的豁达态度已为浓重的后悔情绪所替代。他甚至看见飞鸟、游鱼亦心存愧怍，觉得它们能各任其意，自由自在地在天空翱翔、在长河中游泳，自己却有违本性，踏上仕途，使自己的心灵和行动都受到了无形的束缚。“目倦川途异”四句深刻地表达了诗人内心对此行的厌倦和自责情绪。

最后四句为第四段，叙作者今后立身行事的打算：随运顺化，终返田园。这一段可看作全诗的总结。“真想初在襟”之“真想”，就是第一段中寄怀琴书，不与世事之想；“谁谓形迹拘”之“形迹”，就是如今为宦之形，出仕之迹。作者从旅途的愧悔心情中悟出仕宦实非自己本性所愿，也悟出自己愿过隐居淡泊生活的本性并未丧失，既然如此，按道家“养志者忘形”（《庄子·让王》）的理论，那么形迹就可以不拘。在宦在田，都无所谓。这与作者在《乙巳岁三月为建威参军使都经钱溪诗》中所说“一形似有制，素襟不可易”，意思大体相近。但是，作者的后悔和自责，不是明明说明他已经觉得自己“心为形役”了么？为什么还要说“谁谓形迹拘”呢？显然，作者这里是安慰自己：我没有为形迹所拘；是鼓励自己：我不会为形迹所拘！从表面上看来理直气壮的反诘，其实是作者为了求得心理平衡、为了从后悔情绪中挣脱出来而对自我的重新肯定。“聊且凭化迁，终返班生庐”二句，前一句是对目前处境的对策，后一句是今后出处的打算：姑且顺着自然的变化，随遇而安吧，但是，我最终肯定要返回田园的。（“班生庐”典出班固《幽通赋》“里上仁之所庐”，指仁者、隐者所居之处。）后一句出于本性，是作者的真实思想和决心，也是全诗的中心意旨所在；前一句则出于理智，是作者根据道家思想所制定的处世原则，在表面豁达的自我安慰中隐约流露出无可奈何的悲哀。这短短四句话所表现的作者的思想感情，实是十分丰富，耐人寻味的。

由以上粗浅的分析，我们不难看出这首诗层次非常清晰，吐露自己赴任途中的内心感受和心理变化，既坦率，又细腻含蓄，确是作者精心结撰的佳作。这可算是本诗的一个重要特点。

陶诗的遣词造句，常于平淡中见精彩。粗读一过，不见新奇；细细品味，则颇有深意。如"时来苟冥会"一句，写作者在应征入仕这样一种"时运"到来之际，既不趋前迎接，亦不有意回避，而是任其自然交会。一个"会"字，十分传神地表现了作者委运乘化，不喜不惧的道家人生态度。又如"目倦川途异"一句，一本"异"作"永"，依笔者拙见，"异"字远胜于"永"字。从寻阳至曲阿，沿途既有长江大川，亦有清溪小流，既有飞峙江边的匡庐，亦有蜿蜒盘曲的钟山，可谓美不胜收。一个"异"字便涵盖了江南的山水之胜。然而面对如此美景，酷爱大自然的诗人却感到"目倦"，岂不使人奇怪？对景物之"目倦"，实际正反映了作者对出仕之"心倦"。"倦"、"异"二字，含义何等丰富。其他如"宛辔憩通衢"之"憩"字，"暂与园田疏"之"暂"字等，也都是传神阿堵，上文已述，不再重复了。

（鲁同群）

辛丑岁七月赴假还江陵夜行涂口

闲居三十载，遂与尘事冥。诗书敦宿好，林园无世情。如何舍此去，遥遥至西荆！叩枻新秋月，临流别友生。凉风起将夕，夜景湛虚明。昭昭天宇阔，皛皛川上平。怀役不遑寐，中宵尚孤征。商歌非吾事①，依依在耦耕②。投冠旋旧墟，不为好爵萦。养真衡茅下，庶以善自名。

〔注〕 ① 商歌，指求仕干禄。《淮南子·道应训》："宁戚商歌车下，而(齐)桓公慨然而悟。" ② 耦耕，并肩耕地。《论语·微子》："长沮、桀溺耦而耕。"

这是陶集中为数不多的行旅诗之一。辛丑，指晋安帝隆安五年(401)。赴假，即销假。涂口，地名，据《文选》李善注引《江图》说："自沙阳县(在今湖北嘉鱼北)下流一百一十里，至赤圻；赤圻二十里至涂口。"

江陵(今属湖北)，是当时荆州刺史桓玄的驻所。题云"赴假还江陵"，可见诗人正在桓玄处任僚佐。至于他担任何职，因何请假，这些都不得而知了。桓玄是一个雄踞上游、时时觊觎着晋室政权的跋扈军阀。在作者写这诗的次年，他便举兵东下建康，翌年废晋安帝自立，国号为楚。本诗从表面上看，似乎只是在表现一种"小雅"、"国风"中常见的行役告劳、厌弃仕途之感，但如果联想到渊明所处的环境，则诗中投冠还乡的意愿表现得如此明确而又坚决，自然应该视之为他已经对桓玄有了较清醒的认识，而急欲摆脱这个是非之所。因此，到了这年冬天，他就因母丧去职，从此和桓玄、江陵再也不相干了。

诗的起六句，是从题前着墨，借追念平生，写出自己的生活、情性，再转到当前。他这年三十七岁，说"闲居三十载"，是就大体(他二十九岁时曾短期任州祭酒)举成数而言。(一说"三十"应作"三二"，三二得六，即闲居了六年。)过去精神寄托所在是诗书和园林，官场应酬这些尘事、虚伪欺诈这些俗情是远隔而无沾染的。四句盛写过去生活的值得追恋，也正是蓄势；接着便迸发出"如何舍此去，遥遥至西荆"的自诘，强烈表现出自悔、自责。

【鉴赏】

这里用十字成一句作反诘，足见出表现的力度；说“遥遥至西荆（荆州在京都之西）”，自然不仅是指地理上的“遥遥”，而且也包括与荆人在情性、心理上的相隔“遥遥”。

“叩栧”以下八句是第二节。前六句正面写“夜行”，也写内心所感。诗人挥手告别岸边的友人，举棹西行。这时，新秋月上，凉风乍起，夜景虚明一片，天宇空阔无垠，平静的江波上闪映着月影，望过去分外皎洁。这是无限美好的境界，但是，作者如此着力描写这秋江夜景，不是因为“情乐则景乐”（吴乔《围炉诗话》），而正是为了反跌出自己役事在身、中宵孤行之苦。一切美景，对此时的诗人说来，都成虚设；反足以引发其深思，既追抚已往，也思考未来。这样，“怀役”两句，便成了绾结上下的关捩语句。

结尾六句，抒写夜行所感。在上节所写境和情的强烈矛盾下，诗人不自禁地像在自语，也像在对大江、秋月倾诉：“商歌非吾事，依依在耦耕”——像宁戚那样唱着哀伤的歌来感动齐桓公以干禄求仕的世不乏人，而自己却恋恋于像长沮、桀溺那样的并肩而耕。“商歌”、“耦耕”，代表着两条截然不同的生活道路，作者在此已作了明确的抉择。“耦耕”是“归隐”的代称，所以下文就是对未来生活的具体考虑：首先是“投冠”（不是一般的“挂冠”）、掷弃仕进之心，不为高官厚俸牵肠挂肚；其次是返归故里，在衡门茅舍之下、在田园和大自然的怀抱中，养其浩然真气。诗人深沉地想：要是这样，大概可以达到“止于至善”的境界了吧？庶，即庶几，有“差不多”之意，在古语中常含希望、企求的成分。由此一字，我们也可能领会出诗人对崇高的人生境界的不息追求。

本诗中作者用白描手法写江上夜行的所见、所遇，无一不真切、生动，发人兴会。其抒述感慨，都是发自肺腑的真情实语。方东树说：“读陶公诗，专取其真。事真、景真、情真、理真，不烦绳削而自合”；又说：“读陶公诗，须知其直书即目，直书胸臆，逼真而道腴”（《昭昧詹言》），本篇就是一个典型例子。

（曹融南）

乙巳岁三月为建威参军使都经钱溪

我不践斯境，岁月好已积。晨夕看山川，事事悉如昔。微雨洗高林，清飙矫云翮。眷彼品物存，义风都未隔。伊余何为者，勉励从兹役？一形似有制，素襟不可易。园田日梦想，安得久离析？终怀在归舟，谅哉宜霜柏。

乙巳岁，即晋安帝义熙元年(405)。这年初陶渊明担任江州刺史刘敬宣(官号建威将军)的参军，三月奉差使去京都建康，这诗是途中泊舟于钱溪所作。钱溪，即梅根冶(今安徽贵池梅埂)，这是当时沿江的一个有名的港口。这里风光秀丽，南边不远就是九华山(当时叫九子山)，江上看九华，向为诗人歌咏的佳境。此诗的前半写在此“看山川”，后半是感怀。

“我不践斯境，岁月好已积。”“已积”，这里指时日已多，“好”，甚也。开头他就说不到此地已是很久了，这告诉我们，他曾来过这里，而且说这话时，往日的印象一定在记忆中复现了。“岁月好已积”又是个感叹句，表达出了既有久违的遗憾、又有重游的喜悦那么一种心情。下面两句就自然出来了：“晨夕看山川，事事悉如昔。”这见出他多么喜爱这个地方，似乎看不够；当他将眼前所见与往日的印象进行对照时，又会感到多么亲切。人们往往有这样的体验：初游某地从陌生中会产生新鲜感，再游时又会从熟稔中产生亲切感。苏轼初游庐山曾写有这样一首小诗：“青山若无素，偃蹇不相亲。要识庐山面，他年是故人。”(《初入庐山三首》其一)陶渊明于此“晨夕看山川”，大概像是如对故人吧。“微雨洗高林，清飙矫云翮。”这是他看

【鉴赏】

山川时的一个突出印象，写得清新、细致。“微雨”、“清飙”（此即清风之意），透出春天美好的气息，高林经微雨一洗润，会越发青绿可爱，空中鸟的翅膀在清风的举托下，会盘旋得更加自如。这里的环境多么优美、宁静，又不禁叫他感叹起来：“眷彼品物存，义风都未隔。”这些物类看来都还是这般美好，淳朴的乡风一点都没有改变啊。这都是旧地重游所得到的美好印象。

“伊余何为者，勉励从兹役？”这里他自我责备起来了：我是干什么的，这样风尘仆仆奔走在道路上？这种自责是由钱溪这里江山之美、居人之乐引起的，转得虽陡，其实自然。“一形似有制，素襟不可易。”“一形”，指个人的形体，“有制”，受到牵制、约束。这里是说自己奔走道路是由于职任的制约。中间又用个“似”字，这不定之词表示出自己并不十分看重这官职，扔掉它并不困难。“素襟”，平素的怀抱，即归隐田园，他认为这是不可改变的。下面就说“园田日梦想，安得久离析？”“离析”，离开。陶渊明此次出仕时间很短，这里说“久”，日日梦想，见出他确实“质性自然，非矫励所得”（《归去来兮辞》）。“终怀在归舟，谅哉宜霜柏。”这两句是说，我一定要回到田园中去，这决心就像不怕冰霜的柏树那样坚定不移。这里暗用了孔子“岁寒然后知松柏之后凋”的话，这个誓愿是发得很重的。《饮酒》十九有“遂尽介然分，终死归田里”，与这两句意思相似。下半这八句，头两句自责，后六句两句一层，反复表明自己的归耕之志，一层深似一层，而且用“似有”、“不可”、“安得”、“终怀”、“谅哉”这些词语进行呼应，把他的心情表现得十分强烈。

陶渊明写有四题五首行役诗，首首都表达了对田园的怀恋，而各首写作时间和背景并不相同，这说明了他厌恶仕途、向往自然的思想是一贯的。就在这首诗写后的几个月，他写出《归去来兮辞》，永久地离开了使他感到“违己交病”的仕途。与另几首行役诗相比，这首诗的结构显得整齐些，两半匀称，界限分明。在情景关系上，另几首差不多是山水的纡曲、险阻引起行役之叹，而这首则是写山川之美，由异地之美引起对故园之美的相关联想，读来似乎让人觉得亲切些。引起这种相关联想也许是钱溪此地的山川风光与柴桑的山川风光相似的缘故，此诗谓“晨夕看山川”，两年前作者于乡居中写“悠然见南山”、“山气日夕佳”（《饮酒》其五。按古直、逯钦立谓此组诗作于元兴二年即四〇三年）情形是很相似的。今天我们如果有兴趣对两地风光实地考察一下，或许能证明这个推测并非虚妄。

（汤华泉）

咏荆轲

燕丹善养士，志在报强嬴。招集百夫良，岁暮得荆卿。君子死知己，提剑出燕京。素骥鸣广陌，慷慨送我行。雄发指危冠，猛气冲长缨。饮饯易水上，四座列群英。渐离击悲筑，宋意唱高声。萧萧哀风逝，淡淡寒波生。商音更流涕，羽奏壮士惊。心知去不归，且有后世名。登车何时顾，飞盖入秦庭。凌厉越万里，逶迤过千城。图穷事自至，豪主正怔营。惜哉剑术疏，奇功遂不成。其人虽已没，千载有余情！

关于荆轲之事，《战国策·燕策》与《史记·刺客列传》都有记载，其基本情节是相似的。陶渊明的这首诗显然是取材于上述史料，但并不是简单地用诗的形式复述这一历史故事。

诗的头四句，从燕太子丹养士报秦（报，报复、报仇之意），引出荆轲。

【鉴赏】

不仅概括了荆轲入燕，燕丹谋于太傅鞠武，鞠武荐田光，田光荐荆轲，燕丹得识荆轲，奉为"上卿"等等经过，而且，一开始便将人物（荆轲）置于秦、燕矛盾之中，又因为这个人物是最出众、最雄俊的勇士（百夫良，超越百人的勇士），于是乎他自然成了矛盾一方（燕）的希望之所托。那么，故事的背景，人物的位置，及其肩负之重任，大体都已亮出，所以说这四句是"已将后事全摄"。正因为如此，矛盾的发展，人物的命运等等悬念，也就同时紧紧地系在读者的心上。下面接着就写荆轲出燕，在临行前，史书中有荆轲等待与其同行的助手，而"太子迟之，疑其改悔"，引起荆轲怒叱太子，且在一怒之下，带着并不中用的秦舞阳同行的记载。诗人略去这一重要情节，而代之以"君子死知己，提剑出燕京"。这后一句逗出下文，而前一句显然是回护了燕丹的过失，但这样写却与首句的"善养士"相呼应。既使得内容和谐统一，一气贯注，也使得笔墨集中，结构浑成。易水饯行，《战国策》与《史记》是这么写的："遂发，太子及宾客知其事者，皆白衣冠以送之……"，由平缓而渐趋激昂。诗人则不然，他首先插入"素骥鸣广陌，慷慨送我行"。素骥，白马。马犹如此，人就自不待言了，诗的情绪一下子就激发起来了。因而"雄发"二句的刻画——头发直竖，指向高高的帽子；雄猛之气，冲动了系冠的丝绳——虽不无夸张，但却由于情真意足而显得极其自然。易水饯别，也正是在这种气氛中酝酿和展开的激昂悲壮的一幕。高渐离、宋意……一时燕国的豪杰，都列坐在饯席之上。寒水哀风，击筑高歌，声色俱现，情景相生，送者、行者，无不热血沸腾，慷慨流涕。"心知去不归，且有后世名"。又一笔折到行者，道出了行者的决心，写出了行者的气概，而这也就是这幕戏的意图与效果之所在。"登车"六句写荆轲义无反顾，飞车入秦。使上述的决死之心与一往无前的气概，从行动上再加以具体的表现。其中"凌厉"二句亦属诗人的想像，它好似一连串快速闪过的镜头，使人物迅逼秦廷，把情节推向高潮，扣人心弦。诗中以大量笔墨写出燕入秦，铺叙得排荡淋漓，而写到行刺失败的正面，却是惜墨如金，只用了两句话——“图穷事自至，豪主正怔营”。前一句洗练地交代了荆轲与燕丹在地图中藏着利刃以要劫、刺杀秦王的计谋，同时也宣布了高潮的到来，后一句只写秦王慌张惊恐，从对面突出荆轲的果敢与威慑，而对荆轲被秦王左右击杀等等，则只字不提，其倾向之鲜明，爱憎之强烈，自在不言之中。作者以有限的篇幅，再现了雄姿勃勃的荆轲形象，也表现了作者剪裁的功夫与创造的才能。诗的最后四句，便是直截的抒情和评述，诗人一面惋惜其“奇功”不成，一面肯定其精神犹在，在惋惜和赞叹之中，使这个勇于牺牲、不畏强暴的形象，获得了不灭的光辉、不朽的生命。可以看得出诗人是以饱蘸感情的笔触，写下了这个精彩而又有分量的结尾。正如张玉谷说的“既惜之，复慕之，结得抟捖有力，遂使通首皆振得起”(《古诗赏析》)。

发思古之幽情，是为了现实。不过这“现实”亦不宜说得过窄过死(如一些论者所言，这首诗是诗人出于“忠晋报宋”而作)，为什么呢？首先，因为陶渊明反复地说过：“少时壮且厉，抚剑独行游。谁言行游近，张掖至幽州”(《拟古》之八)；“忆我少壮时，无乐自欣豫。猛志逸四海，骞翮思远翥”(《杂诗》之五)。这使我们看到在作者的生活、志趣和性格中，也早已具有着豪放、侠义的色彩。其次，诗人也曾出仕于晋，不过他说这是“误落尘网中，一去十三年”(《归田园居五首》)，悔恨之情溢于言表，足见“晋”也并不是他的理想王国，当然“宋”亦如此。这些都是我们不必将《咏荆轲》的作意胶柱于“忠晋报宋”的理由。诗人一生“猛志”不衰，疾恶除暴、舍身济世之心常在，诗中的荆轲也正是这种精神和理想的艺术折光。说得简单一点，便是借历史之旧事，抒自己之爱憎，这样看是比较接近诗人心迹的吧。是的，这首诗的影响也正在此，此亦有诗为证：“陶潜诗喜说荆轲，想见《停云》发浩歌。吟到恩仇心事涌，江湖侠骨恐无多。”(龚自珍《己亥杂诗》)

(赵其钧)

【原文】

桃花源诗并记

晋太元中[①]，武陵人捕鱼为业[②]。缘溪行，忘路之远近。忽逢桃花林，夹岸数百步，中无杂树，芳草鲜美，落英缤纷。渔人甚异之。复前行，欲穷其林。林尽水源，便得一山。山有小口，仿佛若有光。便舍船，从口入。初极狭，才通人，复行数十步，豁然开朗。土地平旷，屋舍俨然，有良田美池桑竹之属。阡陌交通，鸡犬相闻。其中往来种作，男女衣著，悉如外人。黄发垂髫[③]，并怡然自乐。见渔人，乃大惊，问所从来，具答之。便要还家[④]，设酒杀鸡作食。村中闻有此人，咸来问讯。自云先世避秦时乱，率妻子邑人来此绝境，不复出焉，遂与外人间隔。问今是何世，乃不知有汉，无论魏晋。此人一一为具言所闻，皆叹惋。馀人各复延至其家，皆出酒食。停数日，辞去。此中人语云："不足为外人道也。"既出，得其船。便扶向路[⑤]，处处志之。及郡下，诣太守说如此。太守即遣人随其往，寻向所志，遂迷，不复得路。南阳刘子骥[⑥]，高尚士也，闻之，欣然规往[⑦]，未果，寻病终。后遂无问津者。

嬴氏乱天纪，贤者避其世。黄绮之商山，伊人亦云逝。往迹浸复湮，来径遂芜废。相命肆农耕，日入从所憩。桑竹垂馀荫，菽稷随时艺。春蚕收长丝，秋熟靡王税。荒路暧交通，鸡犬互鸣吠。俎豆犹古法，衣裳无新制。童孺纵行歌，斑白欢游诣。草荣识节和，木衰知风厉。虽无纪历志，四时自成岁。怡然有馀乐，于何劳智慧。奇踪隐五百，一朝敞神界。淳薄既异源，旋复还幽蔽。借问游方士，焉测尘嚣外。愿言蹑轻风，高举寻吾契。

〔注〕 ① 太元：晋孝武帝年号(376－396)。 ② 武陵：今湖南常德。 ③ 黄发：指老人。垂髫(tiáo 条)：垂发，指小儿。 ④ 要：邀。 ⑤ 扶：沿。向：旧。 ⑥ 南阳：今河南南阳。刘子骥：名驎之，好游山泽，见《晋书·隐逸传》。 ⑦ 规：谋。

《桃花源诗并记》，表现高尚美好的人类社会理想，是渊明晚年的代表作品。了解传统文化，这是必读之作。

先读《记》文。从"晋太元中"到"豁然开朗"，可谓引子，叙述桃花源之被发现。此节文字已带出传奇色彩。"忘路之远近"，"忽逢桃花林"，"仿佛若有光"，"豁然开朗"等语，尤能状出奇异之感。间或写景亦很优美，"夹岸数百步，中无杂树，芳草鲜美，落英缤纷"，颇能引人入胜。从"土地平旷"到"不足为外人道也"，是中心段落，描写渔人与桃源人之接触，通过渔人之眼呈示桃源世界。"屋舍俨然，有良田美池桑竹之属"，启示着桃源世界的人间性。"便要还家，设酒杀鸡作食"，"馀人各复延至其家，皆出酒食"，则意味着桃源人之富于人情味。"自云先世避秦时乱，率妻子邑人来此绝境，不复出焉，遂与外人间隔"，"此中人语云：'不足为外人道也'"，更表明桃源人对自由之酷爱，对传统之忠诚。这些意义，自然不是世间渔人所能理解的。"问今是何世，乃不知有汉，无论魏晋"，桃源人与世间人的这一番对话，实无异为桃源与世间的一种文化比较。但其深刻意蕴，则有待《诗》中阐发。从"既出"到"后遂无问津者"，可谓尾声，交待渔人之背约，桃源之不可再寻，愈增扑朔迷离之传奇色彩。这便令人更加向往，渴望更多了解桃源。《诗》，于是顺着读者此种心理推出。

"嬴氏乱天纪，贤者避其世。"起唱六句，揭示桃源产生的历史。自从秦

【鉴赏】

始皇悖逆人道，贤者便纷纷避世隐居。人道出于天道，故曰“天纪”。这是先秦儒道两家的共同思想。“贤者避世”是孔子的话(《论语·宪问》)，这也是儒道相通之点。“黄绮之商山，伊人亦云逝。”为避秦乱，夏黄公、绮里季等四人到商山隐居，称“商山四皓”。那时候，桃源的先民们也离开了这个世界。《记》是从屋舍良田写入桃源，《诗》则从历史根源写入，但是都说明着桃源世界的人间性。“往迹浸复湮，来径遂芜废。”初来桃源的足迹渐渐湮没了，那道路渐渐荒芜消失。比较《记》语“不复出焉，遂与外人间隔”，此二句诗尤具岁月绵邈、桃源渺茫之感。以下便正面展开桃源世界，揭示其文化特质。“相命肆农耕，日入从所憩。”桃源人相勉努力耕种，他们日出而作，日落各归所居休息。此二句，暗用《击壤歌》“日出而作，日入而息，凿井而饮，耕田而食，帝力于我何有哉”，用得到家。“桑竹垂馀荫，菽稷随时艺。”桑竹采用犹有馀荫，五谷能够及时种植。这暗示着没有横征暴敛、徭役、战乱的干扰。“五亩之宅，树之以桑，五十者可以衣帛矣”，“不违农时，谷不可胜食也”，古人的理想，在这里是实现了。“春蚕收长丝，秋熟靡王税。”此二句诗互文。春收蚕丝，秋收粮食，没有官家征税，这里压根儿就没有什么君王！桃花源，是没有压迫、没有剥削的社会。“荒路暧交通，鸡犬互鸣吠。”虽说荒草掩路，可是阻隔的实在只是与外界的交通，桃源人之间，却是常来常往，交情至为淳厚。上文“相命肆农耕”，下文“斑白欢游诣”可证。鸡鸣狗吠，其声互答，是暗示着人与人之间的和睦友好。“俎豆犹古法，衣裳无新制。”俎豆是古代祭祀用的礼器，衣裳即上下装。上文“秋熟靡王税”二句是揭示桃源政治经济之特质，此二句则是揭示桃源民俗文化之特质。礼法、服制犹保持古风，这意味着古老的美德之保持。所以：“童孺纵行歌，斑白欢游诣。”孩儿们在天真活泼地唱着歌，头发斑白的老人们哪，在欢欢喜喜地往来游玩。这岂止是“斑白者不负载于道路矣”！不言而喻，古人所理想的“幼有所长”，比较容易做到，而“老有所终(善终)”恐怕就不那么容易办到。这里是全都实现了。从敬老爱幼的全幅落实,最能透视桃源道德文化之特质。不过,桃源人对科学知识则不感兴趣。“草荣识节和,木衰知风厉。虽无纪历志,四时自成岁。”桃源人从草木的发荣与凋落,便知道春秋之变化。虽说没有岁历的推算记载,一年四季那是清楚的。下文点出此中真意:“怡然有馀乐,于何劳智慧。”简朴的生活快乐有馀,哪里用得上什么智巧呢!智巧尚且不存在,欺诈权谋就更谈不上。桃源文化之特质,乃是道德与自然兼尚,二者并行不悖。“俎豆犹古法”与“于何劳智慧”二句,可证。“奇踪隐五百,一朝敞神界。”从秦到晋,六百多年,此举大概。桃源的奇迹一直隐没了数百年,今日却向世人显露了她似乎是神仙般的境界。然而,“淳薄既异源,旋复还幽蔽。”桃源风俗自淳厚,世间风俗自浇薄,道不同又何能相谋?所以桃源只能显露一下便又深深隐蔽起来。“异源”二字极可注意,深刻揭示出桃源与世间在文化根源之地的异质。“薄”之一字,是对现实社会的根本批判。“借问游方士,焉测尘嚣外。”游方士,即游于方内之士,指世间俗人。试问世人,你们又怎能了解尘世之外的人间呢?不能的。你们与他们属于两个世界。“愿言蹑轻风,高举寻吾契。”我多么愿意乘着轻风高飞远举,寻找那些与我志趣投合的人们啊。诗人自我的最后出现,是诗人全幅真性情的自然呈露。

桃花源的理想社会,以没有压迫、没有剥削、人人平等、热爱劳动、富于人性、酷爱自由、忠于传统为特质。这一理想,是对当时现实社会的根本否定。当时的社会,充满阴谋、篡夺、屠杀、战争,广大农村,民不聊生。渊明躬耕便难得温饱,一般农民状况可想而知。没有对时代的感愤,对社会的反省,对人民的同情,绝不可能有这一理想的产生。桃源理想社会的人间性(非仙非佛、非彼岸世界),实是对当时盛行的佛教思想的根本否定。渊明所居附近的庐山,是当时佛教一大中心。元兴元年(402),名士刘遗民等百馀人与庐山僧人慧远，在佛像前建斋立誓，共期西方。影响极大。（《高僧传·慧远传》）西方，彼岸世界也。桃源则是人间世界。渊明所创造的社会理想，真正体现了中国文化的人间品格，亦是对当时中西文化冲突的有力回应。

桃源社会理想有一定的现实依据。从汉末至东晋，战祸频仍，各地人民往往逃入深山险境聚居避难，有的形成堡坞社会。但其中仍是等级制度森严。桃源则与之根本异趣。桃源理想，作为一种文化理想，更重要的成因是对于传统文化思想的继承与发展。她吸取了《礼记·礼运》大同社会“天下为公”，“人不独亲其亲，不独子其子，使老有所终，壮有所用，幼有所长”等思想，而扬弃了其“选贤与能”之成分；她吸取了《老子》“小国寡民，虽有什伯之器而不用”，“甘其食，美其服，安其居，乐其俗”等思想，而扬弃了其“民至老死不相往来”及“绝仁弃义”之成分（桃源尚有古礼）。她可能还吸收了魏晋以来从阮籍、嵇康到鲍敬言的无君论思想。终于是自成一新天新地、新境界。《桃花源诗并记》，堪称《礼记·礼运》以降，中国文化之一大瑰宝。

《桃花源记》与《桃花源诗》珠联璧合，又相对独立，读来并无重复之感。《记》以渔人之眼示现桃源。渔人背约，足见其为一俗人，故不可能对桃源有同情之了解。《记》中故事，可视为桃源文化与世间文化之一次碰撞。《诗》则以诗人之眼观照桃源，对桃源作深入揭示，并表达出对桃源之认同与追求。《记》富于传奇色彩，小说情调，《诗》则直凑单微，意蕴深远。《记》与《诗》为一整体，《记》是缘起，《诗》才是本体。《记》见“史才”，《诗》则见“诗笔”、“议论”。作品的结构，是“文备众体”，显示了艺术上的独创。《桃花源诗并记》，对后世同类体裁之文学创作，如元白叙事诗，实已导乎先路。

（邓小军）

形影神三首

贵贱贤愚,莫不营营以惜生,斯甚惑焉;故极陈形影之苦言,神辨自然以释之。好事君子,共取其心焉。

形赠影

天地长不没,山川无改时。草木得常理,霜露荣悴之。谓人最灵智,独复不如兹。适见在世中,奄去靡归期。奚觉无一人,亲识岂相思。但余平生物,举目情凄洏。我无腾化术,必尔不复疑。愿君取吾言,得酒莫苟辞。

影答形

存生不可言,卫生每苦拙。诚愿游昆华,邈然兹道绝。与子相遇来,未尝异悲悦。憩荫若暂乖,止日终不别。此同既难常,黯尔俱时灭。身没名亦尽,念之五情热。立善有遗爱,胡为不自竭?酒云能消忧,方此讵不劣!

神释

大钧无私力,万理自森著。人为三才中,岂不以我故。与君虽异物,生而相依附。结托既喜同,安得不相语。三皇大圣人,今复在何处?彭祖爱永年,欲留不得住。老少同一死,贤愚无复数。日醉或能忘,将非促龄具。立善常所欣,谁当为汝誉?甚念伤吾生,正宜委运去。纵浪大化中,不喜亦不惧。应尽便须尽,无复独多虑。

【鉴赏】

形神问题是中国哲学中的一个重要命题，特别是老庄哲学中涉及形神关系的论述很多，如《文子·下德》中引老子语曰："太上养神，其次养形。"《淮南子·原道训》中说："以神为主者，形从而利；以形为制者，神从而害。"都表示了以神为主，以形为辅，神贵于形的观念。同时也指出了形神一致，不可分割的联系，如《淮南子·原道训》中说："夫形者，生之舍也；气者，生之充也；神者，生之制也；一失位，则三者伤矣。"即指出了形、气、神三者对于生命虽各有各的功用，然三者互相联系，不可缺一。又如汉初推崇黄老思想的司马谈在《论六家要指》中说："凡人之所生者，神也；所托者，形也；神太用则竭，形大劳则敝，形神离则死。"更直接地指出了形神合一，这便是老庄哲学中朴素唯物主义思想的体现。然而，在佛教兴起之后，佛教徒鼓吹形灭神不灭，灵魂永恒的唯心思想，如与陶渊明同时的沙门慧远曾作《形尽神不灭论》、《佛影铭》以发挥此种理论，《佛影铭》中就说："廓矣大象，理玄无名，体神入化，落影离形。"意在宣扬神形分离，各自独立的主张，这种对形、影、神三者关系的见解代表了佛教徒对形骸与精神的认识，在当时的知识界曾有过广泛影响。慧远就曾命其弟子道秉远至江东，请深受佛教影响的著名的文学家谢灵运制铭文，以充刻石。陶渊明的这组诗就是在这样的背景下写成的。慧远本人与渊明也有交谊，如慧远曾于义熙十年(414)在庐山东林寺召集一百二十三人结白莲社，讲习佛教，他曾邀渊明参加，而渊明却"攒眉而去"，可见他们在论学旨趣上并不一致，如对形影神的看法就有很明显的分歧。渊明对此的认识可以说基本上本于道家的自然思想，这在他自己的小序中已加说明，陶渊明以为世间的凡夫俗子，不管贫富智愚，都在拚命地维持生命，其实是十分糊涂的事，因而他极力陈述形影的苦恼，而以神来辨明自然的道理，解除人们的疑惑。他揭出"自然"两字，以明其立论之根本。《老子》上说："人法地，地法天，天法道，道法自然。"可见道家学说也以取法自然为核心，由此可知陶渊明的思想渊薮。此组诗中他让形影神三者的对话来表明自己的看法。

首先是形体对影子说道：天地永恒地存在，山川万古如斯，草木循着自然的规律，受到风霜的侵袭而枯萎，得到雨露的滋润而复荣，然而身为万物之灵的人类却不能如此。人活在世上，就像匆匆的过客，刚才还在，倏忽已去，再也不能回来，而人们从此便忘了他，似乎世上从未有过这样一个人。亲戚朋友也不再思念他，只留下了些生前遗物，令人见了感伤不已。我作为形体又没有飞天成仙的本领，你影子也用不着怀疑我这最终的归宿，但愿听取我的劝告，开怀畅饮，不必推辞，还是在醉乡去寻求暂时的欢乐吧。

接下去是影子回答形体的话：想求长生不老来维持生命是不可靠的，欲保养生命也往往落得苦恼又拙劣的下场。一心一意要去昆仑山修仙学道，却会发现此路的渺茫与不通。自从我影子与你形体相遇以来，一直同甘共苦，忧喜合一。我如憩息在树荫下，你就同我暂时分手；我若停在阳光下，你就和我不分离。这种形影相随的状况也难以永久持续，当我一旦离世，你便也不复存在。人死名也随之而尽，想起此事便令人心忧如焚，五情俱热。因而影劝形道：唯有立善可以立下美名，为何不去努力留名后世呢？虽说酒能消忧，但同立善相比较，岂不等而下之了！

最后是神作的阐释：造化没有偏爱，万物都按着自己的规律成长繁衍，人所以能跻身于“三才”（天地人）之中，岂不就是因为有了我精神的缘故。我与你们形和影虽然不相同，但生来就互相依附，既然我们结合托体于一身，怎么能不坦诚地说说我的看法：上古时的三皇被称作大圣人，而今他们却在何处？活到了八百多岁的彭祖虽力求长生，但也留不住他人间的生命，老的、少的、聪明的、愚笨的都将同样走向坟茔，没有什么回生的运数可以挽救他们。每日沉缅于酒中或能忘忧，然如此岂不是反而促使生命尽快结束吗？立善常常是人们喜欢做的事，可是当你身后，谁会加以称赞呢？

【鉴赏】

极力去思索这些事情难免丧害了自身，还是听其自然，随命运的安排去吧。在宇宙中纵情放浪，人生没有什么可喜，也没有什么可怕，当生命的尽头来临，那么就让生命之火熄灭吧，不必再有什么顾虑了。

在这三首诗中陶渊明表达了他的人生哲学，后人甚至说："渊明一生之心寓于《形影神》三诗之内，而迄莫有知之者，可叹也。"（马璞《陶诗本义》卷二）故此三诗对理解陶渊明一生的思想极为重要。据陈寅恪先生《陶渊明之思想与清谈之关系》所述，渊明笃守先世崇奉之天师道信仰，故以道家自然观为立论之本，既不同于魏晋时期的自然崇仰者，以放情山水，服食求仙为尚，如嵇康、阮籍等人，又不同于魏晋时期的尊奉孔孟、标举名教者，如何曾之流，而渊明既接受了老庄的思想，又有感于晋宋之际的社会现实，于是创为一种新的自然说。《形影神》这组诗中就典型地体现了这种思想。故此诗不仅体现了渊明个人之哲学观，而且对理解自曹魏末至东晋时士大夫政治思想、人生观念的演变历程有极重要之意义。按此说法，《形赠影》一首就是拟托旧自然说的观点，并加以批评。其中主旨在于说明人生之短暂，不如自然之永恒，这正是嵇康、阮籍等人对自然所抱的看法。持旧自然说的人又大多求长生，学神仙，而渊明诗中说："我无腾化术，必尔不复疑"，其抨击长生求仙之术的立场显然可见。同时魏晋之间崇尚自然的人又往往于酒中求得解脱，以求在乱世中苟全性命，如阮籍与刘伶等人，故陶诗中也拟其说而有"得酒莫苟辞"的说法。

《影答形》一首，则是依托主名教者的口吻而对旧自然说进行的非难，并提出了对人生的看法。此诗首先指出长生不可期，神仙不可求，即意在指责主自然说者的虚无荒诞，同时，以为死生无常，形影相随，一旦离世，则形影俱灭，名同身亡。因而，他们主张出立善而留名，始可不朽，希望通过精神上的长生来达到永恒，这种主张显然得力于儒家立德、立功、立言为三不朽的思想，以为人有美名则可流芳百世，万古长存，因而不满于以酒消愁的处世态度，提倡追求身后之名。

【鉴赏】

《神释》一首即体现了渊明新自然说的主张，借神的话批评了代表旧自然说的形和代表名教说的影。“三皇大圣人，今复在何处”及“立善常所欣，谁当为汝誉”等语意在诋諆主名教者鼓吹的立善可以不朽之说；“彭祖爱永年”以下六句则破除主旧自然说者的长生求仙与沉缅醉乡之论。最后提出纵浪大化，随顺自然，使个人成为自然的一部分，而无须别求腾化升仙之术，如此便可全神，死犹不亡，与天地共存。

陶渊明主张冥契自然，浑同造化的思想显然是取于老庄哲学，如《庄子・天地》中就说：“执道者德全，德全者形全，形全者神全，神全者圣人之道也。”即充分肯定了神的重要，同时它是建立在德全与形全的基础之上的，即强调了神与形与德（此诗中称之为“影”）的一致。陶诗中对贤愚寿夭的等量齐观也一本于《庄子》思想，故方东树说：“《形影神》三诗，用《庄子》之理，见人生贤愚、贵贱、穷通、寿夭、莫非天定，人当委运任化，无为欣戚喜惧于其中，以作庸人无益之扰，即有意于醉酒立善，皆非达道之然。”（《昭昧詹言》）也说明了陶诗的主旨出于《庄子》。陶渊明在形神的认识上有一个很不同于佛教徒的主张，即他认为形神的相互依赖与一致，《神释》中说“生而相依附”，“结托既喜同”都表达了这种观点，这与稍后的唯物主义思想家范缜的意见相近，范氏说：“形者神之质，神者形之用；是则形称其质，神言其用；形之与神，不得相异。”（《神灭论》）又说：“神即形也，形即神也；是以形存则神存，形谢则神灭也。”（同上）陶渊明可以说是范缜的先驱者，他对形神问题的看法显然具有朴素唯物主义的因素。

此诗在艺术上也是颇有特色的，全诗用了寓言的形式，以形、影、神三者之间的相互问答来展开论述，可谓奇思异想，令这一哲学上的讨论富有生动活泼的意趣，即使在说理之中也时时注意到附合寓言中形象的个性。如形对影的赠言中说：“愿君取吾言，得酒莫苟辞。”正如一位主人请一位朋友来对酌而惟恐其推辞，后来李白《月下独酌》中说的“举杯邀明月，对影成三人。月既不解饮,影徒随我身"等等,显然也取陶诗之意。又如写影对形的说话云:"诚愿游昆华,邈然兹道绝。"因影子本身没有行动的能力,所以用一"愿"字说明其欲求成仙,可只是一种不可实现的愿望而已。又如"与子相遇来,未尝异悲悦"数语状写形影不离的情景,可谓维妙维肖。

此诗的遣词造句一气流走,自然矫健,无过多的修饰成分,如《神释》中说:"人为三才中,岂不以我故?"说明神为形体之主的道理,十分简明有力。至如"纵浪大化中"四句,气势开阔,直出胸臆,而音调高朗,掷地可作金石之声,故陈祚明评此曰:"如此理语,矫健不同宋人,公固从汉调中脱化而出,作理语必琢令健,乃不卑。"(《采菽堂古诗选》)就对此诗能作理语而不落熟套,能寓辨论于刚健明快的诗句之中作了充分的肯定。

(王镇远)

九日闲居 并序

余闲居,爱重九之名。秋菊盈园,而持醪靡由,空服九华,寄怀于言。

世短意常多,斯人乐久生。日月依辰至,举俗爱其名。露凄暄风息,气澈天象明。往燕无遗影,来雁有馀声。酒能祛百虑,菊解制颓龄。如何蓬庐士,空视时运倾!尘爵耻虚罍,寒华徒自荣。敛襟独闲谣,缅焉起深情。栖迟固多娱,淹留岂无成。

据《宋书·陶潜传》载,陶渊明归隐后闲居家中,某年九月九日重阳节,宅边的菊花正开,然因家贫无酒,遂在菊花丛中坐了很久,正在惆怅感伤之

际，忽然做江州刺史的王宏派人送来了酒，渊明也不推辞，开怀畅饮，饮则醉，醉则归，不拘礼仪，颓然自放，表现了他不受拘束，纯任自然的天性。这首诗根据其小序中所说的情形来看，与本诗中所叙之事略同，考王宏为江州刺史始于义熙十四年(418)，时渊明已过五十五岁，可见此诗是他的晚年所作。

重阳节自古有饮菊花酒的习俗，据说如此可以延年益寿，《西京杂记》云："九月九日佩茱萸，食蓬饵，饮菊花酒，令人长寿。"然而这一年的重九，在渊明的宅边，虽然有一丛丛颜色各异的菊花，然苦于无钱沽酒，只能空食菊花。古人视菊为一种高雅而有气节的花卉，因她开在众芳凋落的秋天，故屈原就有"夕餐秋菊之落英"的话，这里所说的"九华"也就是指菊花，诗人有菊无酒，遂产生出无限感慨。

"世短意常多"四句，以议论领起，解释了重九之名，并提出感叹人生的主题。意谓人生在世，不过如白驹过隙，正由于其为极短暂的一瞬，故人们产生了各种各样的烦忧顾虑，也导致了人们企慕长寿永生的祈求。一年一度的重阳佳节按着时序的推移又来到了，人们之所以喜爱这个以"九"命名的节日，因为"九"与"久"谐音，所以对它的喜爱正体现了对长生的渴求。这里"举俗爱其名"与小序中的"爱重九之名"一致。"世短意常多"一句炼意极精，前人以为是古诗"人生不满百，常怀千岁忧"两句的浓缩，体现了渊明驾驭语言的本领(宋李公焕《笺注陶渊明集》卷二)。

"露凄暄风息"至"寒华徒自荣"十句写景抒情，感叹自己有菊无酒，空负良辰美景。露水凄清，暖风已止，秋高气爽，天象清明，飞去的燕子没有留下踪影，北来的大雁还有声声余响。据说酒能祛除心中的种种烦恼，菊花能令人制止衰老，而为何我这隐居的贫士只能让重阳佳节白白地过去！酒器中空空如也，积满灰尘，而秋菊却在篱边空自开放。这里描写了一幅天朗气清的深秋景象，与诗人自己贫寒潦倒的处境正成鲜明对照，自然景象的美好反衬出诗人心绪的寥落，大好的时光在白白消逝，盛开的菊花也

【鉴赏】

徒自争艳,诗人于是感慨系之。

"敛襟独闲谣"即写诗人的感叹,他整敛衣襟,独自闲吟,而思绪辽远,感慨遥深。想自己游息于山林固然有不少欢乐,但留滞人世难道就为了一无所成?诗人在这里不仅感叹人生的短暂,而且对人生的价值重新作了审视,诗中关于"深情"的内容并没有加以明确说明,只是隐隐约约地点出了作者悲从中来的原因不仅仅是为了无酒可饮,而更大的悲痛隐藏在心中,这就是诗人对人生的思考与对自身价值的探求。故清代延君寿《老生常谈》中说:"《九日闲居》一首,上面平平叙下,至末幅'敛襟独闲谣,缅焉起深情',忽作一折笔以顿挫之,以下二句'栖迟固多娱,淹留岂无成',以一意作两层收束,开后人无数法门。"就指出了此诗结尾的意蕴。全诗一气直下,其主旨似在表明人生短促而自己又不能及时行乐,空负秋光的悲叹,然忽又说"淹留岂无成",更翻出一层意思,所以延氏说是"一意两层收束"。

因为此诗结语的含蓄,似有不尽之意在于言外,因而历来解此诗者就以为渊明在此中暗寓了他对晋宋易代的悲愤,借此表示了对前朝的留恋,并有志于恢复王室之事。"空视时运倾"一句中也显然系有感于时事的倾覆,"尘爵"二句则表达了愿安于时命,自保贞心的愿望,最后所谓的"淹留岂无成",即暗指自己所以羁留人间是由于还抱着复国的希望,等待一展宏图的机会。这种说法自然也不无道理,自来论陶诗的人也曾指出过渊明并非浑身是静穆,而是一个颇有感时伤世之情的人,龚自珍就说他:"莫信诗人竟平淡,二分《梁甫》一分《骚》。"(《己亥杂诗》)就指出了这种特征。考此诗序中所谓"寄怀",诗中所谓"深情",都似乎确有所寄托,以此推断,可能此诗确有寓意。鲁迅评陶潜说:"于朝政还是留心,也不能忘掉'死',这是他诗文中时时提起的。"(《魏晋风度及文章与药及酒之关系》)本诗即体现了他对政治和生命两方面的认识。

此诗以说理与写景与抒情融合在一起,体现了陶诗自然流走的特点,其中某些句子凝炼而新异,可见渊明铸词造句的手段,如“世短意常多”、“日月依辰至”及“酒能祛百虑,菊解制颓龄”等虽为叙述语,然遒劲新巧,词简意丰,同时无雕饰斧凿之痕,这正是陶诗的难以企及处。

（王镇远）

归园田居五首（其一）

少无适俗韵,性本爱丘山。误入尘网中,一去三十年。羁鸟恋旧林,池鱼思故渊。开荒南野际,守拙归园田。方宅十余亩,草屋八九间。榆柳荫后檐,桃李罗堂前。暧暧远人村,依依墟里烟。狗吠深巷中,鸡鸣桑树颠。户庭无尘杂,虚室有余闲。久在樊笼里,复得返自然。

公元405年(东晋安帝义熙元年),陶渊明在江西彭泽做县令,不过八十多天,便声称不愿“为五斗米向乡里小儿折腰”,挂印回家。从此结束了时隐时仕、身不由己的生活,终老田园。归来后,作《归园田居》诗一组,共五首,描绘田园风光的美好与农村生活的淳朴可爱,抒发归隐后愉悦的心情。这是第一首。

陶诗通常呈现素淡平易的面貌,不见组织雕镂之工。然而苏东坡说:“其诗质而实绮,癯而实腴。”(《与苏辙书》)又说:“渊明诗初看若散缓,熟看有奇句。”(《冷斋诗话》引)东坡偏爱陶公之为人,尤推崇其诗,以为自古无人能及,反复吟咏,烂熟在胸,并一一唱和,著有《和陶集》,体验实较常人为深。我们便以这一首为例,主要谈其质朴中的深味,散缓中的精巧,其它问题,便不多作议论。

起首四句,先说个性与既往人生道路的冲突。韵、性,都是指为人品格

【鉴赏】

与精神气质。所谓“适俗韵”又是什么呢？无非是逢迎世俗、周旋应酬、钻营取巧的那种情态、那种本领吧，这是诗人从来就未曾学会的东西。作为一个真诚率直的人，其本性与淳朴的乡村、宁静的自然，似乎有一种内在的共通之处，所以“爱丘山”。前二句表露了作者清高孤傲、与世不合的性格，为全诗定下一个基调，同时又是一个伏笔，它是诗人进入官场却终于辞官归田的根本原因。但是，人生常不得已。作为一个官宦人家的子弟，步入仕途乃是通常的选择；作为一个熟读儒家经书、欲在社会中寻求成功的知识分子，也必须进入社会的权力组织；便是为了供养家小、维持较舒适的日常生活，也需要做官。所以不能不违逆自己的“韵”和“性”，奔波于官场。回头想起来，那是误入歧途，误入了束缚人性而又肮脏无聊的世俗之网。“一去三十年”，当是“十三年”之误。从陶渊明开始做官到最终归隐，正好是十三年。这一句看来不过是平实的纪述，但仔细体味，却有深意。诗人对田园，就像对一位情谊深厚的老朋友似地叹息道：“呵，这一别就是十三年了！”内中多少感慨，多少眷恋！但写来仍是隐藏不露。

下面四句是两种生活之间的过渡。虽是“误入尘网”，却是情性未移。“羁鸟恋旧林，池鱼思故渊”，两句集中描写做官时的心情，从上文转接下来，语气顺畅，毫无阻隔。因为连用两个相似的比喻，又是对仗句式，便强化了厌倦旧生活、向往新生活的情绪；再从这里转接下文：“开荒南野际，守拙归园田”，就显得自然妥贴，丝毫不着痕迹了。“守拙”回应“少无适俗韵”——因为不懂得钻营取巧，不如抱守自己的愚拙，无须勉强混迹于俗世；“归园田”回应“性本爱丘山”——既有此天性，便循此天性，使这人生自然舒展，得其所好。开始所写的冲突，在这里得到了解决。

从冲突中摆脱出来，心中欢喜，情绪开张，以下八句，便以欣欣之笔，咏唱居所一带的风光。这里描写的一切，是极为平常的。你看：土地，草房；榆柳，桃李；村庄，炊烟；狗吠，鸡鸣。但正是这些平平常常的事物，在诗人笔下，构成了一幅十分恬静幽美、清新喜人的图画。在这画面上，田园风光以其清淡平素的、毫无矫揉造作的天然之美，呈现在我们面前，使人悠然神往。这不是有点儿像世外桃源的光景吗？“土地平旷，屋舍俨然，有良田桑竹之属。阡陌交通，鸡犬相闻。其中往来种作，男女衣著，悉如外人；黄发垂髫，并怡然自乐……。”（《桃花源记》）其实，幻想的桃源也好，现实的乡村也好，都是表现着陶渊明的一种理想：合理的社会，应当是没有竞争、没有虚伪、没有外加的礼仪束缚，人人自耕自食的社会。这种社会当然不可能实现；陶渊明笔下的乡村，也有意忽略了生活艰难和残酷的一面。但作为诗的构造，却给人以美的安慰。——文学常常起着这样的作用。

这一段初读起来，只觉得自然平淡，其实构思安排，颇有精妙。“方（同“旁”）宅十余亩，草屋八九间”，是简笔的勾勒，以此显出主人生活的简朴。但虽无雕梁画栋之堂皇宏丽，却有榆树柳树的绿荫笼罩于屋后，桃花李花竞艳于堂前，素淡与绚丽交掩成趣。前四句构成一个近景。但陶渊明要描写出和平安宁的意境，单这近景还不足显示。所以接着把笔移向远处的景象：“暧暧远人村，依依墟里烟。”暧暧，是模糊不清的样子，村落相隔很远，所以显得模糊，就像国画家画远景时，往往也是淡淡勾上几笔水墨一样。依依，形容炊烟轻柔而缓慢地向上飘升。这两句所描写的景致，给人以平静安详的感觉，好像这世界不受任何力量的干扰。从四句近景转到两句远景，犹如电影镜头慢慢拉开，将一座充满农家风味的茅舍融化到深远的背景之中。画面是很淡很淡，味道却是很浓很浓，令人胸襟开阔、心旷神怡。读到这里，人们或许会觉得还缺少点什么。是的，这景象太过清静，似乎少一点生气。但诗人并没有忘记这一点，请听，“狗吠深巷中，鸡鸣桑树颠”，一下子，这幅美好的田园画不是活起来了吗？这二句套用汉乐府《鸡鸣》“鸡鸣高树颠，狗吠深宫中”而稍加变化。但诗人绝无用典炫博的意思，不过是信手拈来。他不写虫吟鸟唱，却写了极为平常的鸡鸣狗吠，因为这鸡

【鉴赏】

犬之声相闻，才最富有农村环境的特征，和整个画面也最为和谐统一。隐隐之中，是否也渗透了《老子》所谓“小国寡民”、“鸡犬之声相闻，民老死不相往来”的理想社会观念？那也难说。单从诗境本身来看，这二笔是不可缺少的。它恰当地表现出农村的生活气息，又丝毫不破坏那一片和平的意境，不会让你感到喧嚣和烦躁。以此比较王籍的名句“蝉噪林逾静，鸟鸣山更幽”，那种为人传诵的所谓“以动写静”的笔法，未免太强调、太吃力。

从写景转下来，是这样两句：“户庭无尘杂，虚室有余闲。”尘杂是指尘俗杂事，虚室就是静室。既是做官，总不免有许多自己不愿干的蠢事，许多无聊应酬吧？如今可是全都摆脱了，在虚静的居所里生活得很悠闲。不过，最令人愉快的，倒不在这悠闲，而在于从此可以按照自己的意愿生活。全诗便以这样两句收结：“久在樊笼里，复得返自然。”自然，既是指自然的环境，又是指顺适本性、无所扭曲的生活。这两句再次同开头“少无适俗韵，性本爱丘山”相呼应，同时又是点题之笔，揭示出《归园田居》的主旨。但这一呼应与点题，丝毫不觉勉强。全诗从对官场生活的强烈厌倦，写到田园风光的美好动人，新生活的愉快，一种如释重负的心情自然而然地流露了出来。这样的结尾，既是用笔精细，又是顺理成章。

自来评陶诗者，多强调其自然简淡的风格，至有“陶渊明直是倾倒所有，借书于手，初不自知为语言文字”，“渊明所谓不烦绳削而自合”之类的说法。其实，诗总是诗，“自然”的艺术仍然是艺术，甚至是一种不易求得的艺术。真正随意倾吐、毫不修磨，也许称得上“自然”，但绝非“自然”的艺术。从这诗来看，在谋篇布局、逐层推进，乃至每个细节的刻画方面，都非草率从事，实是精心构思、斟字酌句、反复锤炼的结晶。只是有一种真实的情感始终贯穿在诗歌中，并呈现为一个完整的意境，诗的语言完全为呈现这意境服务，不求表面的好看，于是诗便显得自然。总之，这是经过艺术追求、艺术努力而达到的自然。

（骆玉明）

归园田居五首(其二)

野外罕人事,穷巷寡轮鞅,白日掩荆扉,虚室绝尘想。时复墟曲中,披草共来往。相见无杂言,但道桑麻长。桑麻日已长,我土日已广,常恐霜霰至,零落同草莽。

陶渊明"性本爱丘山",这不仅是因为他长期生活在田园之中,炊烟缭绕的村落,幽深的小巷中传来的鸡鸣狗吠……都会唤起他无限亲切的感情;更重要的是,在他的心目中,恬美宁静的乡村是与趋膻逐臭的官场相对立的一个理想天地,这里没有暴力、虚假,有的只是淳朴天真、和谐自然。因此,他总是借田园之景寄托胸中之"意",挖掘田园生活内在的本质的美。《归园田居》组诗是诗人在归隐初期的作品,第一首着重表现他"久在樊笼里,复得返自然"的欣喜心情,这一首则着意写出乡居生活的宁静。

开头四句从正面写"静"。诗人摆脱了"怀役不遑寐,中宵尚孤征"的仕官生活之后,回到了偏僻的乡村,极少有世俗的交际应酬,也极少有车马贵客——官场中人造访,所以他非常轻松地说:"野外罕人事,穷巷寡轮鞅",他总算又获得了属于自己的宁静。正因为没有俗事俗人的打扰,所以"白日掩荆扉,虚室绝尘想"。那道虚掩的柴门,那间幽静的居室,已经把尘世的一切喧嚣,一切俗念都远远地摒弃了。——诗人的身心俱静。在这四句中,诗人反复用"野外"、"穷巷"、"荆扉"、"虚室"来反复强调乡居的清贫,暗示出自己抱贫守志的高洁之心。

不过,虚掩的柴门也有敞开之时,诗人"时复墟曲中,披草共来往",他时常沿着野草丛生的田间小路,和乡邻们来来往往;诗人也并非总是独坐

"虚室"之中，他时常和乡邻们共话桑麻。然而，在诗人看来，与纯朴的农人披草来往，绝不同于官场应酬，不是他所厌恶的"人事"；一起谈论桑麻生长的情况，绝对不同于计较官场浮沉，不是他所厌恶的"杂言"。所以，不管是"披草共来往"，还是"但话桑麻长"，诗人与乡邻的关系显得那么友好淳厚。与充满了权诈虚伪的官场相比，这里人与人的关系是清澄明净的。——这是以外在的"动"来写出乡居生活内在的"静"。

当然，乡村生活也有它的喜惧。"桑麻日已长，我土日已广"，庄稼一天天生长，开辟的荒土越来越多，令人喜悦；同时又"常恐霜霰至，零落同草莽"，生怕自己的辛勤劳动，毁于一旦，心怀恐惧。然而，这里的一喜一惧，并非"尘想"杂念；相反，这单纯的喜惧，正反映着经历过乡居劳作的洗涤，诗人的心灵变得明澈了，感情变得淳朴了。——这是以心之"动"来进一步展示心之"静"。

诗人用质朴无华的语言、悠然自在的语调，叙述乡居生活的日常片断，让读者在其中去领略乡村的幽静及自己心境的恬静。而在这一片"静"的境界中，流荡着一种古朴淳厚的情味。元好问曾说："此翁岂作诗，直写胸中天。"诗人在这里描绘的正是一个宁静谐美的理想天地。

（韦凤娟）

归园田居五首（其三）

种豆南山下，草盛豆苗稀。
晨兴理荒秽[①]，带月荷锄归[②]。
道狭草木长，夕露沾我衣。
衣沾不足惜，但使愿无违。

【鉴赏】

〔注〕 ① 兴:起身。荒秽:指野草之类。 ② 带:一作"戴",披。

《归园田居》第一首的结尾二句,是"久在樊笼里,复得返自然"。所谓"自然",不仅指乡村的自然环境,亦是指自然的生活方式。在陶渊明看来,为口腹所役,以社会的价值标准作为自己的行动准则,追逐富贵,追逐虚名,都是扭曲人性、失去自我的行为。而自耕自食,满足于俭朴的生活,舍弃人与人之间的竞逐与斗争,这才是自然的生活方式。不管这种认识在社会学中应作如何评价,终究是古今中外反复被提出的一种思想。当然,陶渊明作为一个贵族的后代,一个很少经历真正的苦难生活的磨砺的士大夫,要完全凭借自己的体力养活一家人,实际是难以做到的;而且事实上,他的家中仍然有僮仆和带有人身依附性质的"门生"为他种田。但他确实也在努力实践自己对人生、对社会的特殊认识,经常参加一些农业劳动,并在诗歌中歌颂这种劳动的愉悦和美感。我们应当注意到:不能把陶渊明的"躬耕"与普通农民的种地等量齐观,因为这并不是他维持家庭生活的主要经济手段;也不能把陶渊明对劳动的感受与普通农民的感受等同看待,因为这种感受中包含了相当深沉的对于人生与社会的思考,在古代,它只能出现在一小部分优秀的知识分子身上。如果要找相类的表述,我们可以在托尔斯泰的著名小说《安娜·卡列尼娜》中看到。小说中的列文,在某种程度上是作者的化身,也曾亲身参加农业劳动,而从中求取人生的真理,以此来批判贵族社会的虚伪、空洞、无聊。

所以,这首诗看起来极为平易浅显,好像只是一个日常生活的片断,其实却有不少需要深入体会的内涵。

首先,这诗中不易察觉地涵化了前人的作品,那就是汉代杨恽(司马迁外孙)的一首歌辞:

田彼南山,芜秽不治。种一顷豆,落而为萁。人生行乐耳,须富贵

【鉴赏】

何时！

此诗原是杨恽得罪免官后发泄牢骚之作。据《汉书》颜师古注引张晏说，南山为“人君之象”，芜秽不治“言朝廷之荒乱”，豆实零落在野，“喻己见放弃”。此说大体不错。

将陶诗与杨诗比照，相似之处是显而易见的。“种豆南山下”，便是“田彼南山”；“草盛豆苗稀”，便是“芜秽不治”；“晨起理荒秽”，也是针对“芜秽不治”这一句而写的。考虑到陶渊明对古代典籍的熟悉，这种明显的相似，可以断定不是偶然巧合。

那么，陶渊明暗用杨诗，用意又何在？首先，这种化用，已经把杨诗的一部分意涵移植到自己诗里了。对于熟悉《汉书》的人来说，马上会联想到“朝廷之荒乱”、贤者无所用这样的喻意。

但是，这诗又并不是单纯地脱化前人之作，诗中所写种豆锄草，都是作者实际生活中的事情。陶渊明既移植了杨诗的某种意涵，表达他对现实政治的看法，又用自己亲身种豆南山的举动，针对杨诗“田彼南山，芜秽不治”的喻意，表明自己的人生态度：在污浊混乱的社会中，洁身自好，躬耕田园，才是一种可取的选择。杨诗结尾说：“人生行乐耳，须富贵何时。”在一定前提下，这也是陶渊明所赞成的。但他通过自己的诗又表明：劳作生活中包含着丰富的人生乐趣。忙时种植收获，闲来杯酒自娱，纵身大化，忘情世外，这就是真正的“人生行乐”。

解析了此诗运用典故的内涵，便可以对诗本身作进一步的分析。

种豆南山，草盛苗稀，有人说这是因为陶渊明初归田园，不熟悉农务。其实他的田主要不是自己耕种的，他只是参与部分劳动，这话说得没有意思。《归园田居》第一首有“开荒南野际”之句，可以证明南山下的土地是新开垦的。所以不适合种其它庄稼，只好种上容易生长的豆类。这道理种过田的人都懂得。如果不考虑运用典故的因素，这两句就像一个老农的闲谈，起得平淡，给人以亲切感。

草盛就得锄，所以一早就下地了。这是纪实。但“理荒秽”三字，用得比较重，似乎别有用心。杨恽诗中“芜秽不治”，是比喻朝廷之荒乱。那么，在陶渊明看来，社会的混乱，是由什么引起的呢？那是因为许多人脱离了自然的生活方式，玩弄智巧，争夺利益，不能自拔。于是天下战乱纷起，流血无尽。“人生归有道，衣食固其端。孰是都不营，而以求自安！”（《庚戌岁九月中于西田获早稻》）这诗表明陶渊明把自耕自食看作是每个人都应遵循的根本道理。所以，“理荒秽”，亦包含了以自耕自食的生活方式纠治整个社会的“芜秽”之深意。

“带（戴）月荷锄归”，说明整整干了一天。陶渊明毕竟不是真正的农民，既有僮仆和他一起下地，即使他干起活不那么紧张劳累，这一天也够受的。但他的心情却很愉快。何以见得？因为没有好心情，写不出这样美的诗句。月光洒遍田野，扛着锄头，沿着田间小路往家走，这是多么漂亮的画面！另一首诗中，陶渊明对田间劳动说过这样的话：“四体诚乃疲，庶无异患干。”身体虽然疲劳，却避免了许多患害。这不但包括兵凶战厄，也包括人群间的尔诈我虞。在劳作中生命显得切实、有力，所以是愉快的，美的。

因为是新开垦的土地，道路狭隘，草木却长得高。天时已晚，草叶上凝结了点点露珠，沾湿了衣裳。“衣沾不足惜”，把这么一件小事提出来，强调一句，好像没有什么必要。衣服湿了，确确实实是没有什么可惜的，陶渊明这么一个豁达的人，说它干什么？但“衣沾”并不只是说衣服被打湿而已，而是一个象征。从前做官，虽然不舒服，总有一份俸禄，可以养家活口，沽酒买醉。辞官隐居，生活自然艰难得多，田间劳动，又不是他这么一个读书人所能轻易胜任的，而且这种境况还将持续下去。高蹈避世，说起来容易，多少人能做到？陶渊明自己，不也是内心中“贫富长交战”吗？只是诗人不愿说得太远、太露，以致破坏整首诗的气氛，只就眼前小事，轻轻点上一笔。

【原文】

“但使愿无违”是全诗的归结和主旨。“愿”，就是保持人格的完整，坚持人生的理想，以真诚的态度、自然的方式，完成这一短暂的生命。这不是太重要了吗？所以一切艰难，与此相比，都变得微不足道。而自己确做到了“愿无违”，也是颇值得自我欣赏的。

用浅易的文字，平缓的语调，表现深刻的思想，是陶渊明的特长。即使我们并不知道诗中运用了什么典故，单是诗中的情调、气氛，也能把作者所要表达的东西传送到我们的内心深处。

（孙　明）

归园田居五首（其四）

久去山泽游，浪莽林野娱。试携子侄辈，披榛步荒墟。徘徊丘垄间，依依昔人居。井灶有遗处，桑竹残朽株。借问采薪者，此人皆焉如？薪者向我言，死没无复余。一世异朝市，此语真不虚。人生似幻化，终当归空无。

上面这首诗是陶渊明所写《归园田居五首》的第四首。作者之所以毅然弃官归田，并在这组诗的第三首中表达了只求不违所愿而不惜劳苦耕作、夕露沾衣的决心，为的是复返自然，以求得人性的回归。这第四首诗的前四句写归田园后偕同子侄、信步所之的一次漫游。首句“久去山泽游”，是对这组诗首篇所写“误落尘网中”、“久在樊笼里”的回顾。次句“浪莽林野娱”，是“羁鸟恋旧林，池鱼思故渊”的作者在脱离“尘网”、重回“故渊”，飞出“樊笼”、复返“旧林”后，投身自然、得遂本性的喜悦。这句中的“浪莽”二

字，义同放浪，写作者此时无拘无束、自由自在的身心状态；逯钦立校注的《陶渊明集》释此二字为“形容林野的广大”，似误。句中的一个“娱”字，则表达了“性本爱丘山”的作者对自然的契合和爱赏。从第三句诗，则可见作者归田园后不仅有林野之娱，而且有“携子侄辈”同游的家人之乐。从第四句“披榛步荒墟”的描写，更可见其游兴之浓，而句末的“荒墟”二字承上启下，引出了后面的所见、所问、所感。

陶诗大多即景就事，平铺直叙，在平淡中见深意、奇趣。这首诗也是一首平铺直叙之作。诗的第五到第八句“徘徊丘垄间，依依昔人居，井灶有遗处，桑竹残朽株”，紧承首段的末句，写“步荒墟”所见，是全诗的第二段。这四句诗与首篇中所写“暧暧远人村，依依墟里烟，狗吠深巷中，鸡鸣桑树颠”那样一幅生机盎然的田园画适成对照。这是生与死、今与昔的对照。既淡泊而又多情、既了悟人生而又热爱人生的作者，面对这世间的生与死、时间的今与昔问题，自有深刻的感受和无穷的悲慨。其在“丘垄间”如此流连徘徊、见“昔人居”如此依依眷念、对遗存的“井灶”和残朽的“桑竹”也如此深情地观察和描述的心情，是可以想象、耐人寻绎的。

诗的第九到第十二句是全诗的第三段。前两句写作者问；后两句写薪者答。问话“此人皆焉如”与答话“死没无复余”，用语都极其简朴。而简朴的问话中蕴含作者对当前荒寂之景的无限怅惘、对原居此地之人的无限关切；简朴的答话则如实地道出了一个残酷的事实，而在它的背后是一个引发古往今来无数哲人为之迷惘、思考并从各个角度寻求答案的人生问题。

诗的第十三到第十六句“一世异朝市，此语真不虚，人生似幻化，终当归空无”，是最后一段，写作者听薪者回答后的所感。这四句诗参破、说尽了盛则有衰、生则有死这样一个无可逃避的事物规律和自然法则。诗句看似平平淡淡，而所包含的感情容量极大，所蕴藏的哲理意义极深；这正是所谓厚积而薄发，也是陶诗的难以企及之处。正如朱光潜在《诗论》第十三章

《陶渊明·他的情感生活》中所说，一些哲理，“儒、佛两家费许多言语来阐明它，而渊明灵心迸发，一语道破。我们在这里所领悟的不是一种学说，而是一种情趣、一种胸襟、一种具体的人格”。读陶诗，正应从中看到他内心的境界、智慧的灵光，及其对世事、人生的了悟。

有些赏析文章认为作者此行是访故友，是听到故友“死没无复余”而感到悲哀。但从整首诗看，诗中并无追叙友情、忆念旧游的语句，似不必如此推测。而且，那样解释还缩小了这首诗的内涵。王国维曾说，诗人之观物是“通古今而观之”，不“域于一人一事”（《人间词话删稿》），其“所写者，非个人之性质”，而是“人类全体之性质”（《红楼梦评论·馀论》）。这首诗所写及其意义正如王国维所说。作者从“昔人居”、耕者言所兴发的悲慨、所领悟的哲理，固已超越了一人一事，不是个人的、偶然的，而是带有普遍性、必然性的人间悲剧。

（陈邦炎）

归园田居五首（其五）

怅恨独策还，崎岖历榛曲。
山涧清且浅，可以濯吾足。
漉我新熟酒，只鸡招近局。
日入室中暗，荆薪代明烛。
欢来苦夕短，已复至天旭。

这首诗是陶渊明《归园田居五首》的最后一首。诗的前四句写作者独

自策杖还家途中的情景；后六句写还家后邀请附近邻人欢饮达旦的田园乐趣。

对诗的首句“怅恨独策还”，有两种解说：一说认为这首诗是紧承第四首而作，例如方东树说，“‘怅恨’二字，承上昔人死无余意来”（《昭昧詹言》卷四），黄文焕也说，“昔人多不存，独策所以生恨也”（《陶诗析义》卷二）；另一说认为这一句所写的“还”，是“耕种而还”（邱嘉穗《东山草堂陶诗笺》中语）。这两说都嫌依据不足。如果作者所写是还自“荒墟”的心情，则上首之“披榛步荒墟”为“携子侄辈”同往，何以“独策还”？如果作者是耕种归来，则所携应为农具，应如这组诗的第三首所写，“荷锄”而归，似不应策杖而还。联系下三句看，此句所写，似不如视作“性本爱丘山”的作者在一次独游的归途中生发的“怅恨”。其“怅恨”，可以与本句中的“还”字有关，是因游兴未尽而日色将暮，不得不还；也可以与本句中的“独”字有关，是因独游而产生的孤寂之感。这种孤寂感，既是这次游而无伴的孤寂感，也是作者隐藏于内心的“举世皆浊我独清”（《楚辞·渔父》）的时代孤寂感。次句“崎岖历榛曲”，写的应是真景实事，但倘若驰骋联想，从象喻意义去理解，则当时的世途确是布满荆榛，而作者的生活道路也是崎岖不平的。联系其在《感士不遇赋序》中所说的“夷皓有安归之叹，三闾发已矣之哀”，不妨设想：其在独游之际，所感原非一事，怅恨决非一端。

诗的三、四两句“山涧清且浅，可以濯吾足”，则化用《孟子·离娄》“沧浪之水清兮，可以濯我缨；沧浪之水浊兮，可以濯我足”句意，显示了作者的生活情趣和委身自然、与自然相得相洽的质性。人多称渊明冲淡静穆，但他的心中并非一潭止水，更非思想单纯、无忧无虑。生活、世事的忧虑固经常往来于其胸中，只是他能随时从对人生的领悟、与自然的契合中使烦恼得到解脱、苦乐得到平衡，从而使心灵归于和谐。合一、二两句来看这首诗的前四句，正是作者的内心由怅恨而归于和谐的如实表述。

【鉴赏】

这首诗写的是两段时间、两个空间。前四句，时间是日暮之前，空间是山路之上；后六句，则在时间上从日暮写到"天旭"，在空间上从"近局"写到"室中"。如果就作者的心情而言，则前四句以"怅恨"发端，而后六句以"欢来"收结。作者尝自称"质性自然，非矫厉所得"(《归去来兮辞序》)，其"归田园居"的主要原因，如这组诗的首篇所说，为的是"复得返自然"，以求得本性的回归，保全心灵的真淳。这首诗所写的始则"怅恨"，终则"欢来"，当忧则忧，可乐则乐，正是其脱离尘网后一任自然的真情流露。

后六句的"漉我新熟酒，只鸡招近局，日入室中暗，荆薪代明烛"四句，写作者还家后的实事实景，如其《杂诗十二首》之一所说，"得欢当作乐，斗酒聚比邻"。从这四句诗可以想见：酒为新熟，菜仅只鸡，草屋昏暗，以薪代烛，宛然一幅田家作乐图。这样的饮酒场面，其实很寒酸，但作者写来丝毫不觉其寒酸，读者看来也不会嫌其寒酸，而只会欣赏其景真情真，趣味盎然。篇末"欢来苦夕短，已复至天旭"二句，即张华《情诗》"居欢惜夜促"意，也寓有《古辞·西门行》"人生不满百，常怀千岁忧，昼短而夜长，何不秉烛游"几句中所抒发的人生短促、光阴易逝的感慨。而为了进一步理解、领会这两句诗的内涵，还可以参读作者的另一些诗句，如《游斜川》诗所说的"中觞纵遥情，忘彼千载忧，且极今朝乐，明日非所求"，又如《己酉岁九月九日》诗所说的"从古皆有没，念之中心焦，何以称我情，浊酒且自陶，千载非所知，聊以永今朝"。从这些诗来看作者的这次欢饮，显然有聊以忘忧的成分，在"欢"的背后其实闪现着"忧"的影子。同时，作者之饮酒也是他的逃世的手段，是为了坚定其归田的决心，如其《饮酒二十首》诗所说，"泛此忘忧物，远我遗世情"(二十首之七)，"纡辔诚可学，违己讵非迷，且共欢此饮，吾驾不可回"(二十首之九)。当然，他的饮酒更是与其旷达的心性相表里的；这就是他在《饮酒》诗的首章所说的"寒暑有代谢，人道每如兹，达人解其会，逝将不复疑，忽与一觞酒，日夕欢相持"。

朱光潜在《论诗》第十三章《陶渊明》中谈到渊明的情感生活时指出，他“并不是一个很简单的人。他和我们一般人一样，有许多矛盾和冲突；和一切伟大诗人一样，他终于达到调和静穆。”对于这首诗所写的“怅恨”、“欢来”以及“苦”时间之短促，是应从多方面去理解、领会的。

（陈邦炎）

乞 食

饥来驱我去，不知竟何之。行行至斯里，叩门拙言辞。主人解余意，遗赠岂虚来[1]。谈谐终日夕，觞至辄倾杯。情欣新知欢，言咏遂赋诗。感子漂母惠，愧我非韩才。衔戢知何谢[2]，冥报以相贻。

〔注〕 ① 遗（wèi 谓）：赠送。 ② 衔：衔于口。戢（jí 集）：藏，藏于心。衔戢即感戴不忘。

《乞食》一诗，是渊明躬耕生涯之一侧面写照，至为真实，亦至为感人。

“饥来驱我去，不知竟何之。”渊明归耕之后，备尝农民之艰辛，尤其是饥饿。《有会而作》云：“弱年逢家乏，老至更长饥。”《饮酒》第十六首云：“竟抱固穷节，饥寒饱所更。”皆可印证。起二句直写出为饥饿所逼迫，不得不去乞食的痛苦情形和惶遽心态，诗人自己也不知该往何处去才是。“竟”之一字，透露出反复的思忖，既见得当时农村之凋敝，有粮之家太少，告贷几乎无门；亦见得诗人对于所求之人，终究有所选择。渊明乃固穷之士。萧统《陶渊明传》载江州刺史檀道济“馈以粱肉，（渊明）麾之而去”，就是一好例。“行行至斯里，叩门拙言辞。”走啊走啊，不期然地走到了那一处墟里。由此可见，虽然“不知竟何之”，但下意识中，终究还是有其人的。此人当然应是一可求之人。尽管如此，敲开门后，自己还是口讷辞拙，不知所云。乞食，对于一个有自尊心的人，毕竟是难于启齿的呵。“主人解余意，遗赠岂虚来。”主人见渊明此时的饥色和窘样，他全明白了，立刻拿出粮食相赠，诗人果然不虚此行。多么好的人呵！诗情至此，由痛苦惶遽转变、提升为欣慰感激。“谈谐终日夕，觞至辄倾杯。”主人不仅急人之难，而且善体人情。他殷勤挽留诗人坐下相谈，两人谈得投机，不觉到了黄昏，饭已经做好了，便摆出了酒菜。诗人已经无拘无束了，端起酒杯便开怀畅饮。渊明爱酒。“倾”之一字，下得痛快，这才是渊明“质性自然”之本色呵。“情欣新知欢，言咏遂赋诗。”诗人为有这位新交而真心欢喜，谈得高兴，于是赋诗相赠。从“新知”二字，可见主人与诗人尚是新交，但诗人心知其人亦是一雅士，所以才“行行至斯里。”下面四句，正面表达感激之情，是全诗的主要意旨。“感子漂母惠，愧我非韩才。”《史记·淮阴侯列传》载韩信“始为布衣时，贫”，“钓于城下，诸母漂（絮），有一母见信饥，饭信，竟漂数十日。信喜，谓漂母曰：‘吾必有以重报母。’”后来韩信在刘邦部下立大功，封楚王，“召所从食漂母，赐千金。”诗人借用此一典故，对主人说，感激您深似漂母的恩惠，惭愧的是我无韩信之才能，难以报答于您。“衔戢知何谢，冥报以相贻。”您的恩惠我永远珍藏在心里，今生不知如何能够答谢，只有死后我在冥冥之中，再来报答于您。中国古代有“冥报”的说法，如“结草衔环”的故事便是。“冥报”之语，表达的是至深至高的感激之忱。“冥报”之是否可能，虽可不论，但此种感激之忱，则全为珍贵。

此诗的启示意义，超越了乞食一事。全幅诗篇语言平淡无华，却蕴发着人性美丽的光辉。主人急人之难，诗人感恩图报，皆至性真情，自然呈露，光彩照人。这是两种高尚人格的对面与相照。急人之难，施恩不图报；

受恩必报,饮水不忘挖井人——这是中国民族精神中的传统美德。诗中映现的两种人格,深受传统美德的煦育,亦是传统美德的体现。

(邓小军)

诸人共游周家墓柏下

今日天气佳,清吹与鸣弹。
感彼柏下人,安得不为欢?
清歌散新声,绿酒开芳颜。
未知明日事,余襟良已殚。

这首诗就内容看,当是渊明归田以后的作品。题目中的"诸人",有的注本据《晋书·陶潜传》载渊明归田后:"既绝州郡觐谒,其乡亲张野,及周旋人羊松龄、庞遵等,或有酒邀之",认为可能即是指张、羊、庞等一些人。"周家墓",据《晋书·周访传》,周访居住寻阳,与渊明的曾祖陶侃友好,把女儿嫁给陶侃的儿子。传文说:"陶侃微时,丁艰将葬,家中忽失牛而不知所在,遇一老父,谓曰:'前冈见一牛,眠山汙中,其地若葬,位极人臣矣。'又指一山云:'此亦其次,当出二千石。'言讫不见。侃寻牛得之,因葬其处,以所指别山与访。访父死,葬焉,果为刺史,著称宁、益。自访以下,三世为益州四十一年,如其言云。"陶澍注本,据此而说:"周、陶世姻,此所游,或即家墓也。"这些虽无确指之证,但可供参考。

这首诗,篇幅简短,内容平凡,但却博得很多人的赞赏,当有其不平凡的所在。说平凡,如"今日天气佳,清吹与鸣弹。""清歌散新声,绿酒开芳

【鉴赏】

颜。”写在某一天气候很好的日子里，和一些朋友结伴出游，就地开颜欢饮，或唱“清歌”，或吹管乐和弹奏弦乐以助兴。这都是很普通的活动，诗所用的语言也很普通。说不平凡，因为所游是在人家墓地的柏树下，要“为欢”偏又选择这种容易引人伤感的地方。在引人伤感的地方能够“为欢”的人，不是极端麻木不仁的庸夫俗子，应该就是胸怀极端了悟超脱，能勘破俗谛，消除对于死亡的畏惧的高人。渊明并不麻木，他明显地“感彼柏下人”死后长埋地下所显示的人生短促与空虚；并且又从当日时事的变化，从自身的生活或生命的维持看，都有“未知明日事”之感。在这种情况下，还能“为欢”；还能做到“余襟良已殚”，即能做到胸中郁积尽消，欢情畅竭，当然有其高出于人的不平凡的了悟与超脱。以论对于生死问题的了悟与超脱，在渊明的诗文中，随处可见，如《连雨独饮》：“运生会归尽，终古谓之然。”《五月中和戴主簿》：“既来孰不去，人理固有终。”《神释》：“老少同一死，贤愚无复数。”“纵浪大化中，不喜亦不惧。应尽便须尽，无复独多虑。”《挽歌诗》：“死去何所道，托体同山阿。”《归去来兮辞》：“聊乘化以归尽，乐夫天命复奚疑。”这是一种自然运化观、朴素生死观，比起当时“服食求神仙”、追求“神不灭”的士大夫，不知高出多少倍。

这首诗，就其思想内容言，黄文焕《陶诗析义》评：“‘未知明日事，余襟良已殚。’结得渊然。必欲知而后殚，世缘安得了时？未知已殚，以不了了之，直截爽快。”蒋薰《陶渊明诗集》评：“通首言游乐，只第三句一点周墓，何等活动简便。若俗手，则下许多感慨语，自谓洒脱，翻成粘滞。”王夫之《古诗评选》评：“‘余襟良已殚’五字为风雅砥柱。”邱嘉穗《东山草堂陶诗笺》评：“此诗尽翻丘墓生悲旧案，末二句益见素位之乐，虽曾点胸襟，不过尔尔。”都颇中肯。就语言形式言，则它的简短，它的平凡而又不平凡，又正如钟嵘《诗品》所说的：“文体省净，殆无长语；笃意真古，辞兴婉惬。”温汝能《陶诗汇评》所说的：“陶集中此种最高脱，后人未易学步。”

（陈祥耀）

连雨独饮

运生会归尽，终古谓之然。世间有松乔，于今定何间？故老赠余酒，乃言饮得仙；试酌百情远，重觞忽忘天。天岂去此哉？任真无所先。云鹤有奇翼，八表须臾还。自我抱兹独，僶俛四十年。形骸久已化，心在复何言？

这是一首饮酒诗，也是一首哲理诗。根据诗中“自我抱兹独，僶俛四十年”两句，一般年谱定此诗为晋安帝元兴三年（404），陶渊明 40 岁作。但是，陶渊明又有《戊申岁六月中遇火》诗亦云：“总发抱孤介，奄出四十年。”戊申岁为晋安帝义熙四年（408），陶渊明 44 岁，辞去彭泽县令归田以后。因而，我们也可以推测《连雨独饮》作于诗人归田以后。

诗题为《连雨独饮》，点出了诗人饮酒的环境，连日阴雨的天气，诗人独自闲居饮酒，不无孤寂之感、沉思之想。开篇便提出了一个严肃的论题：“运生会归尽，终古谓之然。”人生于运行不息的天地之间，终究会有一死，自古以来都是如此。这句话虽然劈空而至，却是诗人 40 岁以来经常缠扰心头、流露笔端的话题。自汉末古诗十九首以来，文人诗歌中不断重复着“生年不满百”的哀叹。陶渊明则将人的自然运数，融入天地万物的运化之中，置于自古如此的广阔视野里，从而以理智、达观的笔调来谈论人生必有死的自然现象了。

【鉴赏】

在“运生会归尽”的前提下，诗人进一步思索了应该采取的人生态度。道教宣扬服食成仙说，企图人为地延长人生的年限。这在魏晋以来，曾经引起一些名士“吃药”养生的兴趣。但是动荡的社会、黑暗的政治，也使一些身处险境、朝不保夕的文人看透了神仙之说的虚妄。曹植就感叹过：“虚无求列仙，松子久吾欺。变故在斯须，百年谁能持？”（《赠白马王彪》）陶渊明在《归去来兮辞》中也有过“帝乡不可期”的省悟文辞。所以接下两句诗就是针对着道教神仙之说提出了反诘：“世间有松乔，于今定何间？”如果世间真的有神仙存在，那么传说中的仙人赤松子、王子乔今天究竟在什么地方呢？

开篇四句诗不过是谈人生必有一死，神仙不可相信，由此转向了饮酒：“故老赠余酒，乃言饮得仙；试酌百情远，重觞忽忘天。”古诗十九首中有这样的诗句：“服食求神仙，多为药所误，不如饮美酒，被服纨与素。”这是一种不求长生，但求及时行乐的人生态度。陶渊明也从否定神仙存在转向饮酒，却自有新意。“乃言饮得仙”中的“乃”字，顺承前面“松乔”两句，又形成语意的转折。那位见多识广的老者，竟然说饮酒能够成仙。于是诗人先“试酌”一杯，果然觉得各种各样牵累人生的情欲，纷纷远离自己而去了；再乘兴连饮几杯，忽然觉得天地万物都不存在了。这就是“故老”所谓“饮得仙”的美妙境界吧！

然而，“天岂去此哉？任真无所先。”一个“天”字锁接前句，又以问句作转折。难道天地万物真的远远离去了吗？继而以“任真无所先”作答。任真，可以说是一种心境，就是诗人借助饮酒的刺激体验到的“百情远”的境界。这句诗的潜在意思是，人与万物都是受气于天地而生的，只是人有“百情”。如果人能忘情忘我，也就达到了与物为一、与自然运化为一体的境界，而不会感到与天地远隔，或幻想着超越自然运化的规律去求神仙了。这就是任真，也就是任天。当然这种心境只是短暂的，“忽忘天”的“忽”字，便点出了这是一时间的感受。任真,也是一种人生态度,指顺应人自身运化的规律。陶渊明并不主张终日饮酒以忘忧,他认为“日醉或能忘,将非促龄具?”(《形影神·神释》)他只希望“居常待其尽,曲肱岂伤冲”(《五月旦作和戴主簿》),过一种简朴自然的生活。

“云鹤有奇翼,八表须臾还。”这两句仍用仙人王子乔的典故。据《列仙传》,王子乔就是“乘白鹤”升天而去的。云鹤有神奇的羽翼,可以高飞远去,又能很快飞回来。但是陶渊明并不相信有神仙,也不作乘鹤远游的诗意幻想,而自有独异的地方:“自我抱兹独,僶俛四十年。”我独自抱定了任真的信念,勉力而为,已经四十年了。这表达了诗人独任自然的人生态度,也表现了诗人孤高耿介的个性人格。

结尾两句总挽全篇:“形骸久已化,心在复何言?”所谓“化”,指自然物质的变化,出自于《庄子·至乐篇》所言:“吾与子观化而化及我。”全诗正是从观察“运生会归尽”而推演到了观察自我形骸的变化。“心在”,指诗人四十多年来始终抱守的任真之心。这两句诗与《戊申岁六月中遇火》所言“形迹凭化迁,灵府长独闲”,意思相同。任凭形体依照自然规律而逐渐变化,直至化尽,我已经抱定了任真的信念,还有什么忧虑可言呢?这两句诗也可以看作《形影神·神释》中结语的缩写:“纵浪大化中,不喜亦不惧,应尽便须尽,无复独多虑。”依此而看,陶渊明的自然迁化说,并不同于《庄子》以生为累,以死为解脱的虚无厌世说。

总观全诗,以“运生会归尽”开端,感慨极深,继而谈饮酒的体验,又将“百情”抛远,结尾点出“形骸久已化”,似乎有所触发,却以“心在复何言”一语收住了。全诗对触发诗人感慨生死的具体情由,始终含而不露,却发人深省、余味无穷。全诗重在议论哲理、自我解脱,几次使用问句,造成语意转折,语气变化,又能前后映衬,扣紧开端的论题。这都显示了陶渊明哲理诗的特色。联系陶渊明的生平事迹看,诗人在40岁以后渐觉衰老,更为自觉地反省人生。他曾为功业无成而焦虑，又为误落官场而追忆“真想”；41岁辞官归田后，也有孤寂、贫困、衰老等烦恼。为了摆脱这种种困惑，诗人试图在人生必有一死的前提下，以“自然”之说来解释“形影之苦”。这首《连雨独饮》和《形影神》等诗，就是在这种背景下相继写出的。因而诗人谈论生死以及乘化归尽的人生态度，实在是蕴积了深沉的人生感慨，也表现了诗人在厌倦了伪巧黑暗的社会现实后，在简朴清贫的田园生活中，始终独守任真之心，不拘世俗之累的孤傲人格。

（于翠玲）

移居二首（其一）

昔欲居南村，非为卜其宅。闻多素心人，乐与数晨夕。怀此颇有年，今日从兹役。弊庐何必广，取足蔽床席。邻曲时时来，抗言谈在昔。奇文共欣赏，疑义相与析。

晋安帝义熙四年(408)六月，陶渊明隐居上京的旧宅失火，暂时以船为家。两年后移居寻阳南村（今江西九江城外）。《移居》二首当是移居后所作。第一首写移居求友的初衷，邻里过往的快乐。

吟味全诗，每四句是一个层次。前四句：“昔欲居南村，非为卜其宅。闻多素心人，乐与数晨夕。”追溯往事，以“昔”字领起，将移居和求友联系起来，因事见意，重在“乐”字。古人迷信，移居选宅先卜算，问凶吉，宅地吉利才移居，凶险则不移居。但也有如古谚所云：“非宅是卜，惟邻是卜。”（《左传·昭公三年》）移居者不在乎宅地之吉凶，而在乎邻里之善恶。诗人用其意,表明自己早就向往南村,卜宅不为风水吉利,而为求友共乐。三、四两句,补足卜居的心情。“素心人”,指心性纯洁善良的人。旧说指殷景仁、颜延之等人。数,计算。诗人听说南村多有本心质素的人,很愿意和他们一同度日,共处晨夕。陶渊明生活在“真风告逝,大伪斯兴,闾阎懈廉退之节,市朝驱易进之心”(《感士不遇赋》)的时代,对充满虚伪、机诈、钻营、倾轧的社会风气痛心疾首,却又无力拨乱反正,只能洁身自好,归隐田园,躬耕自给。卜居求友,不趋炎附势,不祈福求显,唯择善者为邻,正是诗人清高情志和内在人格的表现。中间四句:“怀此颇有年,今日从兹役。弊庐何必广,取足蔽床席。”由卜居初衷写到如愿移居,是诗意的转折和深化。兹役,指移居搬家这件事。“弊庐”,破旧的房屋,这里指简陋的新居。诗人再次表明,说移居南村的愿望早就有了,现在终于实现。其欣欣之情。溢于言表。接着又说,只要有好邻居,好朋友,房子小一点不要紧,只要能遮蔽一张床一条席子就可以了,何必一定求其宽敞?不求华堂广厦,唯求邻里共度晨夕,弊庐虽小,乐在其中,诗人旷达不群的胸襟,物外之乐的情趣不言而喻。在对住房的追求上,古往今来,不少有识之士都表现出高远的精神境界。孔子打算到东方少数民族地区居住,有人对他说:那地方太简陋,孔子答曰:“君子居之,何陋之有?”(《论语·子罕》)杜甫流寓成都,茅屋为秋风所破,愁苦中仍然热切呼唤:“安得广厦千万间,大庇天下寒士俱欢颜。呜呼!何时眼前突兀见此屋,吾庐独破受冻死亦足!”(《茅屋为秋风所破歌》)推己及人,表现出忧国忧民的崇高情怀。刘禹锡为陋室作铭:“山不在高,有仙则名;水不在深,有龙则灵。斯是陋室,惟吾德馨。”(《陋室铭》)其鄙视官场的卑污与腐败,追求高洁的品德与志趣,在审美气质上,和陶渊明这首诗有相通的一面。最后四句:“邻曲时时来,抗言谈在昔。奇文共欣赏,疑义相与析。”具体描写得友之乐。邻曲,即邻居。在义熙七年(411)所作《与殷晋安别》诗中,诗人说:“去年家南里,薄作少时邻。”可知殷晋安(即前所说殷景仁)当时曾与诗人为邻。抗言,热烈地对谈。在昔,指往事。诗中所说的友人,多是读书人。交谈的内容自然不同于和农民"相见无杂言,但道桑麻长"限于农事(见《归园田居》),而带着读书人的特点和爱好。他们一起回忆往事,无拘无束,毫无保留地交心,他们一起欣赏奇文,共同分析疑难的文义,畅游学海,追求精神上的交流。诗人创作《移居》二首时,正值四十六、七岁的中年时代。这是人生在各方面均臻成熟的时期。中年的妙趣和魅力,在于相当地认识人生,认识自己,从而做自己所能做而且也愿意做的事,享受自己所能享受的生活。和读陶渊明归田以后其它作品一样,《移居》二首给人的感受是鲜明而强烈的:诗人厌恶黑暗污浊的社会,鄙视丑恶虚伪的官场,但他并不厌弃人生。在对农村田园、亲人朋友的真挚爱恋中,他找到了生活的快乐,生命的归宿,心灵的慰安和休息。高蹈、洒脱而又热爱人生,恋念人生,独特而亲切的情调,情趣与理趣共辉,陶渊明其人其诗的魅力,首先来自对人生与自然的诗意般的热爱和把握。

陶渊明田园诗的风格向来以朴素平淡、自然真率见称。这种独特的风格,正是诗人质性自然的个性的外化。从这首诗来看,所写移居情事,原是十分平常的一件事,但在诗人笔下款款写来,读者却感到亲切有味。所用的语言,平常如口语,温和高妙,看似浅显,然嚼之味醇,思之情真,悟之意远。如写移居如愿以偿:"弊庐何必广,取足蔽床席。"纯然日常口语,直抒人生见解。"何必"二字,率直中见深曲,映出时人普遍追名逐利的心态,矫矫脱俗,高风亮节,如松间白鹤,天际鸿鹄。又如诗人写和谐坦诚的邻里友谊,仅以"时时来"出之,可谓笔墨省净,引人遐想。欣赏奇文,状以"共"字,分析疑义,状以"相与",均是传神笔墨。如果奇文自赏,疑义自析,也无不可,却于情味锐减,更无法深化移居之乐的主题。而"共"与"相与"前后相续则热烈抗言之情态呼之欲出,使"奇文共欣赏,疑义相与析",成为绝妙的诗句,赢得千古读者的激赏。胡仔《苕溪渔隐丛话后集》评陶渊明《止酒》诗云:"'坐止高荫下,步止荜门里。好味止园葵,大欢止稚子。'余反复味之,然后知渊明用意……故坐止于树荫之下,则广厦华堂吾何羡焉。步止于荜门之里,则朝市深利吾何趋焉。好味止于啖园葵,则五鼎方丈吾何欲焉。大欢止于戏稚子,则燕歌赵舞吾何乐焉。"要达到这种心境和生活,是要经过长期的思想斗争和痛苦的人生体验,才能对人生有睿智的领悟的,正如包孕万汇的江海,汪洋恣肆,波涛澎湃之后而臻于平静。陶诗看似寻常,却又令人在低吟回味之中感到一种特殊的魅力——"问君何能尔,心远地自偏";"弊庐何必广,取足蔽床席"……读着这样的诗句,你往昔对生活中一些困惑不解的矛盾,也许会在感悟诗意的同时豁然开朗,得到解释,以坦然旷达的胸怀面对万花筒般的人生。陶诗淡而有味,外质内秀,似俗实雅的韵致,在《移居》一诗中也得到生动地体现。

（林家英）

移居二首(其二)

春秋多佳日,登高赋新诗。过门更相呼,有酒斟酌之。农务各自归,闲暇辄相思。相思则披衣,言笑无厌时。此理将不胜?无为忽去兹。衣食当须纪,力耕不吾欺。

前人评陶,统归于平淡,又谓"凡作清淡古诗,须有沉至之语,朴实之理,以为文骨,乃可不朽"(施补华《岘佣说诗》)。陶渊明生于玄言诗盛行百年之久的东晋时代,"理过其辞,淡乎寡味"乃诗坛风尚,故以理为骨,臻于平淡皆不为难,其可贵处倒在淡而不枯,质而实绮,能在真率旷达的情意中

【鉴赏】

化入渊深朴茂的哲理，从田园耕凿的忧勤里讨出人生天然的乐趣。试读陶诗《移居》其二，即可知此意。

陶渊明于义熙元年弃彭泽令返回柴桑里，四年后旧宅遇火。义熙七年迁至南里之南村，是年四十七岁。《移居》作于搬家后不久，诗共二首，均写与南村邻人交往过从之乐，又各有侧重。其一谓新居虽然破旧低矮，但南村多有心地淡泊之人，因此颇以能和他们共度晨夕、谈古论今为乐。其二写移居之后，与邻人融洽相处，忙时各纪衣食，勤力耕作，闲时随意来往、言笑无厌的兴味。全诗以自在之笔写自得之乐，将日常生活中邻里过从的琐碎情事串成一片行云流水。首二句“春秋多佳日，登高赋新诗”，暗承第一首结尾“奇文共欣赏，疑义相与析”而来，篇断意连，接得巧妙自然。此处以“春秋”二字发端，概括全篇，说明诗中所叙并非“发真趣于偶而”（谢榛《四溟诗话》），而是一年四季生活中常有的乐趣。每遇风和日丽的春天或天高云淡的秋日，登高赋诗，一快胸襟，历来为文人引为风雅胜事。对陶渊明来说，在柴桑火灾之后，新迁南村，有此登临胜地，更觉欣慰自得。登高不仅是在春秋佳日，还必须是在农务暇日，春种秋获，正是大忙季节，忙里偷闲，登高赋诗，个中趣味决非整天优哉游哉的士大夫所能领略，何况还有同村的“素心人”可与共赏新诗呢？所以士大夫常有的雅兴，在此诗中便有不同寻常的意义。这两句用意颇深却如不经意道出，虽无一字刻画景物，而风光之清靡高爽，足堪玩赏，诗人之神情超旷，也如在目前。

移居南村除有登高赋诗之乐以外，更有与邻人过从招饮之乐：“过门更相呼，有酒斟酌之。”这两句与前事并不连属，但若作斟酒品诗理解，四句之间又似可承接。过门辄呼，无须士大夫之间拜会邀请的虚礼，态度村野，更觉来往的随便。大呼小叫，毫不顾忌言谈举止的风度，语气粗朴，反见情意的真率。“相呼”之意可能是指邻人有酒，特意过门招饮诗人；也可能是诗人有酒招饮邻人，或邻人时来串门，恰遇诗人有酒便一起斟酌，共赏新诗。

【鉴赏】

杜甫说:"肯与邻翁相对饮,隔篱呼取尽余杯。"(《客至》)"叫妇开大瓶,盆中为吾取。……指挥过无礼,未觉村野丑。"(《遭田父泥饮》)诸般境界,在陶诗这两句中皆可体味,所以愈觉含蓄不尽。

当然,人们也不是终日饮酒游乐,平时各自忙于农务,有闲时聚在一起才觉得兴味无穷:"农务各自归,闲暇辄相思。相思辄披衣,言笑无厌时。"有酒便互相招饮,有事则各自归去,在这个小小的南村,人与人的关系何等实在,何等真诚!"各自归"本来指农忙时各自在家耕作,但又与上句饮酒之事字面相连,句意相属,给人以酒后散去、自忙农务的印象。这就像前四句一样,利用句子之间若有若无的连贯,从时间的先后承续以及诗意的内在联系两方面,轻巧自如地将日常生活中常见的琐事融成了整体。这句既顶住上句招饮之事,又引出下句相思之情。忙时归去,闲时相思,相思复又聚首,似与过门相呼意义重复,造成一个回环,"相思则披衣"又有意用民歌常见的顶针格,强调了这一重复,使笔意由于音节的复沓而更加流畅自如。这种往复不已的章法在汉诗中较常见,如"苏武诗"、古诗"西北有高楼"、"行行重行行"等,多因重叠回环、曲尽其情而具有一唱三叹的韵味。陶渊明不用章法的复叠,而仅凭意思的回环形成往复不已的情韵,正是其取法汉人而又富有独创之处。何况此处还不是简单的重复,而是诗意的深化。过门招饮,仅见其情意的真率,闲时相思,才见其友情的深挚。披衣而起,可见即使已经睡下,也无碍于随时相招,相见之后,谈笑起来没完没了,又使诗意更进一层。如果说过门辄呼是从地邻关系表明诗人与村人的来往无须受虚礼的限制,那么披衣而起、言笑无厌则表明他们的相聚在时间上也不受俗态的拘束。所以,将诗人与邻人之间纯朴的情谊写到极致,也就将摒绝虚伪和矫饰的自然之乐倾泻无余。此际诗情已达高潮,再引出"此理将不胜,无为忽去兹"的感叹,便极其自然了:这种乐趣岂不比什么都美吗?不要匆匆离开此地吧!这两句扣住移居的题目,写出在此久居的愿

【鉴赏】

望，也是对上文所述过从之乐的总结。不言“此乐”，而说“此理”，是因为乐中有理，由任情适意的乐趣中悟出了任自然的生活哲理比一切都高。从表面上看，这种快然自足的乐趣所体现的自然之理与东晋一般贵族士大夫的玄学自然观没有什么两样。王羲之在《兰亭集序》中说：“夫人之相与，俯仰一世，或取诸怀抱，晤言一室之内；或因寄所托，放浪形骸之外。虽趣舍万殊，静躁不同，当其欣于所遇，暂得于己，快然自足，曾不知老之将至，”似乎也可以用来解释陶渊明《移居》其二中的真趣所在。但同是“人之相与”、“欣于所遇”之乐，其实质内容和表现方式大不相同。东晋士族自恃阀阅高贵，社会地位优越，每日服食养生，清谈玄理，宴集聚会所相与之人，都是贵族世家，一时名流；游山玩水所暂得之乐，亦不过是无所事事，自命风雅；他们所寄托的玄理，虽似高深莫测，其实只是空虚放浪的寄生哲学而已。陶渊明的自然观虽然仍以玄学为外壳，但他的自然之趣是脱离虚伪污浊的尘网，将田园当作返朴归真的乐土；他所相与之人是淳朴勤劳的农夫和志趣相投的邻里；他所寄托的玄理，朴实明快，是他在亲自参加农业劳动之后悟出的人生真谛。所以，此诗末二句“忽跟农务，以衣食当勤力耕收住，盖第耽相乐，本易务荒，乐何能久，以此自警，意始周匝无弊，而用笔则矫变异常”（张玉谷《古诗赏析》）。结尾点明自然之乐的根源在于勤力躬耕，这是陶渊明自然观的核心。“人生归有道，衣食固其端。孰是都不营，而以求自安?”（《庚戌岁九月中于西田获早稻》）诗人认为人生只有以生产劳动、自营衣食为根本，才能欣赏恬静的自然风光，享受纯真的人间情谊，并从中领悟最高的玄理——自然之道。显然，这种主张力耕的“自然有为论”与东晋士族好逸恶劳的“自然无为论”是针锋相对的，它是陶渊明用小生产者朴素唯物的世界观批判改造士族玄学的产物。此诗以乐发端，以勤收尾，中间又穿插以农务，虽是以写乐为主，而终以勤为根本，章法与诗意相得益彰，但见笔力矫变而不见运斧之迹。全篇罗列日常交往的散漫情事，以任情适意的自然之乐贯穿一气，言情切事，若离若合，起落无迹，断续无端，文气畅达自如而用意宛转深厚，所以看似平淡散缓而实极天然浑成。

由此可见，作诗以理为骨固佳，其尤贵者当善于在情中化理。晋宋之交，玄风大炽，一般诗人都能谈理。山水诗中的谈玄说理成分多为后人所訾议，而产生于同时的陶渊明田园诗中亦有不少谈理之作，却博得了盛誉。原因就在刚刚脱离玄言诗的山水诗多以自然证理，理赘于辞；而陶诗则能以情化理，理入于情，不言理亦自有理趣在笔墨之外，明言理而又有真情融于意象之中。这种从容自然的境界，为后人树立了很高的艺术标准。

（葛晓音）

癸卯岁始春怀古田舍二首

在昔闻南亩，当年竟未践。屡空既有人，春兴岂自免。夙晨装吾驾，启涂情已缅。鸟弄欢新节，泠风送馀善。寒竹被荒蹊，地为罕人远；是以植杖翁，悠然不复返。即理愧通识，所保讵乃浅。

先师有遗训，忧道不忧贫。瞻望邈难逮，转欲志长勤。秉耒欢时务，解颜劝农人。平畴交远风，良苗亦怀新。虽未量岁功，既事多所欣。耕种有时息，行者无问津。日入相与归，壶浆劳近邻。长吟掩柴门，聊为陇亩民。

二十世纪三十年代，在关于陶渊明的评价问题上，鲁迅先生和朱光潜先生之间曾发生过一场著名的论战。那场论战涉及的问题很广，中心分歧

是：朱先生认为"陶潜浑身静穆，所以他伟大"，鲁迅先生反驳："陶渊明正因为并非'浑身静穆，所以他伟大'，现在之所以往往被尊为静穆，是因为他被选文家和摘句家所缩小了，凌迟了。"并进一步指出陶诗中也还有"金刚怒目"式的作品，证明诗人并不是整天飘飘然。但是，朱先生之所以会得出陶渊明浑身静穆的结论，应该说并不完全是凭空臆造，其依据恰好是陶渊明确实写过大量寄情田园的作品；而且，这意见也并非为朱先生所首创，早在隋朝的王通就在《文中子》中讲过："或问陶元亮，子曰：'放人也。《归去来》有避地之心焉，《五柳先生传》则几于闭关矣'。"宋代的汪藻在其《浮溪集》中则说："山林之乐，士大夫知其可乐者多矣……至陶渊明……穷探极讨，尽山水之趣，纳万境于胸中，凡林霏穹翠之过乎目，泉声鸟哢之属乎耳，风云雾雨，纵横合散于冲融杳霭之间，而有感于吾心者，皆取之以为诗酒之用。盖方其自得于言意之表也，虽宇宙之大，终古之远，其间治乱兴废，是非得失，变幻万方，曰陈于前者，不足以累吾之真。"而明代的何湛之在《陶韦合集序》中则说得更为简明："晋处士植节于板荡之秋，游心于名利之外，其诗冲夷清旷，不染尘俗，无为而为，故语皆实际。"

这种评价自然有失于片面。实际上，陶渊明在我国诗歌发展史上，实在是堪称第一位田园诗人。他以冲淡洒脱的笔触，为我们绘制了一幅幅优美静谧的田园风光图画，东篱南山、青松奇园、秋菊佳色、日夕飞鸟、犬吠深巷、鸡鸣树颠，再伴以主人公那隔绝尘世、耽于诗酒的情愫，它所构筑成的艺术境界是那么高远幽邃、空灵安谧！不过，细心的读者不也会从中时时体察到陶渊明在诗中所流露的那种不得已才退居田园、饮酒赋诗，而实际却正未忘怀现实、满腹忧愤的心情嘛！

我们不妨读读他的《怀古田舍》。这是诗人用田园风光和怀古遐想所编织成的一幅图画。诗分两首，表现则是同一题材和思想旨趣。第一首以"在昔闻南亩"起句，叙述了劳动经过。描绘了自然界的美景，缅怀古圣先贤，赞颂他们躬耕田亩、洁身自守的高风亮节。但是，作者却意犹未尽，紧接着便以第二首的先师遗训“忧道不忧贫”之不易实践，夹叙了田间劳动的欢娱，联想到古代隐士长沮、桀溺的操行，而深感忧道之人的难得，最后以掩门长吟“聊作陇亩民”作结。这两首诗犹如一阕长调词的上下片，内容既紧相联系，表现上又反复吟咏，回环跌宕，言深意远。可整首诗又和谐一致，平淡自然，不假雕饰，真所谓浑然天成。仿佛诗人站在读者的面前，敞开自己的心扉，既不假思虑，又不择言词，只是娓娓地将其所作、所感、所想，毫无保留地加以倾吐。这诗，不是作出来的，也不是吟出来的，而是从诗人肺腑中流泻出来的。明人许学夷在《诗源辩体》中，一则说：“靖节诗句法天成而语意透彻，有似《孟子》一书。谓孟子全无意为文，不可；谓孟子为文，琢之使无痕迹，又岂足以知圣贤哉！以此论靖节，尤易晓也。”再则说：“靖节诗直写己怀，自然成文。”三则说：“靖节诗不可及者，有一等直写己怀，不事雕饰，故其语圆而气足；有一等见得道理精明，世事透彻，故其语简而意尽。”这些，都道出了陶诗的独特的风格和高度的艺术成就。

冲淡自然是一种文学风格，这是一种特殊的文学艺术境界。在这里，我融于物，全忘我乃至无我；在这里，神与景接，神游于物而又神随景迁。它的极致是悠远宁谧、一派天籁。就这样，陶渊明的“鸟哢欢新节，泠风送馀善”，“平畴交远风，良苗亦怀新”，就成了千古不衰的绝唱。是的，不加雕饰却又胜于雕饰，这是一种艺术的辩证法。不过，这中间确也有诗人的艰苦的艺术劳动在，那是一个弃绝雕饰，返朴归真的艺术追求过程，没有一番扎实的苦功是难以达到这种艺术创作境界的。

这首诗写田野的美景和亲身耕耘的喜悦，也还由此抒发作者的缅怀。其遥想和赞美的是贫而好学、不事稼穑的颜回和安贫乐道的孔子，尤其是钦羡古代“耦而耕”的隐士荷蓧翁和长沮、桀溺。虽然，作者也表明颜回和孔子不可效法，偏重于向荷蓧翁和长沮、桀溺学习，似乎是乐于隐居田园的。不过，字里行间仍透露着对世道的关心和对清平盛世的向往。如果再注意一下本诗的写作时代，这一层思想的矛盾也就看得更清晰了。据《栗里谱》记载："有《始春怀古田舍》诗，当时自江陵归柴桑，复适京都宅，忧居家，思溢城，故有《怀古田舍》也。"清人方东树在《昭昧詹言》卷四中指出："是年公卅九岁，犹为镇军参军，故曰怀也。每首中间，正写田舍数语，末交代出古之两人，而以己怀纬其事，惟未得归，故作羡慕咏叹，所谓怀也。"在写这首诗后的两年，作者还去做过八十多天的彭泽令，正是在这时，他才终于对那个黑暗污浊的社会彻底丧失了信心，并表示了最后的决绝，满怀愤懑地"自免去职"、归隐田园了。这是陶渊明式的抗争！如果不深入体会这一点，而过多地苛责于他的逸隐，那就不但是轻易地否定了陶渊明的大半，而且去真实情况也不啻万里了。

（魏同贤）

戊申岁六月中遇火

草庐寄穷巷，甘以辞华轩。正夏长风急，林室[①]顿烧燔[②]。一宅无遗宇，舫舟荫门前。迢迢新秋夕，亭亭月将圆。果菜始复生，惊鸟尚未还。中宵伫遥念，一盼周九天。总发[③]抱孤介，奄出四十年。形迹凭化往，灵府长独闲。贞刚自有质，玉石乃非坚。仰想东户时，余粮宿中田。鼓腹无所思，朝起暮归眠。既已不遇兹，且遂灌我园。

〔注〕 ① 林室：林，丛集的样子。林室，成排的房屋。② 燔（fán 烦）：焚烧。③ 总发：亦称总角，指童年。

戊申岁即晋安帝义熙四年(公元408),也就是陶渊明归田的第四年。这年六月一场大火烧毁了他家的房子,使他陷入了困窘的境地。这诗就是在这样的背景下写的。

"草庐寄穷巷,甘以辞华轩。"起头这两句是写他这几年的平静生活。"草庐"即他归田后营建的"草屋八九间"。"穷巷",偏僻的村巷。"华轩",达官乘坐的漂亮的车子,这里代指仕宦生活。居陋巷而绝功名之念,这样的意思在归田后许多诗中屡见陈述。这里用一个"甘"字,见出他这种态度出于自觉自愿,也显见他心情的平静自然。可是,"正夏长风急,林室顿烧燔。"天炎风急,丛集在一起的房子顿时烧掉了。着一"顿"字,见出打击的沉重。"一宅无遗宇,舫舟荫门前。"他的住宅没有剩下一间房子,只好将船翻盖在门前,以遮蔽风雨。"舫舟荫门前"一般解释为寄居在船上,似非确。《归园田居》"榆柳荫后檐"与这句结构相同,"荫"也为覆盖的意思。在陆地上以舟作棚,现时还常见着。以上可谓第一段,写"遇火"情况。

"迢迢新秋夕,亭亭月将圆。"曰"新秋",曰"月将圆",见出是七月将半的时令,离遇火已近一个月了。"迢迢",意同遥遥,显出秋夜给人漫长的感觉。"亭亭",高远的样子,这是作者凝视秋月的印象。这两句既写出了节令的变化,又传出了作者耿耿不寐的心情。这是火灾予他心理的刺激。"果菜始复生,惊鸟尚未还。"遭火熏烤的周围园圃中的果菜又活过来了,但受惊的鸟雀还没有飞回。从"果菜始复生"见出他生计还有指望,而后一种情况又表示创巨的痛深。在这样的秋夜里,他的心情是很不平静的:"中宵伫遥念,一盼周九天。"半夜里他伫立遥想,顾盼之间真是"心事浩茫连广宇"了。以上是第二段,写"遇火"后心情的不平静。

下面第三段,所写是"中宵伫遥念"的内容。作者先是自述平生操行:"总发抱孤介,奄出四十年。"他说,我从小就有正直耿介的性格,一下子就

【鉴赏】

是四十年了(作者此时四十四岁)。“形迹凭化往,灵府长独闲。”形体、行事随着时间的过去而衰老、而变化,可心灵一直是安闲的,没有染上尘俗杂念。“孤介”、“独闲”,都表示他不同于流俗。“贞刚自有质,玉石乃非坚。”这两句意思说,我具备的贞刚的禀性,玉石也比不上它坚固。这六句是对自己平生的检点,自慰的口吻里又显出自信。他是在遭遇灾变之时作如此回想的,这也表示了他还将这样做,不因眼下困难而动摇。接着他又想起一种理想的生活:“仰想东户时,余粮宿中田。”“东户”,指传说中的古代帝王东户季子,据说那时民风淳朴,道不拾遗,余粮储放在田中也无人偷盗。“中田”即田中。“鼓腹无所思,朝起暮归眠。”这是说,那时候人们生活无忧无虑,人人都安居乐业。这些“仰想”,表现了作者的向往之情,他当时处于那种艰难境地作这种联想,实在也是很自然的。但是,这毕竟是空想。“既已不遇兹,且遂灌我园。”既然已经遇不上这样的时代了,还是灌我的园、耕我的田吧。这表现了作者面对现实的态度。想起“东户时”,他的情绪不免又波动起来,但他又立即回到眼前的现实,心情又平静下来了。后两句似乎还有这样的意思:丰衣足食不能凭空想,要靠自己的劳动。这就与两年后写的《庚戌岁九月中于西田获早稻》所表达的思想相一致了。

这首诗写作者“遇火”前后的生活情景和心情,很是真切,也很自然。比如遇火前后作者心情由平静到不平静,是几经波折,多种变化,但都显得入情入理,毫不给人以故作姿态之感。火灾的打击是沉重的,不能不带来情绪的反应,此诗若一味旷达,恐非合乎实际了。诗人的可贵,就是以平素的生活信念来化解灾变的影响,以面对现实的态度坚定躬耕的决心,他终于经受住这次考验了。

(汤华泉)

【原文】

己酉岁九月九日

靡靡秋已夕，凄凄风露交。蔓草不复荣，园木空自凋。清气澄余滓，杳然天界高。哀蝉无留响，丛雁鸣云霄。万化相寻绎，人生岂不劳？从古皆有没，念之中心焦。何以称我情？浊酒且自陶。千载非所知，聊以永今朝。

这首诗是义熙五年(409)重阳节作，前八句描写时景："靡靡秋已夕，凄凄风露交。"九月已是暮秋，凄凉的风露交相来到。"靡靡"，渐渐的意思。用这"靡靡"与下"凄凄"两个细声叠词，似乎也传出了深秋特殊的气息。这两句是概括描写，下两句写园林："蔓草不复荣，园木空自凋。"有顽强生命力的蔓草也不再生长了，园中树木也纷纷凋零，这见出秋气摧败零落的厉害，"空自"，含有无可如何之意。再两句写天空："清气澄余滓，杳然天界高。"清爽的秋气澄清了尘埃，秋空显得特别高远。所谓秋高气爽，是包含了天色和心理感受两个方面，这"杳然天界高"中就显出了目接秋空时那种新鲜感、那种精神的超旷感。最后两句写"群动"："哀蝉无留响，丛雁鸣云霄。"秋蝉的哀咽停止了，只有群雁在高空鸣叫。这一息一鸣，把节序的变迁表现得更强烈了，那嘹唳的雁声又最能引发人的悲凉意绪。这三个层次的描写，空间的变化、感觉的变化，历历分明。

后面八句是感想。"万化相寻绎，人生岂不劳?""万化"，万物的变化。"寻绎"，连续不断。这是指上面所写的那些变化。于是自然联想到人生，人生岂不忧劳呢？正如后来欧阳修所说，"百忧感其心，万事劳其形，有动于中，必摇其精"，自然易于衰老了。(《秋声赋》)万事万物都在生生灭灭，人也如此，人的生命总有终结的一天，死生的大哀曾纠缠过每一个有理智的人，陶渊明也不例外；何况今天是重阳节，这是个吉利的日子，九月九象征长久，这就更能激起他的忧生之嗟了。所以下面他说“念之中心焦”，这个“焦”字把那无可名状的痛苦表达出来了。写到这里可以说他的心情是极不平静，但他又是个通达的人，他不会像阮籍那样作穷途之哭的，他是有控制自己情绪的精神支柱：委运任化，顺乎自然。下面他写道：“何以称我情？浊酒且自陶。千载非所知，聊以永今朝。”他说，什么才叫我称心如意呢？还是喝酒吧。千年的变化不是我所能了解的，还是来歌咏（通永）今朝吧。执着于“今朝”，把握这可以把握的实在的人生，这样他就可以做到“纵浪大化中，不喜亦不惧”（《形影神》）了。这里他似乎是在“借酒浇愁”，但并不怎么勉强，重阳节的习俗就是喝酒，这个应节的举动正好作了他消解万古愁的冲剂。

陶渊明写有两首重九诗，意思差不多，写法不太一样。这首写景占有较多篇幅，写景也较细致，这是后半抒怀的出发点；另一首以感慨为主，中间只有四句写景的穿插。比较起来，这首诗要显得自然平和些。

（汤华泉）

庚戌岁九月中于西田获早稻

【原文】

人生归有道，衣食固其端。孰是都不营，而以求自安？开春理常业，岁功聊可观。晨出肆微勤，日入负耒还。山中饶霜露，风气亦先寒。田家岂不苦？弗获辞此难。四体诚乃疲，庶无异患干。盥濯息檐下，斗酒散襟颜。遥遥沮溺心，千载乃相关。但愿长如此，躬耕非所叹。

【鉴赏】

《庚戌岁九月中于西田获早稻》,是体现陶渊明躬耕思想的重要诗篇。"庚戌"即晋安帝义熙六年(410),这年陶渊明四十六岁,是他弃官彭泽令归田躬耕的第六年。"西田"就是《归去来兮辞》中所说的"西畴",大约在渊明"园田居"的西边。旧历九月中收稻,应是晚稻。题中"早稻"二字,近人丁福保《陶渊明诗笺注》说:"一本'早'是'旱'字。"按《礼记·内则》已载有"陆稻",唐孔颖达疏:"陆稻者,陆地之稻也。"宋末戴侗《六书故》植物部:"稻性宜水,亦有同类而陆种者,谓之陆稻。今谓旱稻。南方自六月至九月获。北方地寒,十月乃获。"故"早稻"应作"旱稻","早"字当为"旱"之形误。

"人生归有道,衣食固其端。"人生的终极归依是道,衣食则是人生之前提。起笔两句,把传统文化之大义——道,与衣食并举,意义极不寻常。衣食的来源,本是农业生产。"孰是都不营,而以求自安?"怎么能够不经营耕织,而追求自己的安逸呢?在渊明,若为了获得衣食所资之俸禄,而失去独立自由之人格,他就宁肯弃官归田躬耕自资。全诗首四句之深刻意蕴,在于此。下边,便转说自己耕种收获之事。"开春理常业,岁功聊可观。"从开春就下田从事耕种,到秋天,终于有了一番还算可观的收成。言语似乎很平淡,但体味起来,其中蕴涵着的欣慰之情,是多么真实,多么淳厚。"晨出肆微勤,日入负耒还。"回顾春天耕种时节,从大清早就下田辛勤劳作,到日落后才扛着农具回家。"微勤"是谦辞,其实是十分勤苦。"日入",看来是括用了《击壤歌》"吾日出而作,日入而息"之语意,这便加深了诗意蕴藏的深度。因为那两句之下是:"凿井而饮,耕田而食,帝力于我何有哉!"(见《群书治要》引《帝王世纪》,汉王充《论衡·艺增篇》已引,文字略有不同。)"山中饶霜露,风气亦先寒。"写出眼前收稻之时节,便曲曲道出稼穑之艰难。山中气候冷得早些,霜露已多。九月中,正是霜降时节呵。四十六岁的渊明,显然已感到了岁月的不饶人。以上四句,下笔若不经意,其实是写

【鉴赏】

出了春种秋收、一年的辛苦。“田家岂不苦？弗获辞此难。”田家难道不苦？够苦的了。可是，我不能够推卸这稼穑之艰难。稼穑愈是艰难辛苦，愈见渊明躬耕意志之深沉坚定。渊明对于稼穑，感到义不容辞。这不仅是因为深感：“人生归有道，衣食固其端”，而且也是由于深知：“四体诚乃疲，庶无异患干。”四肢腰身诚然疲惫，但是归田自食其力，庶几可以免遭异患。“异患”，指人生本不应有的忧患，甚至祸患。魏晋以降，时代黑暗，士人生命没有保障。曹操杀孔融，司马懿杀何晏，司马昭杀嵇康，以及陆机、陆云之惨遭杀害，皆是著例。当时柄政者刘裕，比起曹操、司马，更加残忍。所谓异患，首先即指这种旦夕莫测的横祸。再退一步说，为了五斗米而折腰，在“质性自然”的渊明看来，当然也是一种异患。在那政治黑暗、充满屠杀的时代，唯有弃官躬耕，才能免于异患。渊明不能不意识到自己是选择了一条正确的人生道路。“盥濯息檐下，斗酒散襟颜。”收稻归来，洗手浴面之后，在自家屋檐下休息，饮酒，很开心。这幅情景，在农村劳动生活过来的人，都是亲切、熟悉的。渊明是在为自由的生活，为劳动的成果而开心。“遥遥沮溺心，千载乃相关。”不过，渊明毕竟不仅是一位农民，他仍然是一位为传统文化所造就的士人。他像一位农民那样站在自家屋檐下把酒开怀，可是他的心灵却飞越千载，尚友古人。沮、溺，是春秋时代的两位隐士。《论语·微子》载：“长沮、桀溺耦而耕，孔子过之，使子路问津焉。……（桀溺）曰：‘滔滔者天下皆是也，而谁以易之？且而与其从避人之士也，岂若从避世之士哉？’耰而不辍。子路行以告，夫子怃然曰：‘鸟兽不可与同群，吾非斯人之徒与而谁与？天下有道，丘不与易也。’”从这一记载看，沮、溺之心意，乃有三点：一、滔滔者天下皆是，言时代黑暗。二、谁以易之，言无可改变。三、岂若从避世之士，言应当归隐。渊明自言与沮、溺之心遥遥会合，意即在此。所以结笔说：“但愿长如此，躬耕非所叹。”但愿长久地过这种生活，自食其力，自由自在，纵然躬耕辛苦，我也无所怨尤。渊明的意志，真可谓坚如金石。渊明的心灵，经过深沉的省思，终归于圆融宁静。

渊明此诗夹叙夹议，透过收稻之叙说，发舒躬耕之情怀。语言平淡是一如其故，意蕴则无限深远。渊明自幼爱好六经，敬仰孔子。孔子教导士人以天下有道为己任，积极入世。渊明选择了长沮、桀溺式的人生道路，这意味着与孔子发生一定的疏离。这在渊明，有一个矛盾痛苦的心态变化过程。事实上，为了最终抉择弃官归田，他曾经历了十三年的曲折反复。而此诗，则说明在归田五、六年之后，他的心灵里也并不总是那么平静单纯。不过，此诗更重要的意义在于，渊明经过劳动的体验和深沉的省思，所产生的新思想。这就是：农业生产乃是衣食之源，士人尽管应以道为终极关怀，但是对于农业生产仍然义不容辞。尤其处在一个自己所无法改变的乱世，只有弃官归田躬耕自资，才能保全人格独立自由，由此，沮溺之心有其真实意义。而且，躬耕纵然辛苦，可是，乐亦自在其中。这份喜乐，是体验到自由与劳动之价值的双重喜乐。渊明的这些思想见识，在晚周之后的文化史和诗歌史上，乃是稀有的和新异的。诗中所耀动的思想光彩，对人生意义的坚实体认，正是此诗极可宝贵的价值之所在。

（邓小军）

饮酒二十首 并序（其一）

余闲居寡欢，兼比夜已长，偶有名酒，无夕不饮。顾影独尽，忽焉复醉。既醉之后，辄题数句自娱。纸墨遂多，辞无诠次。聊命故人书之，以为欢笑尔。

衰荣无定在，彼此更共之。
邵生瓜田中，宁似东陵时！

【原文】

寒暑有代谢，人道每如兹。
达人解其会，逝将不复疑。
忽与一觞酒，日夕欢相持。

《饮酒诗二十首》是陶渊明的重要代表作。旧说多认为作于晋安帝义熙十二(416)、三年间，王瑶定为义熙十三年(见所编注《陶渊明集》)，可从。按据原诗第十九首说：“是时向立年，志意多所耻。遂尽介然分，终死归田里。冉冉星气流，亭亭复一纪。”“终死归田”指渊明义熙元年(405)辞彭泽令归隐，再经一纪(即十二年)，正好是义熙十三年，时作者五十三岁。或据第十六首“行行向不惑(四十岁称为不惑之年)，淹留遂无成”，并将第十九首的“终死归田”解为渊明二十九岁辞去州祭酒职归家，当时他行将而立之年(三十岁)，再加一纪为作诗之年，因而认为此诗当是义熙元、二年作者四十一、二岁时作。实则“行行”句系回忆过去情事，并非写作此诗之年，而渊明辞去州祭酒职以后，又曾几次出仕，也与“终死归田”不合，也就是说，“是时向立年”同“终死归田里”讲的不是一回事。此诗写作时，正是晋宋易代之际，故前人称这一组诗为“感遇诗”(见明钟惺、谭元春评选《古诗归》载谭元春语)，充满了对时势和作者身世的感慨。

序文说明作诗缘起，旷达中透出悲凉，文笔绝佳。“比”，近来。“比夜”一作“秋夜”。“顾影”，望着自己的身影。“顾影独尽”即作者《杂诗》“挥杯对孤影”之意。“辞无诠次”是说言辞没有选择、次序，意谓率意成篇，是不经意之作。据诗序“比夜已长”，“既醉之后，辄题数句自娱”，这一组诗当是同一年秋夜陆续所作。各首在写作的当时，虽然只是根据彼时的感触，直书胸臆，并无预先的规划，但在最后编排时，却照顾到了前后的联系，全组的结构，相当谨严。组诗虽然只有九篇直接写到酒，但所有各篇都是酒醉后的感想，故总题为《饮酒》。饮酒是为了排遣胸中的郁闷，酒后作诗是在书慨。梁昭明太子萧纲说：“有疑陶渊明之诗，篇篇有酒，吾观其意不在酒，亦寄酒为迹也。”(《陶渊明集序》)清人方东树也说它“亦是杂诗，……借饮酒为题耳，非咏饮酒也。阮公(阮籍)《咏怀》，杜公(杜甫)《秦川杂诗》，退之(韩愈)《秋怀》，皆同此例，即所谓遣兴也”(《昭昧詹言》)，所论极确。

“衰荣无定在”为原诗第一首，写衰荣无定，世事不常，应当达观处之，饮酒自娱。这是整个组诗的总纲。

开头两句就提出一个富有哲理的问题。“衰荣”犹言盛衰。“荣”本意为草木的花，引申为繁盛之意。“彼此”即指上句的衰、荣。宇宙万物，社会人事，莫不有衰有荣，衰荣二者，紧密相连：有荣必有衰，有衰必有荣；没有永远的、一成不变的衰，也没有永远的、一成不变的荣。诗中衰荣并提，重点则在由荣变衰。下文紧接着即引人事申论之。

据《史记·萧相国世家》记载：秦东陵侯召(邵)平，秦亡后沦为平民，家贫，在西汉京城长安(今陕西西安)城东种瓜，瓜美，时人称为“东陵瓜”。诗中的邵生，即指召平(召、邵古代本为一姓)。当邵平在瓜田辛勤种瓜时，同他在秦代为侯的朱门甲第，高车驷马，钟鸣鼎食，奴婢如云的富贵荣华、声势显赫比较起来，何止天壤之别！“宁”，岂、难道。用反诘表示否定，可以使语气更加强烈，更能加强感叹的意味。邵生之不能长久富贵，犹草木之不能长荣不枯。邵生如此，类似邵生的公侯将相，不知有多少；进而言之，王朝的兴衰，不知搬演了几多回。作者写此诗时，东晋王朝经过司马道子乱政、孙恩之乱、桓玄篡逆，已经摇摇欲坠，此诗写作后不久，刘裕即代晋自立。就作者本人而言，他的曾祖父陶侃曾做过晋的大司马，祖父、父亲也做过太守、县令一样的官，但到他这一代，家世已经衰落。所以这两句虽然写的是史事，实际蕴含着对时势和自身身世的感叹。不过，作者既不是在惋惜晋室的衰败，更不是在

【鉴赏】

眷恋先世的富贵，因为前此不久他便主动辞去了彭泽令，当义熙末年朝廷征召他为著作佐郎，也被他辞掉。如果说有愤懑的话，那就是愤懑在当时政治极端黑暗、门阀制度极度森严的情况下，自己早年立下的“大济于苍生”（《感士不遇赋》）、希望建立一个“春蚕收长丝，秋熟靡王税”（《桃花源诗》）的美好社会的愿望，再也不可能实现了。

然而，“寒暑有代谢，人道每如兹”，社会人事的盛衰变化，就像寒暑相互更替一样，是不可改变的客观规律。通达事理的人知道这个道理，就能不为这种变化而惊恐，也不为自己的得失穷达而系心，日夕欢饮，怡然自适。这同作者《归去来辞》“聊乘化以归尽，乐夫天命复奚疑”的意思差不多。“寒暑”两句既是总结上文，是由上面四句得出的结论，而这个结论本身，又是一个寓有哲理的比喻。这个比喻同开头“衰荣”两句意思相近，作用一样（都讲社会人事变迁），但前者为直述，后者为比喻，表达方式并不相同，它们分别放在邵生这个历史人物的例证前后，通过这样反复咏叹，加重加深表达了主题，增强了诗的感染力。“解其会”的“会”本义为会集，即指上文所讲的道理。“逝”通“誓”，是表示决心之词。“忽”与序中的“忽然”义近，含有随意的意思，是说随意地携着一壶酒，想喝就随便喝几杯。“欢相持”写饮酒时的欢愉，但从上文的感慨和此题其他各首多感事伤时的内容看来，实际是借酒排遣，并非真的整日飘飘然。

用精当的比喻，揭示出深刻的哲理，又引典型的历史人物论证之，不仅增强了作品的感人力量，还避免了内容的平板枯燥。所以虽然此诗几乎全是议论，读来却耐人咀嚼寻味。

（王思宇）

【原文】

饮酒二十首(其四)

栖栖失群鸟,日暮犹独飞。徘徊无定止,夜夜声转悲。厉响思清远,去来何依依。因值孤生松,敛翮遥来归。劲风无荣木,此荫独不衰。托身已得所,千载不相违。

本诗通篇用了比喻的手法,以鸟的失群离所至托身孤松来暗喻自己从误落尘网到归隐田居的过程,由此表明了自己对现实的不满与对远离尘嚣的田园生活的歌颂。

诗的前六句极言失群之鸟的茕独与徬徨。黄昏时分,一只离群的鸟还在独自飞翔,它形单影只,栖栖惶惶,疑惧不安地在天际徘徊,始终找不到可以栖止休息的地方,日复一日,夜复一夜,它的啼声也越来越悲凉感伤。在它那凄厉的叫声中可以听到思慕清深高远之地的理想,它飞来飞去却无处可依。这里的飞鸟显然象征着诗人自己前半生的栖栖惶惶。渊明自二十九岁开始,断断续续地做过江州祭酒、镇军参军、建威参军这类小官,四十一岁时又做了八十五天的彭泽令,由于他"不能为五斗米折腰向乡里小人"而解绶弃职。诗人的这些生活经历便是本诗前半所暗示的事实。

此诗的后半写鸟之得栖身之所,矢志不再离去。它遇到一株孤生的松树,于是收起翅膀,从辽远的地方来此栖息,言外之意便是说自己找到了一个理想的归隐之处。"劲风"二句却宕开一笔,由写鸟而带出写松。在强劲的暴风下本不会有茂盛的树林,唯独孤松的浓荫却永不衰败,这两句分明指乱世之中本没有可安居乐业的地方,只有隐居田园才可栖身,并对田园生活表示了强烈的兴趣。于是最后两句诗人借栖鸟之口感叹道:我有了如

【鉴赏】

此理想的托身之所，我将永远固守，不再离去了。这里诗人以孤松比喻自己的归隐之所是不无道理的，渊明对于松树有一种特殊的感情，就像他对待菊花一样，如《饮酒》的第八首就歌颂了孤松，其中有这样的句子："青松在东园，众草没其姿。凝霜殄异类，卓然见高枝。"可见他对于松树卓然傲霜的品格给予了极高的赞赏。而且可知他居处的东园大概确有一株挺拔的松树，因而他的《归去来兮辞》中也说："三径就荒，松菊犹存。"又说："景翳翳以将入，抚孤松而盘桓。"可见这里的"孤生松"既是象征，也有写实的意义。当然，松树的高洁坚贞与渊明人格的孤傲正直本身就有着某种共通之处。这六句中诗人表示了对田园生活的依恋和热爱，如在同一组诗的后一首"结庐在人境"中，就充分表现了他的这种感情，以为这是远离尘嚣的最佳途径，故愿千载长守，永不分离。

此诗全用比体，继承了我国自《诗经》以来的比兴创作手法，如《诗经》中的《魏风·硕鼠》和《豳风·鸱鸮》就是全用比体的作品，楚辞中的《橘颂》也是如此。陶渊明就是接受了《诗经》、《楚辞》的传统，他以孤鸟自喻，形象地描绘了自己从尘世的羁绊中解脱出来，较之直接的陈述更加耐人寻味，意蕴深长。他另有《归鸟》四言诗一组，也抒发了相类似的感情，如其中之一说："翼翼归鸟，晨去于林，远之八表，近憩云岑。和风不洽，翻翮求心，顾俦相鸣，景庇清阴。"也寄寓了诗人倦而知返的经历。这种借鸟的归栖来象征诗人自己由出仕到归隐的说法在渊明的其他作品中也不少，如《归园田居五首》中的"羁鸟恋旧林，池鱼思故渊"。《归去来兮辞》中说"云无心以出岫，鸟倦飞而知还"，都以归鸟喻自己的回归田园。此诗以通首比喻的方法，启导了后代以鸟喻人的无数诗作，如鲍照的《赠傅都曹别》、韩愈的《鸣雁》、杜牧的《早雁》等都是全篇以雁为比，与渊明此诗的创作手法一脉相承。

这首诗在写作上的另一个特点就是采用了强烈的对照手法，诗的前六句极言孤鸟的失意，鸟既失群，自然栖惶不安，加之在暮色苍茫中独自飞翔，令人倍感凄凉。再说它徘徊无定，是目之所见；续说它鸣声转悲，是耳之所闻，最后又从其鸣声而推测其心之所思，层叠写来，将孤鸟无地可容的窘迫处境写得淋漓尽致。然“因值孤生松”以下陡然折回，敛归息荫，自然有无限乐趣，更何况在举世无繁荣之木的情况下，得一挺拔劲直、浓荫铺地之青松作为栖息之地，自为理想的乐土，故欲托身于此，千载不离。下六句写鸟的得其所哉也极尽其能事。然惟有在前半极言失意的基础上，才更深刻地感到后半所写境遇的可贵，前后构成了强烈的对照，令诗意更加鲜明，这便是诗歌创作中比照的妙用，相反相成，达到更为感人的效果。

至于前人解释此诗的寓意时往往以为渊明在此不仅表示了甘愿隐退，绝意出仕刘宋的高尚气节，而且也有意地讽刺了殷景仁、颜延之等出仕新朝的士人，其根据主要在“劲风无荣木”诸句。然细味全诗，其旨趣在于以鸟自况，“劲风”云云固然隐喻时世乱离，然未必确有所指。读以比体所写之诗最忌过分穿凿附会，这又是我们在诗歌鉴赏中宜加注意的。

（王镇远）

饮酒二十首（其五）

结庐在人境，而无车马喧。
问君何能尔，心远地自偏。
采菊东篱下，悠然见南山。
山气日夕佳，飞鸟相与还。
此中有真意，欲辨已忘言。

【鉴赏】

大致在魏晋以前，以儒家学说为核心，中国人一直相信人类和自然界都处于有意志的“天”的支配下。这一种外于而又高于人的个体生命的权威，在东汉末开始遭到强烈的怀疑。于是就迎来了个性觉醒的时代；在文学创作中，相应地有了所谓“人的主题”的兴起。但个性觉醒，既是旧的困境与背谬的结束，又是新的困境与背谬的发现与开始。首先，也是最基本的，就是有限的个体生命与永恒的宇宙的对立。诗人们不断发出哀伤的感叹：“人生天地间，忽如远行客”（《古诗十九首》）；“自顾非金石，咄唶令人悲”（曹植《赠白马王彪》）；“人生若尘露，天道邈悠悠”（阮籍《咏怀诗》）。人们在自然中感受到的，是无限存在对有限人生的压迫。

但是，即使说困境与背谬注定要伴随人类的全部进程（这是一个存在主义的观念），在不同的阶段上，人还是要寻找不同的解脱方式。哪怕是理念上的或者是诗意上的，人也要发现一种完美的生命形态。所以到东晋末，在玄学的背景中，陶渊明的诗开始表现一种新的人生观与自然观。这就是反对用对立的态度看待人与自然的关系，而是相反地强调人与自然的一体性，追求人与自然的和谐。这在他的《饮酒》之五中，表现得最为充分而优美。凭着它那浅显的语言、精微的结构、高远的意境、深蕴的哲理，这首诗几乎成了中国诗史上最为人们熟知的一篇。

全诗的宗旨是归复自然。而归复自然的第一步，是对世俗价值观的否定。自古及今，权力、地位、财富、荣誉，大抵是人们所追求的基本对象，也便是社会所公认的价值尺度。尽管庄子早就说过，这一切都是“宾”，即精神主体的对立面（用现代语汇说，就是“异化”），但对绝大多数人来说，终究无法摆脱。而陶渊明似乎不同些。他当时刚刚从官场中退隐，深知为了得到这一切，人们必须如何钻营取巧、装腔作势，恬不知耻地丢去一切尊严。他发誓要扔下这些“宾”位的东西，回到人的“真”性上来。

于是有了这首诗的前四句。开头说，自己的住所虽然建造在人来人往的环境中，却听不到车马的喧闹。“车马喧”，意味着上层人士之间的交往，所谓“冠带自相索”。因为陶渊明喜欢诉穷而人们又常常忘记贵胄之家的“穷”与平民的“穷”全不是一回事，这两句诗的意味就被忽视了。实在，陶家是东晋开国元勋陶侃的后代，是寻阳最有势力的一族。所以，尽管陶渊明这一支已呈衰落，冷寂到门无车马终究是不寻常的。所以紧接着有一问：你如何能做到这样？而后有答，自然地归结到前四句的核心——“心远地自偏”。“远”是玄学中最常用的概念，指超脱于世俗利害的、淡然而全足的精神状态。此处的“心远”便是对那争名夺利的世界取隔离与冷漠的态度，自然也就疏远了奔逐于俗世的车马客，所居之处由此而变得僻静了。进一步说，“车马喧”不仅是实在的事物，也是象征。它代表着整个为权位、名利翻腾不休的官僚社会。

这四句平易得如同口语，其实结构非常严密。第一句平平道出，第二句转折，第三句承上发问，第四句回答作结。高明在这种结构毫无生硬的人为痕迹，读者的思路不知不觉被作者引导到第四句上去了。难怪连造语峻峭的王安石也大发感慨：自有诗人以来，无此四句！

排斥了社会公认的价值尺度，作者在什么地方建立人生的基点呢？这就牵涉到陶渊明的哲学思想。这种哲学可以称为“自然哲学”，它既包含自耕自食、俭朴寡欲的生活方式，又深化为人的生命与自然的统一和谐。在陶渊明看来，人不仅是在社会、在人与人的关系中存在的，而且，甚至更重要的，每一个个体生命作为独立的精神主体，都直接面对整个自然和宇宙而存在。从本源上说，人的生命原来是自然的一部分，是“大化”迁变的表现，只是人们把自己从自然中分离出来，投入到毫无真实价值的权位和名利的竞逐中，以至丧失了真性，使得生命充满焦虑和矛盾。所以，完美的生命形态，只有归复自然，才能求得。

这些道理，如果直接写出来，诗就变成论文了。所以作者只是把哲理

【鉴赏】

寄寓在形象之中。诗人(题名叫《饮酒》,自然是一位微醺的、飘飘然忘乎形骸的诗人)在自己的庭园中随意地采摘菊花,偶然间抬起头来,目光恰与南山(即陶之居所南面的庐山)相会。"悠然见南山",按古汉语法则,既可解为"悠然地见到南山",亦可解为"见到悠然的南山"。所以,这"悠然"不仅属于人,也属于山。人闲逸而自在,山静穆而高远。在那一刻,似乎有共同的旋律从人心和山峰中一起奏出,融为一支轻盈的乐曲。

另一种版本,"见南山"的"见"字作"望"。最崇拜陶渊明的苏东坡批评说:如果是"望"字,这诗就变得兴味索然了。东坡先生非常聪明,也很懂得喝酒的妙处,他的话说得不错。为什么不能作"望"?因为"望"是有意识的注视,缺乏"悠然"的情味。还可以深一步说:在陶渊明的哲学观中,自然是自在自足无外求的存在,所以才能具足而自由;人生之所以有缺损,全在于人有着外在的追求。外在的追求,必然带来得之惊、失之忧,根本上破坏了生命的和谐。所以,在这表现人与自然一体性的形象中,只能用意无所属的"见",而不能用目有定视的"望"。

见南山何物?日暮的岚气,若有若无,浮绕于峰际;成群的鸟儿,结伴而飞,归向山林。这一切当然是很美的。但这也不是单纯的景物描写。在陶渊明的诗文中,我们常可以看到类似的句子:"云无心以出岫,鸟倦飞而知还"(《归去来辞》);"卉木繁荣,和风清穆"(《劝农》)等等,不胜枚举。这都是表现自然的运动,因其无意志目的、无外求,所以平静、充实、完美。人既然是自然的一部分,也应该具有自然的本性,在整个自然运动中完成其个体生命。这就是人与自然的和谐统一。

最后二句,是全诗的总结:在这里可以领悟到生命的真谛,可是刚要把它说出来,却已经找不到合适的语言。实际的意思,是说这一种真谛,乃是生命的活泼泼的感受,逻辑的语言不足以体现它的微妙与整体性。后世禅家的味道,在这里已经显露端倪了。

在诗的结构上，这二句非常重要。它提示了全诗的形象所要表达的深层意义，同时把读者的思路引回到形象，去体悟，去咀嚼。

这首诗，尤其是诗中"采菊东篱下，悠然见南山"二句，历来被评为"静穆"、"淡远"，得到很高的称誉。然而简单地以这种美学境界来概括陶渊明的全部创作，又是偏颇的。因为事实上，陶渊明诗文中，表现焦虑乃至愤激的情绪，还是很多，其浓烈几乎超过同时代所有的诗人。但也正因为焦虑，他才寻求静穆。正像我在开头就说的，这是在新的困境与背谬中所寻得的理念和诗意上的完美的生命形态。也许，我们能够在某个时刻，实际体验它所传达的美感，进入一个纯然平和的、忘却人生所有困扰的状态，但这绝不可能成为任何人（包括陶渊明）的全部人生。

（骆玉明）

饮酒二十首（其七）

秋菊有佳色，裛[①]露掇其英。
泛此忘忧物，远我遗世情。
一觞虽独尽，杯尽壶自倾。
日入群动息，归鸟趋林鸣。
啸傲东轩下，聊复得此生。

〔注〕① 裛（yì 意）：通浥。

此诗写对菊饮酒的悠然自得，实际蕴藏着深沉的感伤。

【鉴赏】

秋天是菊花的季节。在百花早已凋谢的秋日，惟独菊花不畏严霜，粲然独放，表现出坚贞高洁的品格。惟其如此，作者非常爱菊，诗中屡次写到，而且常常把它同松联系在一起，如《和郭主簿》："芳菊开林耀，青松冠岩列。怀此贞秀姿，卓为霜下杰。"《归去来辞》："三径就荒，松菊犹存。"此诗首句"秋菊有佳色"，亦是对菊的倾心赞美。"有佳色"三字极朴素，"佳"字还暗点出众芳凋零，惟菊有傲霜之色，如果换成其他秾丽字眼，比如"丽"、"粲"、"绚"之类，反倒恶俗不堪。前人称此句"洗尽古今尘俗气"（宋李公焕《笺注陶渊明集》引艮斋语），并非虚誉。"裛"，沾湿。"掇"，拾取。"英"即花。"裛露掇其英"，带露摘花，色香俱佳。采菊是为了服食，菊可延年益寿。作者《九日闲居》就有"酒能祛百虑，菊解制颓龄"之句。曹丕《与钟繇九日送菊书》云："辅体延年，莫斯（指菊）之贵。谨奉一束，以助彭祖之术。"可见服食菊花，是六朝的风气。屈原《离骚》说："朝饮木兰之坠露兮，夕餐秋菊之落英。"故服食菊花不仅在强身，还有志趣高洁的喻意，而通篇之高远寓意，亦皆由菊引发。

秋菊佳色，助人酒兴，作者不觉一杯接着一杯，独自饮起酒来。"泛"这里是纵情饮酒的意思。"忘忧物"指酒。《诗经·邶风·柏舟》"微我无酒，以遨以游"，毛《传》："非我无酒可以遨游忘忧也。"又曹操《短歌行》："何以解忧，惟有杜康。"（相传杜康是开始造酒的人，这里用作酒的代称。）如果心中无忧，就不会想到"忘忧"，这里透出了作者胸中的郁愤之情。"遗世"，遗弃、超脱俗世，主要是指不去做官。明黄文焕《陶诗析义》说："遗世之情，我原自远，对酒对菊，又加远一倍矣。"分析甚确。不过，结合"忘忧"看，这里的"遗世"，也含有愤激的成分。因为渊明本来很想做一番"大济于苍生"（《感士不遇赋》）的事业，只是后来在官场中亲眼看到当时政治黑暗，这才决计归隐的。

后面六句具体叙写饮酒的乐趣和感想，描绘出一个宁静美好的境界，是对“遗世情”的形象写照。这里写的是独醉。他既没有孔融“坐上客常满,尊中酒不空”(《后汉书·郑孔荀列传》载孔融语)那样的豪华气派,也不像竹林名士那样“纵酒昏酣”,而是一个人对菊自酌。独饮本来容易使人感到寂寞,但五、六两句各着一“虽”字、“自”字,就洗去孤寂冷落之感,“自”字显得那壶儿似也颇解人意,为诗人手中的酒杯殷勤地添注不已。“倾”字不仅指向杯中斟酒,还有酒壶倾尽之意,见出他自酌的时间之长,兴致之高,饮酒之多。所以从这两句到“日入”两句,不仅描写的方面不同,还包含着时间的推移。随着饮酒增多,作者的感触也多了起来。

再下二句,“群动”泛指各种动物,“息”是止息。“日入群动息”是总论,“归鸟趋林鸣”是于群动中特取一物以证之;也可以说,因见归鸟趋林,所以悟出日入之时正是群动止息之际。“趋”是动态,“鸣”是声音,但惟有在特别空旷静寂的环境中,才能更加显出飞鸟趋林,更加清晰地听到鸟儿的声音,这是以动写静、以声写寂的表现手法。而环境的宁静优美,又衬托出作者的闲适心情。这二句是写景,同时也是渊明此时志趣的寄托。渊明诗中写到鸟的很多,尤其归隐以后,常常借归鸟寓意。除此诗外,他如“翼翼归鸟,相林徘徊。岂思天路,欣及归栖”(《归鸟》其三),“翼翼归鸟,戢羽寒条。……矰缴奚施,已卷(倦)安劳”(《归鸟》其四),“羁鸟恋旧林,池鱼思故渊”(《归园田居》),还有“云无心而出岫,鸟倦飞而知还”(《归去来辞》),“山气日夕佳,飞鸟相与还”(《饮酒》其五),“众鸟欣有托,吾亦爱吾庐”(《读山海经》),等等。这些诗中的归鸟,都是作者的艺术化身。趋林之鸟本来是无意中所见,但它却唤起了作者的感慨深思:“群动”皆有止息之时,飞鸟日落犹知还巢,人生何独不然?鸟儿始飞终归的过程,正好像是作者由出仕到归隐的生活历程。这里既是兴,也是比,又是即目写景,三者浑然一体,使人不觉,表现手法非常高妙。

末尾写所以归隐之故,表达了隐居终身的决心。“啸”是撮口发出长而清越的声音，是古人抒发感情的一种方式。“啸傲”谓歌咏自得，无拘无束。《饮酒》第五首有“采菊东篱下，悠然见南山”，知东轩即在此东篱内，东篱之下种有菊花。对菊饮酒，啸歌采菊，自是人生之至乐。“得此生”是说不为外物所役使，按着自己的心意自由地生活，也就是东坡所说的“靖节以无事自适为得此生，则凡役于物者，非失此生耶?”(《东坡题跋·题渊明诗》)“得此生”和“失此生”实指归隐和做官。啸傲东轩，是隐居悠闲之乐的形象描绘，它是赞美，是庆幸，也是意愿。然而，“聊复”(姑且算是)一词，又给这一切罩上了一层无可奈何的色彩，它上承“忘忧”、“遗世”，仍然表现出壮志难酬的憾恨，并非一味悠然陶然。

清人吴淇曾将此诗同这组诗的第五首(“结庐在人境”)加以比较，认为“上章(即“结庐”一首)写自得中带不得有为之意，此章写不得有为带自得之意”(《六朝选诗定论》)，所论极精辟。正是“不得有为”同“自得”的矛盾，使得此诗旷达和感伤这两种感情水乳交融，并存于同一诗句中。这个特点不仅大大扩展了诗的内涵，使之更加含蓄蕴藉，还使作品带上浓厚的抒情气氛，而这正是陶诗“质而实绮，癯而实腴”(苏轼《与苏辙书》)的具体表现。

(王思宇)

饮酒二十首(其八)

青松在东园，众草没其姿。
凝霜殄异类，卓然见高枝。
连林人不觉，独树众乃奇。

【原文】

提壶挂寒柯，远望时复为。

吾生梦幻间，何事绁尘羁。

“岁寒，然后知松柏之后凋也。”（《论语·子罕》）经过孔子的这一指点，松柏之美，便象征着一种高尚的人格，而成为中国文化之一集体意识。中国诗歌亦多赞叹松柏之名篇佳作。尽管如此，陶渊明所写《饮酒》第八首“青松在东园”，仍然是极有特色。

“青松在东园，众草没其姿。”青松之姿，挺秀而美。生在东园，却为众草所掩没。可见众草之深，其势莽莽。青松之孤独，也不言而喻。“凝霜殄异类，卓然见高枝。”殄者，灭绝也。异类，指众草，相对于青松而言。枝者，谓枝干。岁寒，严霜降临，众草凋零。于是，青松挺拔之英姿，常青之秀色，乃卓然出现于世。当春夏和暖之时节，那众草何尝不也是青青之色？而况草势甚深，所以能一时掩没青松。可惜，众草究竟经受不起严霜之摧残，终于是凋零了。“连林人不觉，独树众乃奇。”倘若青松多了，蔚然连成松林，那么，它的与众不同，便难以给人以强烈印象。只是由于一株青松卓然独立于天地之间，人们这才为之诧异了。以上六句，构成全诗之大半幅，纯然出之以比兴。正如吴瞻泰《陶诗汇注》所说，是“借孤松为己写照”。青松象征自己坚贞不渝之人格，众草喻指一班无品无节之士流，凝霜则是譬比当时严峻恶劣之政治气候，皆容易领会。唯“连林人不觉，独树众乃奇”两句，意蕴深刻，最是吃紧，应细心体会。一株卓然挺秀之青松，诚然令人惊诧。而其之所以特异，乃在于众草不能有青松之品质。倘园中皆是青松，此一株自不足为奇了。一位人格高尚之士人，自亦与众不同。其实，这也是由于一班士人自己未能挺立人格。若士流能如高士，或者说人格高尚蔚然而为一代士风，则高士亦并非与众不同。依中国文化传统，“我欲仁，斯仁至

【鉴赏】

矣”(《论语·述而》)——人人都具备着挺立人格的内在因素。“人皆可以为尧舜”(《孟子·告子下》)——人人都可以挺立起自己的主体人格。可惜士人往往陷溺于私欲,又如何能“卓然见高枝”呢?正如朱熹所说:“晋宋人物,虽曰尚清高,然个个要官职,这边一面清谈,那边一面招权纳货。陶渊明真个能不要,此所以高于晋宋人物。”(陶澍集注《靖节先生集》附录引)渊明少无适俗韵,晚抱固穷节,自比青松,当之无愧。最后四句,直接写出自己。“提壶挂寒柯,远望时复为。”寒柯,承上文“凝霜”而来。下句,陶澍注:“此倒句,言时复为远望也。”说得是。渊明心里爱这东园青松,便将酒壶挂在松枝之上,饮酒、流连于松树之下(本题是《饮酒》)。即使不到园中,亦时常从远处来瞻望青松之姿。挂壶寒柯,这是何等亲切。远望松姿,正是一往深情。渊明之心灵,分明是常常从青松之卓然高节,汲取着一种精神上的滋养。庄子讲的“与物有宜”,“与物为春”,“独与天地精神往来”(分别见《庄子·大宗师》、《德充符》、《天下》篇),正是此意。“吾生梦幻间,何事绁尘羁。”结笔两句,来得有点突兀,似与上文无甚关系,实则深有关系。梦幻,喻人生之短暂,翻见得生命之可珍惜。绁者,捆缚也。尘羁即尘网,谓尘世犹如罗网,指的是仕途。生命如此有限,弥可珍惜,又何必把自己束缚在尘网中,失掉独立自由之人格呢?这种坚贞高洁的人格,正有如青松。这才是真正的主体品格。

渊明此诗之精神境界与艺术造诣,可以喻之为一完璧。上半幅纯用比兴,赞美青松之高姿。下半幅纵笔用赋,发舒对于青松之知赏,以及珍惜自己人格之情怀。全幅诗篇浑然一体,实为渊明整幅人格之写照。全诗句句可圈可点,可谓韵外之致味之而无极。尤其“连林人不觉,独树众乃奇”二句,启示着人人挺立起高尚的人格,则高尚的人格并非与众不同,意味深远,极可珍视。《诗·小雅·裳裳者华》云:“唯其有之,是以似之。”只因渊明坚贞高洁之人格,与青松岁寒不凋之品格,特征相似,所以此诗借青松为自己写照，境界之高，乃是出自天然。

（邓小军）

饮酒二十首（其九）

清晨闻叩门，倒裳往自开。问子为谁欤，田父有好怀。壶浆远见候，疑我与时乖：“褴缕茅檐下，未足为高栖。一世皆尚同，愿君汩其泥。”“深感父老言，禀气寡所谐。纡辔诚可学，违己讵非迷！且共欢此饮，吾驾不可回。”

《饮酒》组诗第九首“清晨闻叩门”，是一篇假设问答以表示诗人坚持隐居避世、拒绝仕宦决心的诗作。这首诗历来受到人们的重视，它使人们能更清楚地了解陶渊明归隐后的生活，以及他对“仕”与“隐”的认识和思索。

诗以清晨的叩门声发端，全篇皆在自然而融洽的气氛中。清早，诗人就听见有人敲门，他急忙起身，连衣服也顾不得穿好，便赶去开门。“倒裳”，用《诗经·齐风》“东方未明，颠倒衣裳”之意，风趣地写出诗人一早急起迎客的匆忙情形。“问子为谁欤？田父有好怀”，问一声来者是谁？原来是一位老农前来问候。“壶浆远见候，疑我与时乖”，此两句是诗人以转述的口气说出田父的来意：他提着酒壶远道来探望，为的是怀疑我与时世相违背。紧接四句便记下田父的劝说之辞。这位田父的意思也并非是赞同当时的社会风气，只觉得诗人如此衣衫破敝、居住在低矮的茅屋中，未免太委屈，实在不是高士隐居之地。“缁缕”，同“褴褛”。“尚同”，主张同流合污的意思。“汩其泥”，语出《楚辞·渔父》：“圣人不凝滞于物，而能与世推移；

【原文】

世人皆浊,何不淈其泥而扬其波?"意谓姑且与世人同浮沉,不要独清。再下六句,则是诗人对田父的回答,亦可视作作者的自勉之辞:我深深地感谢老人家的善意劝告,但是自己的禀性、气质不能与世俗相谐洽;揽辔回车、再入仕途,诚然可以跟着人家学,可违背了自己的意愿和初衷,岂不是太糊涂了吗?咱们暂且快乐地喝酒吧,我的车是不能回转的!语气虽然谦恭而委婉,但是所表示的不愿与世俗同流合污、决心走隐逸之路的态度,又是何等坚决!"吾驾不可回",这正是诗人最后的誓言!

从诗的艺术构思来看,全篇设为问答,与《楚辞·渔父》篇有着相近之处。而且非特形似,神亦似之。从诗的内容来看,屈子"举世皆浊我独清"的刚正之气,亦正为诗人所继承和发扬。陶渊明虽未像屈子那样"颜色憔悴,形容枯槁",但从田父所言的"褴褛茅檐"看,他的生活也是极其简陋的。所以他的宁守贫贱、绝意仕进,也和屈子一样是难能可贵的。此外,诗人将日常生活中的琐细之事,如开门迎客,对酒谈天,都写入诗中,而且又写得亲切自然,丰腴有味,纯朴动人,这也是作品的高妙之处。全篇看似舒缓,却于表面散漫的行文中,处处蕴含着不流于世俗的高尚精神。

(孙绿怡)

饮酒二十首(其十三)

有客常同止,取舍邈异境。
一士长独醉,一夫终年醒;
醒醉还相笑,发言各不领。
规规一何愚,兀傲差若颖。
寄言酣中客,日没烛当秉。

【鉴赏】

此诗设为一夫一士，而以士自况，表达了对时事的看法和自己的生活态度。

开头六句是叙事。首句的“客”即下句的一夫和一士。“止”是止息、居住。“取舍”，趋向和舍弃，指志趣、怀抱。“邈”是远的意思。“邈异境”谓二人处于相距极远的两个不同境界。这二句是说，有两个常住在一起的人（这“人”其实是两种人的象征），他们的志趣迥然不同：一个人长年独自饮酒沉醉，一个人却不饮酒，终年都很清醒；两人你嘲笑我醉，我讥讽你醒，讲的话都不为对方所理解。这几句尽量突出这两个人志趣的根本不同——他们没有共同语言，生活方式也绝然相反，同时只作客观叙述，不带一点褒贬。这样写，是为了更好地为下文作铺垫，为下面的议论蓄势。

“长独醉”和“终年醒”都不是常人所有的情形，这不免使人产生疑问：他们何以会有这种表现？这也是题中应有之义。对此，“规规”二句用亦叙亦议的笔法，表明了作者对二者的态度，而何以醒、醉的原因以及醒和醉的真正涵义，亦自然蕴含其中。“规规”是浅陋、拘泥的样子。《庄子·秋水》：“子乃规规然求之以察，索之以辩，是直用管窥天，用锥指地也，不亦小乎？”这句讲的是醒者。此人谨小慎微，随波逐流，人云亦云，亦步亦趋，没有思想，没有主见，自以为是清醒的，别人也以为他是清醒的，而在作者看来，这是十足的愚昧。“一何”义同“何其”，是强烈的否定语气，足见作者的鄙薄之甚。“兀傲”是酒后傲放自得之貌，同“规规”正好形成鲜明的对比。“差若颖”意谓较为聪明。“差”是略微之意。这句讲的是醉者。在作者看来，醉者可以超脱世俗，不问时事，所以他是聪明的、可取的。这本身就是对现存的秩序、舆论、政治等等的否定。而这正是醉者的用心，所谓醉者，其实是真正的醒者。正因为醒者愚而醉者颖，只有醉时才是醒时，所以作者传语醉者，希望他不但白日饮酒，夜里还应点上蜡烛，继续酣饮；要他时时刻刻都在醉中，因为只有这样才能时时刻刻都保持清醒。清人邱嘉穗云："陶公自以人醉我醒，正其热心厌观世事而然耳。要之，醒非真醒而实愚，醉非真醉而实颖。"(《东山草堂陶诗笺》)马墣云：渊明"以醉者为得，诚见世事之不足问，不足校论，惟当以昏昏处之耳。"(《陶诗本义》)这些分析都是极为中肯的。

醒者实际就是世俗庸人的代表，醉者则是作者的自我写照。作者写作此诗时，正当晋宋易代的前夜，是我国历史上最黑暗、最动乱的时期之一。这个时期，政治腐败到了无以复加的地步；大小军阀为了争夺权力，互相攻杀，兵祸连年不绝。作者既无力改变现实，又不愿同流合污，早年的壮志已经根本没有实现的可能了。作者在《杂诗》中说："日月掷人去，有志不获骋。感此怀悲凄，终晓不能静。"这同后来杜甫的"穷年忧黎元，叹息肠内热"，(《自京赴奉先县咏怀五百字》)实质上并没什么不同，作者的心情是非常痛苦的。醉酒不过是对现实已经绝望的一种表现，同时也是借以排遣苦闷和洁身避祸的一种手段，包含着伤时感事的深刻内容。这使我们想起了当魏晋之际，钟会屡以时事问阮籍，欲因其可否而加之罪，阮籍均以酣醉得免的故事。(见《晋书·阮籍列传》)《饮酒》第二十首末尾的"但恨多谬误，君当恕罪人"与阮籍的"口不臧否人物"，用意正复相同。这里固然有逃避现实的消极的一面，但保持自己高洁的节操，不同丑恶的统治阶级合作，却是具有进步意义的。

这是一首构思别致的感怀诗。笔调旷放，感情却极沉痛，冷峻之中包裹着一颗火热的心。清人施补华说："陶公(指渊明)诗，一往真气，自胸中流出，字字淡雅，字字沉痛，盖系心君国，不异《离骚》，特变其面目耳。"(《岘傭说诗》)渊明无意于做某一姓的忠臣，"君国"云云，是不确的；但看到陶诗同《离骚》有相通之处，同样是处处渗透着沉痛的感情，确实是极有见地的。屈原借香草美人以抒忠愤，渊明借饮酒以寄悲慨，都是为理想不能实现而悲哀。渊明在《自祭文》中直言“人生实难,死如之何?”足见“长独醉”的渊明同行吟泽畔的屈子一样,也是一个伤心人。而这首诗,则是这种“伤心”在另一手法上的体现。

(王思宇)

饮酒二十首(其十四)

故人赏我趣,挈壶相与至。
班荆坐松下,数斟已复醉。
父老杂乱言,觞酌失行次。
不觉知有我,安知物为贵。
悠悠迷所留,酒中有深味!

东晋以来,玄风大炽,一般文士都喜欢在诗文中说理。然而,他们的作品大多“平典似道德论”,颇遭后人訾议。唯有陶渊明却因其诗理趣盎然,情味深隽,大得后人推崇。同样是以诗说理,何以后世褒贬如此不同?其根本原因在于陶渊明与东晋士大夫们所追求的“理”各自不同,表达“理”的方式也各异。东晋士族文人言空蹈虚,侈谈玄理,以此为精神寄托,撷取老庄陈言为篇,理赘于辞,自然不免“淡乎寡味”之讥。而陶渊明在经历了几仕几隐的痛苦摸索之后,终于毅然归隐田园,他在躬耕实践中找到了人生的归宿,在自然淳朴的田园生活中领悟了人生的真谛,得到精神上的满足。尽管他也接受了老庄崇尚自然的思想影响,然而他所理解的“自然之理”是与俭朴而充实的田园生活紧密联系的,他所追求的“自然之理”,包蕴在淳朴笃实的田园生活中。情，旷而不虚；理，高而不玄——这正是上面所录《饮酒》诗第十四首的一个显著特点。

先说诗中的情。陶渊明在宁静的乡居生活中，或与邻人“披草共来往”、“但道桑麻长”；或“漉我新熟酒，只鸡招近局”；或“邻曲时时来，抗言谈在昔”……这一回，他邀请友人松下坐饮，而“故人赏我趣，挈壶相与至”。这两句开门见山点出“饮酒”的情由。这个“赏”字用得精当。诗人招饮，其情自然不俗；故人“赏”此趣，其情亦雅。这个“赏”字精炼地写出了宾主相得之情。而各自“挈壶”赴会，既见出乡间独有的古朴风情，又使人意会到来者都是一些淳厚质朴的人。陶渊明在《五柳先生传》中自称“性嗜酒，家贫不能常得，亲旧知其如此，或置酒而招之”。故人“挈壶相与至”，正是深知渊明的境况和性情啊！这两句虽不言情，而情意自出。

“班荆坐松下，数斟已复醉。父老杂乱言，觞酌失行次。”这四句写松下饮酒的情景。没有几案可凭，那有什么关系？铺荆于地，宾主围坐，格外亲切。没有丝竹相伴，这也无甚要紧。听那风吹松叶，不是更有清趣？围坐的是“故人”，面对的是清景，此情此景怎不令人陶醉！酒不醉人，人自醉啊！所以“数斟已复醉”。既醉之后，更是随意言笑，举觞相酬，欢然自得。如同诗人笔下所写的“清晨闻叩门，倒裳往自开”，“相思则披衣，言笑无厌时”一样，在这幅松下坐饮的画面中也洋溢着一股浓郁的情意。此情与世俗的利害无涉，故言其“旷”；此情又来自诗人淳朴的生活感受，故言其“不虚”。

再说诗中的理。陶渊明把宁静的乡村当作返朴归真的乐土，把“衣食当须纪，力耕不吾欺”当作自然之理来信奉，在“既耕亦已种，时还读我书”的生活中领略着任真自然的乐趣。在他的心目中，乡间幽静的景物、淳厚的民情和古朴的乡俗，无一不含蕴着与虚伪奸诈相对立的哲理。就像他曾在“山气日夕佳，飞鸟相与还”的景致中体会到“此中有真意”一样，他也在松下坐饮、言笑自适的情景中悟出自然之理。这六句诗虽不明言理,但理趣融于"挈壶相与至"、"班荆坐松下"、"父老杂乱言"等意象之中,且流于笔墨之外。

在诗的后半部中,诗人以警隽之言将他的感受进一步哲理化:"不觉知有我,安知物为贵。悠悠迷所留,酒中有深味。""不觉"二字承接"数斟已复醉"而来。在醉意朦胧之中,自我意识消失了,外物更不萦于胸中,诗人进入了物我两忘的境界。这里虽然表达的是一种玄理,然而它与"饮酒"、"复醉"的主观感受相结合,所以并不显得突兀或生硬,反而使人在咀嚼哲理的同时,仿佛看到醉态可掬的诗人形象。"悠悠"者,指一般趋名逐利之徒。这两句诗,一句指他人,一句言自身,笔法简练灵活。诗人说:那些人迷恋于虚荣名利,而我则知"酒中有深味"!这个结尾可谓意味深长。魏晋以来,名士崇尚自然,而且大多嗜酒如命。在他们看来,"酒正自引人著胜地","三日不饮酒,觉形神不复相亲"(《世说新语·任诞》)。所谓"胜地"、"形神相亲",便是他们所追求的与自然之道相冥合的境界。饮酒,则是达到这一境界的一种手段。酒之"深味",便在于此。因此,陶渊明在这里实际上是说自己在诗酒相伴的生活中、在与"故人"共醉的乐事中悟得了自然之理,而此中的"深味"是奔趋于名利之场的人难以体会的。

从松下坐饮这一悠然自适的情景中引出物我两忘的境界,进而点出最高的玄理——酒中之"深味",通篇理趣盎然,警策动人,余味隽永。此理超然物外,故言其"高";此理又包蕴着真实的体验,质朴明快,故言其"不玄"。——情旷而不虚,理高而不玄,以情化理,理入于情,非大手笔不能如此。后世学步者虽多,终不能达到陶诗从容自然的至境。

这首诗以饮酒发端,以酒之"深味"收尾,中间贯穿着饮酒乐趣,叙事言情说理,都围绕着"饮酒"二字,章法与诗意相得益彰,思健功圆,浑然成篇。

(韦凤娟)

【原文】

饮酒二十首(其十六)

少年罕人事,游好在六经。行行向不惑,淹留遂无成。竟抱固穷节,饥寒饱所更。敝庐交悲风,荒草没前庭。披褐守长夜,晨鸡不肯鸣。孟公不在兹,终以翳吾情。

隐逸,是中国历史文化之一项特殊传统。真正的隐士,是对抗黑暗社会与异己现实之志士。从伯夷起,隐士代不乏人。而用诗歌对隐逸心态及生活作出深刻、完整写照的第一人,乃是陶渊明。此诗即为一好例。

起笔两句,渊明自述平生安身立命之根本。"少年罕人事,游好在六经。"人事,指交际应酬之俗事。《后汉书·黄琬传》云:"时权富子弟,多以人事得举。"人事语义同此。游好,意兼爱好与涵泳体会。游好实为一种极高明的读书态度与方法(与死读书相对)。《礼记·学记》云:"故君子之于学也,藏焉、息焉、游焉。"晋杜预《春秋序》云:"优而柔之,使自求之;餍而饫之,使自趋之。"游好之谓也。或以为游好谓泛泛读书,那是误解。六经,指儒家群经。渊明《归园田居》起云:"少无适俗韵,性本爱丘山。"正可与此诗起笔相互发明。"少无适俗韵"是因,"少年罕人事"是果。渊明天性与世俗不合,故极疏于人事交际。而"性本爱丘山"与"游好在六经",正谓渊明之天性,既爱好大自然,又爱好传统文化。在晋代,"学者以老、庄为师,而黜六经"(晋干宝《晋纪总论》)。渊明则好六经,足见其为人之特立独行,其平生得力之所在。渊明既深受儒家思想之教养,遂树立起以天下为己任之志向。可是,"行行向不惑,淹留遂无成。"时光荏苒流逝,渐近四十之年,仕途蹭蹬不进,遂至一事无成。不惑,语出《论语·为政》:"子曰:'吾十有五而有志于学，三十而立，四十而不惑。'”下句，盖用《楚辞·九辩》“蹇淹留而无成。”此二句语甚含婉，实则暗示着渊明平生之重大转折——弃官归隐。其时渊明四十一岁，刚过不惑之年。渊明弃官归隐之真正原因，本非仕途之达与不达，而是感愤于政治社会黑暗。所以接着说，“竟抱固穷节，饥寒饱所更。”固穷，语本《论语·卫灵公》：“子曰：‘君子固穷，小人穷斯滥矣。”意谓君子固然有困穷之时，但不像小人穷则失掉品格。固穷，亦可解为君子固守其穷。大意都一样。渊明自谓始终抱定固穷之志节，纵然饱经饥寒交迫之困苦，亦决不向黑暗势力屈服。此二句，实为全诗的精神之所凝聚，足见渊明平生得力于儒家思想之深。以上，从少年之志趣说到中年之归隐，以下便发舒归隐以后之情怀。“敝庐交悲风，荒草没前庭。”秋风吹过破旧的房屋，荒草生满门前的庭院。隐士的生活，不仅是饥寒的，也是寂寞的呵。“披褐守长夜，晨鸡不肯鸣。”披衣坐守长夜，长夜漫漫，晨鸡不肯报晓。渊明是因为夜寒而无眠，还是由于心情而不寐，或二者兼之，不必拘说。唯此二句诗，实富于象征意味，可以说正象征着时代的黑暗与志士的操守。时代愈黑暗，志士愈孤独。此一层意味，亦可以体会。“孟公不在兹，终以翳吾情。”孟公是东汉刘龚的字。晋皇甫谧《高士传》卷中载：张仲蔚，平陵人，隐身不仕，善属文，好诗赋，常居贫素，所处蓬蒿没人。时人莫识，唯刘龚知之。渊明借用此典，乃以仲蔚自比，悲慨时无知己如刘龚者，则自己之真情亦只有隐没于世矣。诗篇的后半幅，呈示为一种大孤独大寂寞之境界。但是，在这大孤独大寂寞中，乃有一种竟抱固穷节的精神，顶天立地；亦有一种尚友古先贤的志向，贯通古今。所以，这又是一种极高的境界，向上的境界。

如本诗之所示，从少年时代的“游好在六经”，到归隐之后的“竟抱固穷节”，渊明归隐前后之人生，乃是一幅完整的人生。传统思想是其一生之精神命脉。亦如本诗之所示，渊明在黑暗时代之中的莫大孤独寂寞，并非一

【原文】

种消极低沉的状态，而自具一种超越向上之精神。读渊明诗，可以知其人。

此诗语言简练自然，而包蕴深刻广大。全诗包蕴着渊明一生的心路历程与心灵境界。此诗辞气和婉，而精神凛然。“竟抱固穷节”之节字，“披褐守长夜”之守字，皆如镕锤而成，凝聚着深沉坚实的力量。又简练、又丰富，又温润、又刚强，此正是渊明诗歌的甚深造诣。

（邓小军）

饮酒二十首（其十九）

畴昔苦长饥，投耒去学仕。将养不得节，冻馁固缠己。是时向立年，志意多所耻。遂尽介然分，终死归田里。冉冉星气流，亭亭复一纪。世路廓悠悠，杨朱所以止。虽无挥金事，浊酒聊可恃。

陶渊明自述其《饮酒》二十首均是“既醉之后”所作，而诗中却以清醒的人生态度，一一展示了对衰荣、显默、生死、善恶、是非、物我等重大问题的思考，诚如苏轼所说，此公“言醉时是醒时”（《王直方诗话》）。因诗人明知为世俗的偏见所不容，乃自托为醉人谬误之言，此所以诗借“饮酒”为题而咏怀也。从这里固可见诗人当年在寂寞中探求人生之道的艰难不易，亦体现了其独立不迁卓然自立的人格。本诗即在回首往事中披露了自己的衷怀。

诗的首八句以从容安详的态度回顾了自己的人生道路，尤其是生平所经历的两次重大抉择。诗人自二十九岁（393）解褐入仕为州祭酒，至义熙

【鉴赏】

元年(405)辞官归田，在其间及以后的漫长岁月里，诗人的内心是颇不平静的，充满了种种矛盾和冲突，有时甚至到了令人痛苦的地步。但在这首诗里，一切却都仿佛被过滤净化，表现为极朴素极单纯的情思。诗中说，自己当初入仕就是为稻粱谋，而为官后依然未能解决衣食问题，由此引起反思，遂认定了人生的归宿。这里说的“长饥”、“将养”、“冻馁”，当然是诗人清贫家境的自况，诗人曾在《归去来辞·序》中自述云：“余家贫，耕植不足以自给，幼稚盈室，缾无储粟。”其友人颜延之也在《陶征士诔》中说他“母老子幼，就养勤匮。”即从他入仕期间所作的某些诗篇来看，也仍未见有大的改善，如“劲气侵襟袖，箪瓢谢屡设”(《癸卯岁十二月中作与从弟敬远》)等。但诗人之所以作出上述的选择，实际上却远非只是出于物质条件方面的考虑。即以退隐归耕而言，其中既有诗人“少无适俗韵，性本爱丘山”的禀性气质的原因，也有对“真风告逝，大伪斯兴”世风的义无反顾的决绝意味，有“鸟尽废良弓”对世事翻复无常动辄罹祸的恐惧，也有对“返朴归本”的“贵真”追求。对于如此曲折深微的心理历程，本诗中却以“志意多所耻”、“遂尽介然分”两句一掠而过。前一句也即《归去来辞·序》中所说的：“饥冻虽切，违己交病，尝从人事，皆口腹自役，于是怅然慷慨，深愧平生之志。”后一句则语出《荀子·修身》：“善在身，介然必以自好也。”以及方望《辞隗嚣书》：“虽怀介然之节，欲洁去就之分。”指专一不移。诗人在这里避虚就实，化繁为简，一则是出于他对人生之道的朴素理解：“人生贵有道，衣食固其端。孰是都不营，而以求自安”(《庚戌岁九月中于西田获早稻》)，因而不讳言被一般士人认为是粗鄙的衣食问题；二则也有意以“不汲汲于自表”(顾炎武《日知录》语)的态度，来与充满矫饰的世俗风气相对抗。这种对人生“复归于朴”的认识和态度，正是陶渊明“冲淡”诗风所赖以形成的思想原因。朱熹说陶诗“语健而意闲”，也正道中了此老站在人生哲学的高度剖析自我的特点，因棋高一着故而能气度雍容，虽不求露已而自富启示性也。

【原文】

诗的后六句，从回顾反思中总结了自己的生活态度。“星气流”即星宿节气的运行，指时光流逝；“复一纪”指归田以来又已过去了十二年。“冉冉”，渐进意；“亭亭”，久远意，这两个叠词加强了感喟的语气，暗示了岁月的艰难不易，诗人将这一期间“饥寒饱所更”的物质困苦，以及“贫富常交战”的精神苦闷，都凝聚在这感慨之中，言近而意远。“世路”两句则从世既弃我、我亦弃世的关系中洞悉了人生的悲剧。面对广阔辽远而又布满岐路的世道，常使人难以进取，而愈是清醒者，则困惑与痛苦也愈多，此杨朱所以哭泣而返也。杨朱事见《淮南子·说林训》：“杨子见逵路而哭之，为其可以南可以北。”古来失意的士人每借以抒写茫然不知所从的沉痛巨哀，如阮籍《咏怀》(二十)亦云：“杨朱泣岐路，墨子悲染丝。”那么，又如何解得这个人生难题呢？诗人在诗末将自己的答案托出。“虽无挥金事”一句，用汉代疏广、疏受事，二疏名位显达而能急流勇退，归老后日设酒食宴请族人故旧宾客，用金甚多，其意乃在视富贵为祸咎之源，故不欲将产业留给子孙遭致后患，表现了对“知足不辱，知止不殆”的至理的清醒认识。诗人极为欣赏二疏的人生态度，曾在另一首《咏二疏》的诗中说：“谁云其人亡？久而道弥著。”百年之下迹不同而心相通，诗人的“饮酒”因此乃和“知足”“知止”的哲思相关联。古话云：“狂者进取，狷者有所不为。”诗人放弃了对外在功名事业的进取，而转向内心返归自然、“法天贵真”的精神追求。从这一点而言，陶渊明之嗜酒，实在可以说是以有所不为的狷者之饮而垂范后世的。

（钟元凯）

饮酒二十首(其二十)

羲农去我久，举世少复真。汲汲鲁中叟，弥缝使其淳。凤鸟虽不至，礼乐暂得新。洙泗辍微响，漂流逮狂秦。《诗》《书》复何罪？一朝成灰尘。区区诸老翁，为事诚殷勤。如何绝世下，六籍无一亲。终日驰车走，不见所问津。若复不快饮，空负头上巾。但恨多谬误，君当恕醉人。

读陶渊明诗，想见其为人，其性情之真而且正，比较容易体认，其思想境界之深沉，则须细心了解。《饮酒》第二十首"羲农去我久"，即是了解渊明思想之一重要作品。此诗可以当作渊明的一部中国学术文化史读，但是其终极关怀，则在于现实社会。

"羲农去我久，举世少复真。"羲谓伏羲，农谓神农，皆传说中的上古帝王。古人以上古社会作为一种政治理想。起笔感叹羲农时代离开自己已经很久远，整个社会很少再有淳真之风尚。起笔从上古一笔写至现在，其重点，是"我"所处之"世"。读者当着眼于此。"汲汲鲁中叟，弥缝使其淳。"汲汲，勤劬貌。鲁中叟，指孔子。孔子是春秋鲁国人。弥缝，谓补救、挽救。孔子勤劬一生，为的是挽救世道人心，返之淳正。淳字与上文真字同义，皆指道德风尚。或以为渊明诗喜用真字，故渊明为一道家。其实并不那么简单。此诗即用真字，而全幅赞叹儒家。可见儒道二家学说，在渊明心中乃是会归一致的。"凤鸟虽不至，礼乐暂得新。"凤鸟，语出《论语·子罕》"子曰：'凤鸟不至，河不出图，吾已矣乎！'"传说以凤鸟到来为"圣人受命"、天下太平之象征。《史记·孔子世家》载，孔子之时，周室微而礼乐废，《诗》《书》缺。孔子知道之不行，遂归鲁，删《诗》《书》，定礼乐，修《春秋》，序《易传》，以教弟子。诗言孔子虽然未能使天下太平，但是整理弘扬《诗》《书》礼乐，却使传统文化焕然一新。以上四句，赞叹孔子平生精神与文化业绩，景仰之情，溢于言表。"洙泗辍微响，漂流逮狂秦。"洙泗，即洙、泗二水，流经

【鉴赏】

鲁国，洙泗之间，是孔子设教之地。微响犹微言，精微要眇之言，指孔子的学说。《汉书·艺文志》云："昔仲尼没而微言绝，七十子丧而大义乖。"此二句诗言，孔子师弟子相继去世，世间已不闻微言大义，岁月流逝如水，遂至于暴秦时代。漂流二字下得好，可以玩味。就字面言，是承洙泗二水而来，就意蕴言，则暗寓"滔滔者天下皆是"(《论语·微子》)之意。从孔子所处之春秋至于秦代，中间经历的是战国时代。漂流二字，正指战国。狂之一字，论定秦朝。渊明下笔若不经意，实则极有分寸。"《诗》《书》复何罪？一朝成灰尘。"此言秦代之文化浩劫。《史记·秦始皇本纪》载秦始皇实行李斯之建议："天下敢有藏《诗》、《书》、百家语者，悉诣守、尉杂烧之。有敢偶语《诗》《书》者弃市。以古非今者族。吏见知不举者与同罪。令下三十日不烧，黥为城旦。"《诗》《书》何罪，文化何罪？竟一旦焚之为灰。此二句诗可谓一针见血，揭穿秦始皇专制主义反文化之本质。在渊明之心目中，以《诗》《书》为代表的学术文化，实与暴政格格不入。"区区诸老翁，为事诚殷勤。"此二句，写到秦汉之际的儒家学者。区区犹拳拳，忠诚勤恳貌。《史记·儒林列传》载，秦末，儒家学者曾冒着生命危险保存《诗》《书》典籍，并且参加了推翻暴秦统治的陈涉起义军。汉兴，幸存的儒家学者皆垂垂老矣，又努力传授儒家典籍。譬如济南伏生研治《尚书》，秦时焚书，伏生壁藏之，汉兴，以教于齐鲁间，汉文帝命晁错往受之。时伏生已九十余岁。此二句诗，是对秦汉之际儒家学者护惜、传授文化典籍的热情唱叹。"如何绝世下，六籍无一亲。"绝世下，指的是汉世以后的三国、两晋，一笔遂写回东晋现实。六籍即六经，儒家群经。晋人干宝《晋纪总论》云："学者以老庄为师，而黜六经。"此二句诗慨叹当世学风，无人亲近六经。干宝所记，正可印证。"终日驰车走，不见所问津。"问津，典出《论语·微子》"长沮、桀溺耦而耕，孔子过之，使子路问津焉。"长沮、桀溺是春秋时代的隐士。津指渡口。此二句诗，勾画出当世士人终日驰车奔走、竞相争逐名利之丑态，悲慨时无如孔子师弟子那种有志于世道人心者。《晋书·王雅传》载:“以雅为太子太傅,时王恂儿婚,宾客车骑甚众,会闻雅拜少傅,回诣雅者过半。时风俗颓弊,无复廉耻。”渊明所指斥的,正是当时这种无耻之世风。以上四句,感愤当世之学风、世风,遂回应起笔“举世少复真”。世风浇漓如此,“若复不快饮,空负头上巾。”《宋书·陶潜传》载,渊明曾“取头上葛巾漉酒,毕,还复著之。”诗盖自用其事。如果再不痛饮,真是白白辜负了头上这葛巾。此是故作醉语。结笔顺此云:“但恨多谬误,君当恕醉人。”我亦自恨谬误甚多,不过,世人亦当恕我醉人。上文感愤现实,皆庄语,结笔醉语自解,出之以谐语。这里透露出当时政治社会之黑暗。清李光地《榕村诗选》说得不错:“曲蘖之托,而昏冥之逃,非得已也。谢灵运、鲍明远之徒,稍见才华,无一免者,可以观矣。”

渊明此诗对历史文化心诵默念,作全幅体认,其终极关怀则是现实社会。如诗所示,渊明观察历史、现实,乃将学术文化与世道人心密切连系。“终日驰车走,不见所问津”的晋代世风,与“六籍无一亲”的学风相连系。“区区诸老翁,为事诚殷勤”,此言汉代学风。而汉代之盛,则不言而喻。秦代呢,“《诗》《书》复何罪?一朝成灰尘。”而秦之短命,亦不言而喻。渊明深于传统思想文化,故其观察历史现实,作如是观。对于渊明此诗,可以见仁见智。但是,了解渊明思想情感,此诗为一重要作品,则无庸置疑。渊明关心社会现实之情怀,亦应当肯定。

此诗可以说是以议论为诗。唯诗人渊明情感深挚,感愤深沉,故虽议论,而不失诗之体性。诗中赞仰唱叹,低徊流连之致,发抒悲慨,而又亦庄亦谐,亦足可回翔玩味。中国诗歌重比兴,但亦兼重赋笔,甚至议论。此中国诗歌之所以成就其大,读渊明诗,以至杜甫诗、宋人诗,当知乎此。

(邓小军)

【原文】

责　子

白发被两鬓，肌肤不复实。虽有五男儿，总不好纸笔。阿舒已二八，懒惰故无匹。阿宣行志学，而不爱文术。雍端年十三，不识六与七。通子垂九龄，但觅梨与栗。天运苟如此，且进杯中物。

这首诗大约是陶渊明五十岁左右时作。责子，就是对儿子的责备、批评。

诗先说自己老了："白发被两鬓，肌肤不复实。""被"，覆盖。说：白发已布满了两鬓了，肌肤松弛也不再丰满了。这两句写老相写得好，特别是后一句少见有人道出。后面是写儿子不中用："虽有五男儿，总不好纸笔。"总写一笔五个儿子不喜读书，不求上进。下面分写："阿舒已二八，懒惰故无匹。"阿舒是老大，十六岁了，而懒惰无比。"故"，本来，一向。按，"匹"字的字形近于"二"、"八"之合，这里用了析字的修辞法。"阿宣行志学，而不爱文术。"阿宣是老二，行将十五岁了，就是不爱学写文章。"文术"，指文章技艺。按，用"志学"指代年龄，是出自孔子"吾十有五而志于学"的话。这里语意双关，到了"志学"的年龄而不志于学。"雍端年十三，不识六与七。"雍、端是两个孩子的名字，他们都十三岁（可能为孪生兄弟或异母所出）了，但不识数，六与七都数不过来。按，六加七等于十三，这里用了数字的离合。"通子垂九龄，但觅梨与栗。"通子是老五，快九岁了，只知贪吃，不知其它。"垂"与前"行"义同，都是将近的意思。按，这里用了"孔融让梨"的典故。《后汉书·孔融传》注引孔融家传，谓孔融四岁时就知让梨。而阿通九岁了却是如此,可见蠢笨。作者将儿子一一数落了一番后,感到很失望,说“天运苟如此,且进杯中物。”“杯中物”,指酒。这两句意思是:假若天意真给了他这些不肖子,那也没有办法,还是喝酒吧。

这首诗写得很有趣。关于它的用意,后代的两个大诗人有很不相同的理解。一个是杜甫。他在《遣兴》中写道:“陶潜避俗翁,未必能达道。……有子贤与愚,何其挂怀抱。”这是说,陶渊明虽是避世隐居,但也并未进入忘怀得失的境界,他对儿子品学的好坏,还是那么关心的。一个是黄庭坚。他在《书陶渊明〈责子〉诗后》说:“观渊明之诗,想见其人岂弟(同恺悌,和乐安闲的意思)慈祥、戏谑可观也。俗人便谓渊明诸子皆不肖,而渊明愁叹见于诗,可谓痴人前不得说梦也。”杜甫的意见是认为《责子》此诗是在批评儿子不求上进,而黄庭坚予以否认,细味此诗并联系其它作品,似乎杜甫的意见还不能完全否定。诗题为《责子》,诗中确实有对诸子责备的意思,作者另有《命子》诗及《与子俨等疏》,对诸子为学、为人是有着严格的要求的。陶渊明虽弃绝仕途,但并不意味着脱离社会、脱离文明、放弃对子女教育的责任,他还有种种常人之情,对子女成器与否的挂虑,就是常情之一。杜甫是从这个意义上理解此诗的。但是,杜甫的理解又未免太认真、太着实了些。批评是有的,但诗的语句是诙谐的,作者不是板着面孔在教训,而是出以戏谑之笔,又显出一种慈祥、爱怜的神情。可以说,儿子的缺点都是被夸大了的,漫画化了的,在叙说中又采用了一些有趣的修辞手法,读者读着时忍俊不禁,可以想见作者下笔时的那种又好气、又好笑的心情。不妨说,这是带着笑意的批评,是老人的舐犊情深。这样看来,黄庭坚的体会又是颇为精妙的。

用诗来描写儿女情态,首见左思《娇女诗》,唐代不少诗人都写有这方面作品,陶渊明起了推波助澜作用。这对诗歌题材的扩大及日常化是有不可低估的意义的。

(汤华泉)

【原文】

有会而作

旧谷既没，新谷未登，颇为老农，而值年灾，日月尚悠，为患未已。登岁之功，既不可希，朝夕所资，烟火裁通。旬日已来，始念饥乏，岁云夕矣，慨然永怀，今我不述，后生何闻哉！

弱年逢家乏，老至更长饥。菽麦实所羡，孰敢慕甘肥。惄如亚九饭，当暑厌寒衣。岁月将欲暮，如何辛苦悲。常善粥者心，深念蒙袂非。嗟来何足吝，徒没空自遗。斯滥岂攸志，固穷夙所归。馁也已矣夫，在昔余多师。

陶渊明的诗是智者之诗。他以充满睿智的内省态度观照日常的生活，在极为有限的生存条件下，不倦地探寻着保持精神自由的途径。洞察人生的底蕴，不是被鄙陋平庸的现实所压倒、所吞噬，而是以遗世独立的精神超越它、战胜它，对忧患泰然处之，从而体悟生命的价值和意义。这正是陶诗主要魅力的所在，也是我们读其诗所不可不知的。

此诗题为《有会而作》，“会”即会意之会，指有所感悟和领会。诗通篇直抒胸臆，写其所感和所思，而把具体的事由放在序中作为背景交代。究其缘起，乃是值岁暮之际，新谷未收，又适逢灾年，粮食匮乏到了难以充饥的地步。这种困厄艰苦的境遇似毫无诗意可言，而诗人却从中激扬起对生命的执着之情。诗的首二句，概括了自己贫寒的一生，“弱年”指青年时期，“家乏”是不甚宽裕的意思，“更长饥”就每况愈下，连起码的生存条件也难乎为继了。下面四句以自己的生活实感和体验把这种境遇具体化：“菽麦”

两句说只要有粗食充饥就已心满意足,欲吃粱肉更简直是非分之想了。“怒如”两句极言饥寒之切,“怒如”,饥饿状;“亚九饭”,或是“无恶饭”的讹误,意谓饥饿时进食无不觉得可口;“当暑厌寒衣”则指缺衣少穿,故冬不足以御寒而夏又以为累赘。这几句写得恻恻动人,非亲身经历备尝滋味者不能道。“岁月”两句又一笔兜回,将辛酸凄苦而又无可奈何的悲凉心情和盘托出。这里说的“岁月暮”,既指临近年末,又指老之将至。人生本来短暂,而在如此恶劣的条件下了此一生,怎不教人悲从中来!以上八句概括了物质上极度匮乏的忧患人生,其中“孰敢慕甘肥”、“如何辛苦悲”两句更是感慨系之,从而以为下文的张本。

诗人并“不戚戚于贫贱”,面对人生的苦难,他反而更加珍视生命。诗人是从身、心两个方面来把握生命的存在的。由“常善粥者心”至“徒没空自遗”四句,是先从“身”方面说。诗人借着对一个故事的评说,弘扬了富有哲学意味的“贵生”精神。这个故事见于《礼记·檀弓》,大意谓齐国饥荒之年,黔敖施粥于路,有饥者蒙袂(以衣袖遮面)而来,黔敖曰:“嗟,来食!”饥者因不食嗟来之食而死。诗人从重生的立场,肯定了施粥者的用心,而对蒙袂者的行为则持批评态度。这种贵生思想的渊源主要来自庄子。庄子主张“保身全生”,反对“危身弃生以殉物”,《庄子·骈拇》说:“自三代以下者,天下莫不以物易其性矣。小人则以身殉利,士则以身殉名,大夫则以身殉家,圣人则以身殉天下。……其于伤性,以身为殉,一也。”人的生命、天性既不应为名利等外物所役使,那么为了区区一事的荣辱而轻易地舍生就死,就是不足取的。当外界的险恶环境使人沦于极其卑微可怜的地步时,这种强调个体生命存在的贵生思想,未始不是弱者的一种精神支柱和自卫武器。诗人为了与苦难抗衡而从中汲取了生存的勇气,因此也是不无积极意义的。“斯滥岂攸志”以下四句,又是从“心”的方面说。诗人不仅重视生命的存活,而且更重视对生命意义的自觉把握。“斯滥”、“固穷”两句,语出

《论语·卫灵公》："君子固穷，小人穷斯滥矣。"诗人意谓在贫贱中有无操守，正泾渭分明地把生命的价值判然为二：君子高尚其志，安贫乐道，从而身处忧患之中，却获得了精神上的自由；小人心为物役，自甘沉沦，终于在随波逐流中汩没了自己的天性。诗人选择了前者而否定了后者，并且以前贤作为师法的榜样而自勉。最末的"馁也已矣夫，在昔余多师"两句，表现了主人公以固穷之志直面患难的坚强决心。诗人从"贵生"、"守志"也即身心两个方面领悟了生命的真谛，这就是本诗"有会"的主旨所在。陶渊明把庄子对生命的哲思和儒家的自强不息精神结合起来，从而表现了人的生命力的激扬，表现出历劫不灭、睥睨忧患的内在力量。现实的色调愈是灰暗和沉闷，其主体精神反而愈见活跃和高昂。陶渊明其人其诗之所以感召了无数后人的奥秘，其实就正在于此。

（钟元凯）

拟古九首（其三）

仲春遘时雨，始雷发东隅。众蛰各潜骇，草木纵横舒。翩翩新来燕，双双入我庐。先巢故尚在，相将还旧居。自从分别来，门庭日荒芜。我心固匪石，君情定何如？

晋安帝义熙元年（405），陶渊明弃官归隐，从此开始躬耕自资的生涯。义熙十四年，刘裕杀安帝，立恭帝。元熙二年（420），刘裕篡晋称宋，废恭帝，并于次年杀之。已经归隐十六、七年的陶渊明，写下了一系列诗篇，寄托对晋朝的怀念，和对刘裕的愤慨。《拟古》九首，联章而为一组，正如明黄

文焕《陶诗析义》所指出："此九章专感革运。"这里是其中的第三首。

"仲春遘时雨，始雷发东隅。"遘，遇。仲春二月，逢上了及时雨。第一声春雷，亦从东方响起——春天又从东方回来了。"众蛰各潜骇，草木纵横舒。"众类冬眠之蛰虫，暗中皆被春雷惊醒，沾了春雨的草木，枝枝叶叶纵横舒展。以上四句，"众蛰"句承"始雷"句来，"草木"句则承"遘时雨"句来。此四句写出春回大地，大自然一片勃勃生机，"草木纵横舒"之"舒"，尤其传神。杜甫《续得观书》"时危草木舒"之句，颇可参玩。"翩翩新来燕，双双入我庐。"一双刚刚到来的燕子，翩翩飞进我的屋里。"翩翩"、"双双"，两组叠字分别举于句首，活泼泼地，直是状出燕子之神态。如在目前，毫不费力。"先巢故尚在，相将还旧居。""先巢"、"旧居"，皆指旧有之燕巢。"相将"即相偕。梁上旧巢依然还在，这双燕子一下子便寻到了旧巢，飞了进去，住了下来。原来，这双燕子是诗人家的老朋友呢。曰"相将"，曰"旧居"，看诗人说得多么亲切，这已经是拟人口吻，我亦具物之情矣。燕子之能认取旧巢，这件寻常小事，深深触动了诗人之别样情怀。他情不自禁地问那燕子："自从分别来，门庭日荒芜。我心固匪石，君情定何如？"自从去年分别以来，我家门庭是一天天荒芜了，我的心仍然是坚定不移，但不知您的心情究竟如何？"我心固匪石"之句，用《诗经·邶风·柏舟》成语："我心匪石，不可转也。"此句下笔极有力度，有如壁立千仞；亦极具深度，实托喻了诗人坚贞不渝之品节。"君情定何如"之结句，则极富风趣，余味不尽。倘若燕子有知，定作如此答语：纵然君家门庭荒芜，可是我心亦依然不改，只认取旧家故巢而已，不然，又怎会飞回君家呢？清邱嘉穗《东山草堂陶诗笺》谓："末四句亦作燕语方有味。"此说实不通。"门庭日荒芜"，"日"者，一天天也，门庭一天天荒芜，此是主人所见，故非燕语。

诚如元吴师道《吴礼部诗话》所评："此篇托言不背弃之义。"那么，陶渊明的弃官归隐，与不背弃晋朝之间，是不是有矛盾呢？其实并不矛盾。当

【原文】

义熙元年陶渊明弃官归隐之际，东晋政权实已掌握在刘裕手中。《宋书·陶潜传》云："（潜）自以曾祖晋世宰辅，耻复屈身异代，自（宋）高祖王业渐隆，不复出仕。"至晋亡以后，渊明之诗文，亦绝不书宋之年号，即不奉其正朔。如实地说，归隐之志与故国之思在渊明原是一致的，用传统文化的语言说，这就是节义。品节道义，是陶渊明一生之立身根本。

渊明此诗之艺术特色，令人称道者实多。首先是极为风趣又极具风骨。诗人与燕子之对话，十分风趣、幽默。在这份风趣、幽默之中，却蕴藏着一种极严肃的人生态度，极坚卓的品节。这是诗歌史上一篇别开生面的优秀作品。其次，是以众蛰惊雷、草木怒生的大好春天，与"无人可语，但以语燕"（《陶诗析义》）的孤独寂寞相对照，从而默示出诗人悲怀之深沉。大好春光愈热闹，则诗人之孤独寂寞便愈凸出，其悲怀之深亦愈突出。再次，是语言平淡自然而有奇趣精彩。全诗语言，读来平淡自然，可是细心体会，诗人用"时"、"始"、"舒"、"新"等语，表达春天一到大自然就发生的那种种最新变化，是多么锐敏、精当。用"我心匪石"之成语，中间施以一"固"字，表达故国之思，其从容不迫之中，又是何等坚卓挺拔。东坡曾说："渊明诗初读若散缓，熟视之有奇趣。"（《冷斋夜话》引）确是会心之言。人们常说渊明诗是绚烂归于平淡，其实，要从平淡自然之中，见出其奇趣精彩，尤其是一段绚烂之精神，读渊明诗方是不枉。

（邓小军）

拟古九首（其四）

迢迢百尺楼，分明望四荒。暮作归云宅，朝为飞鸟堂。山河满目中，平原独茫茫。古时功名士，慷慨争此场。一旦百岁后，相与还北邙。松柏为人伐，高坟互低昂。颓基无遗主，游魂在何方？荣华诚足贵，亦复可怜伤！

“拟古”意思是摹拟古诗，此诗张玉榖说是“拟登废楼远望而伤荣华不久之诗”（《古诗赏析》）。登高望远而有所思，乃是古诗中最常见的意境。此诗明言“拟古”，则登楼之事，未必实有，而只是虚构形象，借以抒发情怀。

“迢迢百尺楼，分明望四荒。”“迢迢”、“百尺”都是形容楼高，李商隐诗句“迢递高城百尺楼”（《安定城楼》）大概由此而来。“四荒”，四外极远之地。由于楼高，极远的地方都看得很“分明”，这又可看作是从对面来写楼高。“暮作归云宅，朝为飞鸟堂。”这两句是说，这座楼傍晚有云彩飘入，早晨有飞鸟鸣聚。这一方面还是形容楼高，王勃形容“滕王高阁”“画栋朝飞南浦云，珠帘暮卷西山雨”，笔法相似。另一方面，是写此楼之废，只有云鸟栖息，而不见人踪。这几句写楼高、楼废，乃诗人兴感之由。“山河满目中，平原独茫茫。”所见远，所思广。“茫茫”，既见地域的广阔、思绪的浩茫，还表示平原上一无所有。这两句极具苍凉的情致，为登眺名句，李峤的“山川满目泪沾衣”（《汾阴行》）、晏殊的“满目山河空念远”（《浣溪沙》）当皆由此脱化。

“古时功名士，慷慨争此场。”以下就是慨叹了。“此场”即指所望中的山河、平野，古来有多少人在这里角逐啊，角逐之时又是那么激昂慷慨，似乎人生的一切追求莫大于斯。而“一旦百岁后，相与还北邙”。“北邙”，山名，在洛阳城北，东汉以来君臣多葬于此。这是说，这些“功名士”到头来一个接一个寿终正寝。从前面的“慷慨”到这里的“一旦”“相与”，见出命运的无情、功名近乎儿戏。身后情形又是怎样呢？“松柏为人伐，高坟互低昂。”坟上表示万古不凋的松柏也被人砍伐了，露出了高高低低的坟头。“颓基

【原文】

无遗主,游魂在何方?""遗主",死者的后代。这两句说:倒塌的坟基也无人修理了,死者的游魂在哪里呢?也就是说,连魂也找不到一处安身的地方了。这些"功名士"身后未免太凄凉了,他们功在哪里、名又在哪里呢?作者最后说:"荣华诚足贵,亦复可怜伤!""诚足贵"是揣摩生前、"慷慨"时的心理,但看看死后的冷落,真正是"可怜伤"了。"怜"、"伤",同义反复,是加重感叹。

陶渊明在不少诗中都表达了"荣华难久居"的思想。否定功名富贵,就是对自己归田躬耕生活道路的肯定。这是陶诗的基本主题之一。其它诗多是运用自述的写法,从自己的素怀、从当前的生活,絮絮道来,心情显得比较平静;这首诗则是登楼怀古,境界高远,感慨遥深。这与平素的"散缓"风格自是不同。前面写楼,已暗寓了废替之叹;后面怀古,生前、死后的对照,死后的悲哀,着墨甚多;而慨叹的"功名士"又为争疆夺土之人。这些都表示了:此诗不单是一般的"伤荣华不久",而还有着特定的政治内涵。论者谓为寄怆于"国运更革"、晋宋易代,这是很有可能的。

(汤华泉)

拟古九首(其七)

日暮天无云,春风扇微和。
佳人美清夜,达曙酣且歌。
歌竟长叹息,持此感人多。
皎皎雲间月,灼灼叶中华。
岂无一时好,不久当如何?

【鉴赏】

这首诗拟的是古代那些表现"美人迟暮"的作品。这样的作品"古诗"中有,不过,对照起来,拟的更像曹植的《杂诗》"南国有佳人"之类。

诗写的是佳人在春天的一个"日暮"和"清夜"的感触。日暮的景色很美,天空万里无云,显得何等澄澈;春风把微微的暖意一阵一阵地送来,叫人感到多么舒适。面对如此景色,自然使人为之心旷神怡,而春风又似乎对人特别有情,殷勤地传布着"微和",显得人情物态的极为融洽。"日暮天无云",即目生情,出语清新自然,"春风扇微和","扇"的拟人,"微"字的体贴,都富于情意。这是"日暮"。"清夜"的景色又将如何呢?天色、暖意当亦如之,而后面又补写了"皎皎云间月,灼灼叶中华",显出更是花好月明,景色就更加迷人了。"佳人美清夜,达曙酣且歌。"佳人喜爱这清夜,彻夜酣饮,唱歌直到天明。"佳人",美人,富于青春活力的女子,面对如此的良辰美景,自然激发了她的生活热情,激发了她对美好人生的热爱、对未来的憧憬,她的"酣且歌",是对春景的陶醉,也是对人生的陶醉,如同后来李白《春夜宴从弟桃李园序》所写:"阳春召我以烟景,大块假我以文章。会桃李之芳园,序天伦之乐事。……开琼筵以坐花,飞羽觞而醉月。"虽则活动内容不尽相同,而心情则是一样的。上面的写景抒情,写日暮景包含清夜,而"美清夜"又暗含日暮,清夜景又见于后幅,用笔错落互见,不同于靖节惯常的平叙,赏者当有会于心。

后幅是乐极悲来了。"歌竟长叹息,持此感人多。""竟"者歌终也,"持此"犹得此、对此之意。大凡人们面对美好的事物,常常是爱之又惟恐失之,如此春夜,真叫人喜不自胜,但转念一想,它又能存在几时?佳人还会想到:自己的芳华又能保持多久?芳颜清歌又能否得到世人的赏识?这就是"持此感人多"的种种复杂意绪,"此"即良辰美景之谓也。下面四句或谓即佳人歌唱之辞,而理解为歌竟时的自言自语(即叹息之词)似更贴切。状

"月"前用"皎皎",又以云来烘托;状"华(花)"用"灼灼"形容,又衬以绿叶。这是多么美好,真是花月交辉啊。春夜越美,春夜在她的印象中越好,就越能反跌出她的惶恐、她的失意、她的焦虑。"岂无一时好,不久当如何?"话语似不甚峻切,内在的情感分量是不轻的。曹植"南国有佳人"后幅是:"时俗薄朱颜,谁为发皓齿?俯仰岁将暮,荣耀难久恃。"作者代佳人说出心中的苦悲,这里是以佳人之口自传心曲,益显意深情婉。

与上述曹植《杂诗》一样,这首诗也是一篇寓言体作品,"佳人"显现了作者对人生的执着,诗中"美人迟暮"之感,正见出他某种用世之情。组诗《拟古》作于靖节晚岁,这可见作者身处易代之时,也并未忘怀世事,失去生活的热力。钟嵘在《诗品》中举此诗以为别调,评云:"世叹其质直。至如'欢言酌春酒'、'日暮天无云',风华清靡,岂直为田家语耶!"认为此诗不是一般的"田家语",也就是说它似乎别有寄托;认为此诗并非"质直",而是辞采华美,这在靖节诗中确不多见。写"佳人"云云,全部陶诗一百二十多首,也只有这一篇。至于方东树说此诗"情景交融,盛唐人所自出"(《昭昧詹言》),正可作"风华清靡" 语的注脚。

(汤华泉)

拟古九首(其九)

种桑长江边,三年望当采。
枝条始欲茂,忽值山河改。
柯叶自摧折,根株浮沧海。
春蚕既无食,寒衣欲谁待。
本不植高原,今日复何悔。

【鉴赏】

陶渊明发舒归隐之志的诗歌，往往是畅所欲言，而寄托故国之思的诗歌，则往往是微婉其辞。其中如《述酒》一篇，便隐晦曲折之至。所以，只论陶诗明白如话，其实并不全面。《拟古》九首之第九首，亦是一篇用比兴手法寄托故国之思的作品。

“种桑长江边，三年望当采。”种桑于长江边，为期已是三年，似可望有所收获了。乍一看来，起笔二句所写不过是种桑之一小事，可是此一事象，实托喻着重大政治事件。桑树乃晋朝之象征也。西晋傅咸《桑树赋序》云：“世祖（晋武帝）昔为中垒将军，于直庐种桑一株，迄今三十余年，其茂盛不衰。皇太子（即晋惠帝）入朝，以此庐为便坐。”《赋》文并谓：“惟皇晋之基命，爰于斯而发祥。”可见以桑树象征晋朝，是有来历的。江边本非种桑之地，“种桑长江边”，此暗喻晋恭帝为刘裕所立。恭帝于义熙十四年（418）十二月即位，至元熙二年（420）六月被刘裕逼迫禅位，前后正是三年，故诗云“三年望当采”。本来，桑树种植三年，则可望采其叶矣——此言其已当茂盛；君主在位三年，则可望有成绩矣——此言其已当自强。此在恭帝，虽说是无望之望，然而同情晋朝的人，毕竟望其能够固本自立。结果如何呢？“枝条始欲茂，忽值山河改。”枝条刚开始生长起来，却突然遭到山河变迁。曰“始欲茂”，实是未茂。曰“山河改”，则呼应“长江边”，不言而喻，洪水滔滔，江岸崩溃矣。长江边岂种桑之地？昔日种桑是于斯，今日毁桑亦于斯，此正喻说恭帝是为刘裕所立，亦为刘裕所废也。“忽值山河改”一句，触目惊心，虽是比兴，亦是明言矣。元熙二年六月，刘裕逼恭帝禅位，篡晋称宋，改元永初，山河变色矣。“柯叶自摧折，根株浮沧海。”洪水滔滔，高岸为谷，冲断了树枝，卷走了根株。那洪水滔滔，正如沧海横流。三年之桑，毁于一旦。刘裕逼恭帝禅位，即废之为零陵王。“根株浮沧海”句，喻指此事。次年宋永初二年（421），刘裕便派人杀害了废帝。从“三年望当采”及“根株浮

【鉴赏】

沧海”之句，可知此诗当作于恭帝被废之后，次年被害之前。恭帝被害之后，陶渊明是以《述酒》一诗，作出反应的。程穆衡《陶诗程传》云：“‘柯叶’、‘枝条’，盖指司马休之之事。休之拒守荆州，而道赐发宣城，楚之据长社。迨刘裕克江陵，奔亡相继，而晋祚始斩。”所言甚是。从“枝条始欲茂”及“柯叶自摧折”看，晋室本来并非未作努力自强，“三年望当采”亦并非毫无来由之望，可是晋室终非刘裕之敌手，同情者之希望，也终于落空。“春蚕既无食，寒衣欲谁待。”此二句，从比兴之表面事象说，是写桑树既毁，春蚕遂无叶可食；蚕丝不成，寒衣亦无资源可制。从所寄托之深层情意言，则是表达天下同情晋朝之人包括诗人自己，当晋亡之后深深的失落悲感，其对于晋朝的依恋之情，亦见于言外。此二句所写晋亡及于人们之影响，托喻春蚕、寒衣之事象，但仍与桑树这一基本象征有密切联系，全诗构思，缜密而自然如此。“本不植高原，今日复何悔。”本者，根也。结笔两句，回向桑树，仍是双管齐下。表面意谓当时种桑既在江边，而未植根高原，则今日桑树根株全毁，又如何可以追悔！深层意蕴，则是当时晋室既依赖于刘裕，今日晋之亡于刘裕，亦无可追悔也。诚如黄文焕《陶诗析义》之所言：“事至于不堪悔，而其痛愈深矣！”

渊明此诗当作于晋亡之后不久。如诗所示，在渊明心灵深处，实痛愤刘裕，同情晋朝，对于晋亡，沉痛至深。这就说明，在归隐十六年之后，陶渊明亦决非一忘世之人，他对于世道政治，仍然抱有坚确的是非之判断，鲜明的爱憎之情。就是将他说为一道家，实亦未妥。同时，亦如此诗所示，渊明以一同时之人，能够对晋亡之一段当代历史，表达明晰之认识，提出清醒之教训。尤其“本不植高原，今日复何悔”二句，可以见出其清醒、理智之态度。这，显然又是与他早已弃官归隐，与现实政治之间保持了相当距离所分不开的。可以说，渊明此诗是一幅晋亡之诗史。

渊明此诗艺术造诣很高。诗中采用桑树这一晋朝之象征，喻说晋亡一段历史，比兴已可谓高明、得体。特别值得提出的是，此诗以比兴结体，桑树作为基本象征，全幅诗篇一以贯之，始终都未脱离这一基本象征。意象毫无支离之感。中国诗歌艺术，以比兴为根本大法。《诗经》之比兴，多局于开篇之起兴，简单之比喻。比兴至于《楚辞》，发展而为自觉之象征，寄托以深意，但亦多为片段，诗幅主体犹是直抒。渊明此诗，以同一象征性意象贯串全幅诗篇，极为完整圆满，而寄托遥深，不着痕迹。可以说，渊明此诗之创造，丰富了中国诗歌比兴寄托之艺术传统。

（邓小军）

杂诗十二首（其一）

人生无根蒂，飘如陌上尘。分散逐风转，此已非常身。落地为兄弟，何必骨肉亲！得欢当作乐，斗酒聚比邻。盛年不重来，一日难再晨。及时当勉励，岁月不待人。

陶渊明《杂诗》共有十二首，此为第一首。王瑶先生认为前八首“辞气一贯”，当作于同一年内。据其六“奈何五十年，忽已亲此事”句意，证知作于晋安帝义熙十年(414)，时陶渊明五十岁，距其辞官归田已有八年。

这组《杂诗》，实即“不拘流例，遇物即言”(《文选》李善注)的杂感诗。正如明黄文焕《陶诗析义》卷四所云：“十二首中愁叹万端，第八首专叹贫困，余则慨叹老大，屡复不休，悲愤等于《楚辞》。”可以说，慨叹人生之无常，感喟生命之短暂，是这组《杂诗》的基调。

这种关于“人生无常”“生命短暂”的叹喟，是在《诗经》《楚辞》中即已能

【鉴赏】

听到的,但只是到了汉末魏晋时代,这种悲伤才在更深更广的程度上扩展开来,从《古诗十九首》到三曹,从竹林七贤到二陆,从刘琨到陶渊明,这种叹喟变得越发凄凉悲怆,越发深厚沉重,以至成为整个时代的典型音调。这种音调,在我们今天看来不无消极悲观的意味,但在当时特定的社会条件下,却反映了人的觉醒,是时代的进步。

"人生无根蒂"四句意本《古诗十九首》之"人生寄一世,奄忽若飘尘",感叹人生之无常。蒂,即花果与枝茎相连接的部分。人生在世即如无根之木、无蒂之花,没有着落,没有根柢,又好比是大路上随风飘转的尘土。由于命运变幻莫测,人生飘泊不定,种种遭遇和变故不断地改变着人,每一个人都已不再是最初的自我了。这四句诗,语虽寻常,却寓奇崛,将人生比作无根之木、无蒂之花,是为一喻,再比作陌上尘,又是一喻,比中之比,象外之象,直把诗人深刻的人生体验写了出来,透露出至为沉痛的悲怆。陶渊明虽然"少无适俗韵",怀有"猛志逸四海,骞翮思远翥"的宏大抱负,但他生值晋宋易代前后,政治黑暗,战乱频仍,国无宁日,民不聊生。迫于生计,他几度出仕,几度退隐,生活在矛盾痛苦之中,终于在四十一岁时辞职归田,不再出仕。如此世态,如此经历,使他对人生感到渺茫,不可把握。虽然在他的隐逸诗文中,我们可以感受到他的旷达超然之志,平和冲淡之情,但在他的内心深处,蕴藏着的是一种理想破灭的失落,一种人生如幻的绝望。

"落地为兄弟,何必骨肉亲。"承前而来,既然每个人都已不是最初的自我,那又何必在乎骨肉之亲、血缘之情呢。来到这个世界上的都应该成为兄弟。这一层意思出自《论语》:"子夏曰:'君子敬而无失,与人恭而有礼。四海之内,皆兄弟也。君子何患乎无兄弟也?"这也是陶渊明在战乱年代对和平、泛爱的一种理想渴求。"得欢当作乐,斗酒聚比邻。"阅历的丰富往往使人对人生的悲剧性有更深刻的认识,年龄的增长常常使人更难以寻得生活中的欢乐和激动,处于政治黑暗时期的陶渊明更是如此,这在他的诗中表露得非常明确:“荏苒岁月颓,此心稍已去。值欢无复娱,每每多忧虑。”(《杂诗》其五)但他毕竟没有完全放弃美好的人生理想,他转向官场宦海之外的自然去寻求美,转向仕途荣利之外的村居生活去寻求精神上的欢乐,这种欢乐平淡冲和、明净淳朴。“斗酒聚比邻”正是这种陶渊明式的欢乐的写照,在陶渊明的诗中时有这种场景的描述,如:“过门更相呼,有酒斟酌之。”(《移居》)“日入相与归。壶浆劳近邻。”(《癸卯岁始春怀古田舍》)这是陶渊明式的及时行乐,与“昼短苦夜长,何不秉烛游”;“不如饮美酒,被服纨与素”;“何不策高足,先据要路津”(《古诗十九首》)有着明显的差异,体现了更高的精神境界。

“盛年不重来”四句常被人们引用来勉励年轻人要抓紧时机,珍惜光阴,努力学习,奋发上进。在今天,一般读者若对此四句诗作此理解,也未尝不可。但陶渊明的本意却与此大相径庭,是鼓励人们要及时行乐。既然生命是这么短促,人生是这么不可把握,社会是这么黑暗,欢乐是这么不易寻得,那么,对生活中偶尔还能寻得的一点点欢乐,不要错过,要及时抓住它,尽情享受。这种及时行乐的思想,我们必须放在当时特定的历史条件下加以考察,它实质上标志着一种人的觉醒,即在怀疑和否定旧有传统标准和信仰价值的条件下,人对自己生命、意义、命运的重新发现、思索、把握和追求。陶渊明在自然中发现了纯净的美,在村居生活中找到了质朴的人际关系,在田园劳动中得到了自我价值的实现。

这首诗起笔即命运之不可把握发出慨叹,读来使人感到迷惘、沉痛。继而稍稍振起,诗人执著地在生活中寻找着友爱,寻找着欢乐,给人一线希望。终篇慷慨激越,使人为之感奋。全诗用语朴实无华,取譬平常,质如璞玉,然而内蕴却极丰富,波澜跌宕,发人深省。

(陆国斌)

【原文】

杂诗十二首(其二)

白日沦西阿,素月出东岭。遥遥万里辉,荡荡空中景。风来入房户,中夜枕席冷。气变悟时易,不眠知夕永。欲言无予和,挥杯劝孤影。日月掷人去,有志不获骋。念此怀悲凄,终晓不能静。

陶渊明的诗歌,往往能揭示出一种深刻的人生体验。这种体验,是对生命本身之深刻省察。对于人类生活来说,其意义乃是长青的。《杂诗》第二首与第五首,所写光阴流逝、自己对生命已感到有限,而志业无成、生命之价值尚未能实现之忧患意识,就具有此种意义。

“白日沦西阿,素月出东岭。遥遥万里辉,荡荡空中景。”阿者,山丘。素者,白也。荡荡者,广大貌。景通影,辉与景,皆指月光。起笔四句,展现开一幅无限廓大光明之境界。日落月出,昼去夜来,正是光阴流逝。西阿东岭,万里空中,极写四方上下。往古来今谓之宙,四方上下谓之宇。此一幅境界,即为一宇宙。而荡荡辉景,光明澄澈,此幅廓大光明之境界,实为渊明襟怀之体现。由此四句诗,亦可见渊明笔力之巨。日落月出,并为下文“日月掷人去”之悲慨,设下一伏笔。西阿不曰西山,素月不曰明月,取其古朴素淡。不妨比较李白的《关山月》:“明月出天山,苍茫云海间。长风几万里,吹度玉门关。”虽然境界相似,风格则是唐音。那“明月”二字,便换不得“素月”。“风来入房户,中夜枕席冷。气变悟时易,不眠知夕永。”上四句,乃是从昼去夜来之一特定时分,来暗示“日月掷人去”之意,此四句,则是从夏去秋来之一特定时节,暗示此意,深化此意。夜半凉风吹进窗户,枕席已是寒意可感。因气候之变易，遂领悟到季节之改移。以不能够成眠，才体认到黑夜之漫长。种种敏锐感觉，皆暗示着诗人之一种深深悲怀。“欲言无予和，挥杯劝孤影。”和念去声，此指交谈。挥杯，摇动酒杯。孤影，即月光下自己之身影。欲将悲怀倾诉出来，可是无人与我交谈。只有挥杯劝影，自劝进酒而已。借酒浇愁，孤独寂寞，皆意在言外。李白《月下独酌》：“花间一壶酒，独酌无相亲。举杯邀明月，对影成三人。”大约即是从陶诗化出。不过，陶诗澹荡而深沉，李诗飘逸而豪放（诗长不具引），风味不同。“日月掷人去，有志不获骋。”此二句，直抒悲怀，为全诗之核心。光阴流逝不舍昼夜，并不为人停息片刻，生命渐渐感到有限，有志却得不到施展。本题第五首云：“忆我少壮时，无乐自欣豫。猛志逸四海，骞翮思远翥。”《饮酒》第十六首云：“少年罕人事，游好在六经。”可见渊明平生志事，在于兼济天下，其根源乃是传统文化。志，乃是志士仁人之生命。生命之价值不能够实现，此实为古往今来志士仁人所共喻之悲慨。诗中掷之一字，骋之一字，皆极具力度感。唯骋字，能见出志向之远大；唯掷字，能写出日月之飞逝。日月掷人去愈迅速，则有志不获骋之悲慨，愈加沉痛迫切。“念此怀悲凄，终晓不能静。”终晓，谓从夜间直到天亮。念及有志而不获骋，不禁满怀苍凉悲慨，心情彻夜不能平静。上言中夜枕席冷，又言不眠知夜永，此言终晓不能静，志士悲怀，深沉激烈，一篇之中，三致意焉。一结苍凉无尽。

渊明此诗，将素月辉景荡荡万里之奇境，与日月掷人有志未骋之悲慨，打成一片。素月万里之境界，实为渊明襟怀之呈露。有志未骋之悲慨，亦是心灵中之一境界。所以诗的全幅境界，自然融为一境。诗中光风霁月般的志士襟怀，光阴流逝志业未成、生命价值未能实现之忧患意识，其陶冶人类心灵，感召、激励人类心灵之意义，乃是长青的，不会过时的。渊明此诗深受古往今来众多读者之喜爱，根源即在于此。

（邓小军）

【原文】

杂诗十二首(其四)

丈夫志四海，我愿不知老。亲戚共一处，子孙还相保。觞弦肆朝日，尊中酒不燥。缓带尽欢娱，起晚眠常早。孰若当世士，冰炭满怀抱。百年归丘垄，用此空名道！

淳真之性情与自然之语言，是陶诗之体和用。其性情之淳真，乃包涵着深刻丰富的思想；其语言之自然，亦出自炉火纯青的功夫。钟嵘《诗品》称最高造诣的诗歌，当"使味之者无极"，唯陶诗最是如此。渊明《杂诗》第四首，发舒自由生活之欢欣情趣，语甚旷达，其意蕴，则深具一种执著、严肃的人生态度。

"丈夫志四海，我愿不知老。"起笔两句即是一人生态度之对比，为全诗举纲。"丈夫"即下文"当世士"，"志四海"言其进取心。渊明自己，则异乎"丈夫"之志，而但愿"乐以忘忧，不知老之将至云尔"(此借用《论语·述而》语)。以下六句，便展开抒写其乐事种种。"亲戚共一处，子孙还相保。"亲人相聚，子孙相保，首先意味着的是弃官还家，可见渊明对于做官看得轻，对于骨肉之情、天伦之乐看得重。"亲戚共一处"之"一处"，与《归去来辞》"悦亲戚之情话"之"悦"，皆情见乎辞。"子孙还相保"之"相保"，尤须体会。当晋宋之际，杀戮、战争，年年岁岁，无休无止，能够子孙相保，便非寻常事情，而是至为真实的幸事、乐事呵。"觞弦肆朝日，尊中酒不燥。"清陶澍注云："燥，干也。与孔文举'尊中酒不空'意同。"杯酒弦歌，以消时日，杯中之酒，尤喜不空。这在诗人，又是一份乐事。若是在官拘束，又哪得如此畅快。透露个中消息，尤其在于下面两句。"缓带尽欢娱，起晚眠常早。""缓带”二字便不可轻易放过。我们记得萧统《陶渊明传》所记那著名的故事：渊明为彭泽令，“会郡遣督邮至县，吏请曰：‘应束带见之。’渊明叹曰：‘我岂能为五斗米折腰向乡里小儿！’即日解绶去职，赋《归去来》。”至于“尽欢娱”三字，则概言此六句所写一切乐事。下句“起晚眠常早”，若理解为懒散，却是不妥。《归园田居》云：“晨兴理荒秽，带月荷锄归。”渊明之勤劳如此。此二句言不修边幅，无拘无束，早睡晚起，乐在其中，实意味着永远摆脱宦游场中“应束带见之”、“违己交病”之种种烦恼。以上六句所写，皆至寻常事，却又是至真实之事，皆喻说着弃官归隐之后，不再丧失自我，喻说着自由。一个依自不依他，从心所欲的人，是真正快活的人。“孰若当世士，冰炭满怀抱。”哪像当世士人们，内心充满了矛盾冲突，有如冰炭相加那样！“晋宋人物，虽曰尚清高，然个个要官职。这边一面清谈，那边一面招权纳货。”（陶澍注《靖节先生集》附录引朱熹语）其中那些能诗之士，作起诗来，也是“志深轩冕，而泛咏皋壤；心缠机务，而虚述人外”（《文心雕龙·情采》）。当时士风虚妄不实如此。“冰炭满怀抱”一语，实一针见血。“百年归丘垄，用此空名道。”明何孟春注云：“谢灵运《吊庐陵王》诗‘一随往化灭，安用空名扬’，意同。”解得甚是。人生一世，终归坟墓，又何须称扬空名呢！空名，正是当世士们所追逐的标的。追逐空名的人生，终是丧失自我的人生。独立自由的人生，才是真实不虚的人生。两种人生之价值，谁正谁负，诗中已揭示得明白。

回顾首句“丈夫志四海”，原来是微婉之语。“冰炭满怀抱”的“当世士”，实在算不上真丈夫。其所谓“四海志”，不过是“志深轩冕”、“招权纳货”之私。其名实之不合，又何啻冰炭。渊明本是“猛志逸四海”之人，可是在晋宋之际那一乱世，一位正直的士人往往连自己生命也无法保全，又遑论实现天下之志呢？退出黑暗政治，不与同流合污，保全独立自由之生命、人格，此便是一种至为真实可贵之志。透过全诗的旷达之语，可以体会到

【原文】

渊明严肃的人生态度。

（邓小军）

杂诗十二首（其五）

忆我少壮时，无乐自欣豫。猛志逸四海，骞翮思远翥。荏苒岁月颓，此心稍已去。值欢无复娱，每每多忧虑。气力渐衰损，转觉日不如。壑舟无须臾，引我不得住。前途当几许，未知止泊处。古人惜寸阴，念此使人惧。

对于人类来说，珍惜生命价值、珍惜寸阴之精神乃是长青的。读陶渊明的《杂诗》第五首，常受到一种极亲切的感动，寻思其原因，实在于此。

"忆我少壮时，无乐自欣豫。"渊明善于把人所共知、反习而不察的人生体验指点出来，而且用的是极自然极简练的语言。这往往使人感到又惊讶又亲切。此二句即一好例。诗人回忆自己少壮时代，即便没有遇上快乐的事情，心里也自然地充满了欣悦。"无乐自欣豫"的"自"字，下得准确而微妙，直道出年青生命自身无穷的活力与快乐。不言而喻，这是一种向上的生命情调。"猛志逸四海，骞翮思远翥。"向上的精神生命受了文化的教养，便升华出"猛志"。按照传统文化，志，主要是指政治上的志向。"猛志"之猛，突出此志向之奋发、凌厉。"逸"，突出此志向之远大、超越。"骞翮"即展翅，"翥"者、飞也。猛志所向，超越四海，有如大鹏展翅，志在高飞远举。以上四句回忆少壮时代生命情调，诗情从容之中，而有飞扬之势。"荏苒岁月颓，此心稍已去。”年光苒苒流逝，当年那种雄心，渐渐离开了自己。诗情由此亦转为沉抑。“值欢无复娱，每每多忧虑。”即便遇上了欢乐的事情，也不再能欢乐起来，相反，常常怀有深深的忧虑。此二句写出人到中年、晚年之体验，与起笔二句形成深刻对照。诗人对自己的遭遇、时代，一概略而不言，唯反求诸己。所以写出的实为一种人生体验之提炼，一种生命自身的忧患意识。“气力渐衰损，转觉日不如。”气力渐渐衰退，转而感到一天不如一天了。深感形体生命的逐渐衰老，这还仅仅是其忧患意识之第一层次。“壑舟无须臾，引我不得住。”“壑舟”语出《庄子·大宗师》：“夫藏舟于壑，藏山于泽，谓之固矣，然而夜半有力者负之而走。”此处是借用“壑舟”喻指生命。观下二句中“止泊”二字，即承“壑舟”而来，可证。此四句，语气连贯为一意群。生命耗逝，片刻不停，使自己不得停留地走向衰老。“前途当几许，未知止泊处。”未来的人生道路，不知还有多少途程，也不知生命之归宿将在何处。联系上文之“猛志”及下文之结笔，则此二句之意蕴，实为志业未成之隐忧。生命日渐有限，而生命之价值尚未实现，这是其忧患意识之第二层次。结笔乃更进一层：“古人惜寸阴，念此使人惧。”生命之价值是在每一寸光阴之中实现的，寸阴可惜。古人珍惜寸阴，顾念及此，不能不使人警惧怵惕！珍惜寸阴，念此警惧，足见犹思奋发有为，此是其忧患意识之第三层次，亦是其忧患意识之一提升。结笔二句，深沉、有力。其启示意义，乃是常新的。

渊明此诗之主题意义，为一种生命之忧患意识。此种忧患意识之特质，是形体生命逐渐衰老，而生命之价值尚未能实现，终于产生再奋发再努力之自我觉悟。按照中国文化传统，主体价值之实现，有三种模式。“大(太)上有立德，其次有立功，其次有立言，虽久不废，此之谓三不朽。”(《左传·襄公二十四年》)其中，立德是为第一义。陶渊明之一生，于立功的一面，虽然未能达成，可是，在立德、立言两方面，却已经不朽。读其诗，想见

【原文】

其为人,可以说,若没有"古人惜寸阴,念此使人惧"之精神,陶渊明之成其为陶渊明,将是不可想像的。

全幅诗篇,呈为一种苍凉深沉之风格。诗中,包蕴了少壮时之欣悦,中晚年之忧虑,及珍惜寸阴之警惧。诗情之波澜,亦由飞扬而沉抑,终至于向上提升。全诗体现着陶诗文体省净而包蕴深远的基本特色。这种特色,实为中国诗歌艺术造诣之一极致。

(邓小军)

咏贫士七首(其一)

万族各有托,孤云独无依;暧暧空中灭,何时见馀辉。朝霞开宿雾,众鸟相与飞;迟迟出林翮,未夕复来归?量力守故辙,岂不寒与饥?知音苟不存,已矣何所悲。

《咏贫士》是组诗,凡七首,各诗相对独立,而又有分有合成一整体。一、二首为七首之纲,第一首写自己高洁孤独,抱穷归隐;第二首叙自己贫困萧索之状和不平怀抱,而以"何以慰我怀,赖古多此贤"启以下五首分咏历代贫士操行妙理,第七首末云"谁云固穷难,邈哉此前修",呼应二首之末,表达自己远鉴前修,将固穷守节以绍高风的志向。

这一组诗的作年,王瑶先生编注《陶渊明集》据诗中"朝霞开宿雾,众鸟相与飞"等句意象,判为新、旧朝叠代之际,即宋武帝永初二年(420)作。逯钦立先生校注《陶渊明集》则因诗中多述贫困及"好爵吾不萦,厚馈吾不酬"句,推为元嘉三年(426)拒受江州刺史檀道济所馈粮肉前后作,也就是渊明去世前一年。二说都有一定理由，但似都尚缺乏确凿不移的证据，不妨并存备参。不过从七诗中所述贫老之状及明显可感的凄哀之音看，与其归隐其始恬淡心情绝不相同，可以见出其心境的老化，所以要历咏前代贫士，其意亦在心中“贫富常交战”，不复初时之平静，而以前修自励。因此其作于晚年老贫之时当可无疑。这从所选三诗中将会进一步看到。

本诗十二句，四句一层分三层，二景一情，诗旨当然是在最后四句的抒情，而可堪玩味的是前二层的景语。

第一幅景象当是黄昏所见，万物均有所依托，唯有空中那一抹孤云，无依无傍，在昏昏暝色中渐渐飘向不可知的远方，诗人不禁感慨；何时才能见到它的残光馀辉呢？恐怕是不复再见了吧。

第二幅是晨景，旭日染霞，驱散了隔宿的重雾，百鸟在霞光云天中翻飞，而独独有一禽迟举，它出林不久，未等天晚，又归还于故林。

看了这两幅景象，首先会产生一个问题：二者之间是何关系，是并列以见一意呢？还是相续以尽幽思。要解决这个问题，还应从云、鸟，这两个诗歌意象的理解着手。

云、鸟在渊明诗中都是常见的形象，而且经常连用。在其前期、中期作品中，多显现为广远闲舒的形象，如四十岁所作《始作镇军参军过曲河》曰：“望云惭高鸟”即是。更有“云翮”、“云鹤”等。著名的《归去来辞》更说：“云无心而出岫，鸟倦飞而知还”。这些虽都与归隐有关，但是无不表现出一种恬淡之趣，所谓“浮云野鹤”，正其人也。然而本诗却有很大的变化，虽然孤云、独鸟仍是隐者的象喻，但是孤云高洁，“暧暧空中灭，何时见馀辉”，在昏昧的色调中，已见出一种来日无多的哀音。虽然仍是归鸟，但在与朝霞丽羽的对照下，“迟迟”二字也显示出一种倦乏迟暮之态。这种倦与《归去来辞》中的倦也不同，《辞》中之“倦飞”有一种解脱的快感，但此处迟迟之倦，已颇有不堪重荷的真正的疲倦。正是在这两个诗歌意象的变化中，我们可以见出诗人已不复初隐时的欢快，此时，其心境沉重悲慨，也因此可以确定诗为垂老贫病时，以仰前修为自纾所作。于是诗歌的意脉就显现出来了。

诗末的感慨，是诗人经过一夜的感情酝蘖而来的。黄昏时，诗人因孤云远逝于昏冥之中而兴感，“何时见馀辉”，以反问出之，正见老人迟暮，预感生命无多的心境。于是很自然地会对人生的历程作反思，经过一夜不眠的回顾思索，诗人对自己的归隐而穷终于无悔，于是又借晨景一幅以引出感想，当初因不满于如众鸟向日般趋炎附势的世态，而久不从仕；后为生活所迫，不得不出山，却因不愿为五斗米折腰而旋即归去来，正如那迟出早归的独鸟一般。于是他感慨道：自己坚守平素的生活道路，本是经过反复，量力而行的。也自知，这种生活免不了饥寒交煎的困苦；但是旧友零落，世无知音，既然如此，在贫困中终此一生，也没有什么可悲伤的了。“何所悲”是解脱之词，更可见作诗其初诗人实是悲慨盈怀。

陶诗素以自然称，但自然并非率易，若不经意之中，其实有匠心在，苏东坡谓其“似大匠运斤，不见斧凿之痕”（《冷斋夜话》引），甚是。

诗的结构天成而巧，从景象而观之，由昏至晨，是顺写，从思绪而观之，由垂老而反思中年，是回顾。二者相向而行，却因情景相生而丝毫不见针脚，遂在顺和中见出宛转情思。萧统说陶潜“辞兴婉惬”，甚有见地。

疏中有密是结构上匠心天然的又一表现，由昏景到晨景，中间有一夜时间，诗人并不节节铺叙，只是从前后两景中的意蕴可悟出诗人有一夜之间的思潮起伏，而唯其留有空隙，才更有想像的余地，唯觉无字之处，一片笔意墨韵。疏，又非割裂，诗人鬼斧神工地以形象中的意绪把中空一夜的两景连接起来，由黄昏孤云独去时的馀光残辉，到清晨宿雾初开时的朝霞，云意光韵，正是空间运思最好的媒介，也因此虽然疏朗，却仍圆融浑成。

此诗词句质素而表现力极强，如“暧暧”之中见孤云远逝，馀辉将去而问以“何时”,“迟迟”出林而“未夕复来归”,均以极寻常之句描出深邃的景象,而寄寓有深恨远志。陶诗特多叠词,此诗即二用之,也足见其与《古诗十九首》一脉相承的联系。

只要仔细涵咏,可以感到陶诗意思甚深,深,其实是晋宋之交田园、山水诗二大鼻祖陶潜与谢灵运的共同特点,而与任气慷慨,意旨较显豁的建安诗不同,表现出二人的时代特点,然而陶诗语淡,思顺,格局疏朗,是深入浅出,谢诗语炼,思屈,格局密致,是深入深出;故陶诗舒徐不费力,而谢诗峻刻稍滞重,则为二人不同之个性特征。虽然二人分开后世无数法门,然而陶之较胜于谢,道理也在于此。如果说谢为诗中能品,陶则又为神品。

(赵昌平)

咏贫士七首(其二)

凄厉岁云暮,拥褐曝前轩。南圃无遗秀,枯条盈北园。倾壶绝馀沥,窥灶不见烟。诗书塞座外,日昃不遑研。闲居非陈厄,窃有愠言见。何以慰我怀,赖古多此贤。

此诗承“其一”“岂不寒与饥”,先叙贫困饥寒之状。朔风凄厉,已近岁末。无以取暖的老诗人,只能拥着粗布衣服,在前轩下晒太阳。抬眼望去,昔时四院中盛开的花卉已荡然无存,青葱的树木,也成了光秃秃的枯条。诗的前四句在严冬萧索景色的衬托中,描出了一位贫士索漠的形象。严寒袭人,饥更来煎。诗人一生相依为命的酒,现在即使将空壶倾得再斜,也再

【鉴赏】

已倒不出一滴来；民以食为天，但饭时已到，看着灶下，却烟火全消。逸兴已消，诗书虽堆案盈几，却疗不得饥寒，任它胡乱塞在座外，直至白日西倾，也无兴再去研读它。五至八句由寒及饥，由景及情，伸足“岂不寒与饥”之意。至于日昃以后，将是又一个黄昏冬夜，如何驱遣，诗人未言，但读者不难想像。晚岁的陶潜确实困苦之甚，世乱加上荒年，使他早时只是作为一种理想精神的“甘贫”，成了严酷的现实，其《有会而作》序云：“旧谷既没，新谷未登，颇为老农，而值年灾，日月尚悠，为患未已。登岁之功，既不可希；朝夕所资，烟火才通。旬日以来，始念饥乏。岁云夕矣，慨然永怀。今我不述，后生何闻哉。”所述境况正可与本诗相互发明。“饥来驱我去，不知竟何之；行行至斯里，叩门拙言辞，主人解余意，遗赠岂虚来。”《乞食》诗，更描下了“不为五斗米折腰”的诗人，已不得不为生存而告乞求贷了。贫，毕竟并不那么容易“甘”之，又怎能再一味恬淡？当初孔子困于陈，资粮断绝，“从者病，莫能兴。子路愠见曰：‘君子亦有穷乎！’子曰：‘君子固穷，小人穷斯滥矣。’”孔子可以这样穷而安，而己非圣人之比，又怎能不像子路那样愠恼之心见于言色呢？不过虽然饥寒，虽有不平，诗人仍不愿弃“故辙”而改素志；那么什么是诗人的精神慰安呢？末句答道：正依靠古来那许多高风亮节，守穷不阿的“穷士”啊。

对比一下陶潜初隐时的诗句，可以更清楚地了解诗人的心态。《饮酒》诗中“采菊东篱下，悠然见南山”，“一觞虽独进，杯尽壶自倾，……啸傲东轩下，聊复得此生”的逸趣已为“倾壶绝余沥，窥灶不见烟”的窘俭所替代；而“泛览周王传，流观山海图”（《读山海经》）的雅兴，亦已成了“诗书塞座外，日昃不遑研”的阑姗。于是望中景物也都改观。风寒，在诗人并非初历，但当初“青松在东园，众草没其姿；凝霜殄异类，卓然见高枝”的卓拔景象已换成“南圃无遗秀，枯条盈北园”的索漠萧条。他再也无复当年“五六月中，北窗下卧，遇凉风暂至，自谓是羲皇上人”（《与子俨等疏》）的感受；“拥褐曝前轩”这一诗歌形象,足见其当时不但是肉体上,也是精神上的疲老。贫困把天真的诗人从云际雾里的逍遥游中,拉回到地面上来,这也许是不幸,然而却也使诗人的高洁品格获得了更充实的内涵;使他成了中国诗史上少数几位真正无愧于固穷守节之称的隐逸诗人。虽然饥寒使他沦落到行乞的地步,但他所低首下心的不是那些督邮之流的官场宵小,而是他日夕相处的“素心人”;心境虽然疲老了,但骨子里的傲气却并不减少壮。诗的结末四句用孔子厄于陈蔡之典,含义尤深长。“闲居非陈厄,窃有愠言见”,字面意思是,自己未达到孔圣人的精神境界,所以才有愠色;然而联系其“宁固穷以济意,不委曲以累己”(《感士不遇赋》)这种一贯思想来看,这两句诗实以自责为自傲。孔子一生为推行其仁义之道而奔波风尘,这从渊明最为服膺的道家来看是以外物累己的行为。从好的方面来看,世乱不可为,正不必知其不可为而为之,所以《庄子》说“世浊不可与庄语”,甚至以为当国者形同兕柙之中的神龟。而从不好的角度来看,《庄子》中更借盗跖之口斥孔子为名利荣禄之人。从渊明对儒学的一贯态度看,二句虽不必有盗跖所责备于孔子那种含义,但以“闲居”与“陈厄”相对言,并虽有不平,仍将坚持素操来看,不难味出有以孔子之举为不智之意。所以,结末他不是顺不如孔子之意,说要以孔子穷而安作榜样,而要以此下所说的各种高士为典范,以表示虽穷也必不重入世网,乱我“真意”。穷困固然使陶潜从天上降到地上,却又使其精神进一步净化,“严霜殄异类,卓然见高枝”,渊明之高,其实不尽在他衣食无虑,吟唱着这两句诗的时候,而正是在这贫困的低吟中,才更见出其卓然高标。也正因此,本诗虽极写饥寒穷困,给人的印象却决无后来孟郊、贾岛那样的寒俭相,而显出一种清癯孤洁的姿态,一种情怀深长的韵味。苏轼说陶诗“癯而实腴”,读本诗可有所解会。

本诗的这种姿态韵味,也甚得力于结构语言的自然浑成。试设想,如果开首二句写寒后，紧接着就写饥，就必会造成促迫穷俭之感。比如孟郊诗就常常列举饥寒之态，穷形极相，反使人酸胃。现在于写寒之后，垫二句写景，接写饥后，再续以二句诗书之事，这就使本诗虽写饥寒而有舒徐之态、书卷之气，加以“倾壶”“窥灶”之轻描淡写，“日昃”之后的言外之言，非孔以自见的婉而不露，读来就感到仍有陶诗一贯的风行水上之致。而更可贵的是上述结构虽巧，却非刻意经营所得。坐于前轩下，自然会有望景之举，酒食无着后也自然会想到唯有书本为伴，但欲读之际，又忽兴意阑珊，更深一层表达了诗人的心境。从不经意处见出天机深杳，这是陶诗与其内容上的玄趣互为表里的艺术上的妙理，二妙并具，是后人所难以企及处。

（赵昌平）

咏贫士七首（其五）

袁安困积雪，邈然不可干；阮公见钱入，即日弃其官。刍藁有常温，采莒足朝餐；岂不实辛苦，所惧非饥寒。贫富常交战，道胜无戚颜。至德冠邦闾，清节映西关。

东汉汝阳（今河南上蔡）有一位高士袁安。冬季某日，大雪积地丈余，洛阳县令出来巡视，见各户人家都出来清扫积雪，还有人在要饭。县令到袁安门前，见积雪堆门，以为袁安已冻饿而死，命人除雪进门，却见他僵卧在内，又问他为什么不出门乞要，袁安回答：“天下大雪，一般人都饿着，我不能再去求人家”。县令认为他是位贤士，就荐举他为孝廉。又传说古时有阮公其人，“见钱入”而当日就弃官归隐。本诗前四句并举二位先贤的故

事,正上应"其二"末"何以慰我怀,赖古多此贤"二句,可惜的是阮公的故事,久已佚失,只在陶潜本诗中留下了一点踪迹,后人已难知其详。"见钱入",有两种可能,一是有人无端送钱给阮公,他洁身自好,当即挂冠,二是阮公为生活所迫而勉强从仕以为给养,一旦生资稍有依傍(钱入),即弃官而去。从陶潜生平与诗的脉络来看,以后一种可能为大。

"刍藁"以下,即袁、阮二公事发论抒怀,刍藁是马草。莒,通稆,野禾。旧注均谓贫士藉马草以卧,采野禾而食,而知足长乐。而细探诗意,"刍藁有常温",显然是上应"袁安困积雪"句而来,则"采莒足朝餐",当应阮公事,谓弃官而去后常采野禾以为食。"常"、"足"则互文见义谓二贤虽饥寒交煎而知"足"常"乐"。唯以阮公事难详,则理解为合袁、阮二事以咏之亦未始不可,唯不当似旧注所说为泛说贫士。"岂不"二句打转,上句设问,二公生活难道不艰辛吗?下句作答,并非不苦,只是因为他们所忧惧的不在于饥寒。那么所忧为何呢?"贫富"二句伸足其意。原来人心中并不能无有物欲,安贫与求富二心常交战于胸,二公安贫乐道,以道义战胜了物欲,所以虽然枕刍食稆而常乐知足,没有一点戚戚不欢之色。于是诗人不禁叹美,二人的至高无上的道德,他们的清风亮节,冠于同类而衣被一方,当然更为万世崇尚。"冠邦间"上应一、二句袁安僵卧陋巷,则"映西关"当应三、四句"阮公"去官,于是可知阮公为西关阮公。"至德"、"清节"互文见义,融二典为一,关合全篇。

全诗虽咏的是贫士,但读来骨气端翔,风力轩扬,这固然由于诗的立意从道胜着眼而非叹老嗟贫;也因为诗歌作法上的健劲。

自曹植等建安诗人起,就十分重视诗的起句,有"工于发端"之称。本诗继承了这一技法,试想,二典如果互易位置,以阮公弃官居前,气即不扬。今以袁安典居前,积雪映高士,又继以"邈然不可干",一种穷且益坚,睥睨世俗的傲兀意态,即轩昂纸上,使起笔即有高扬之势。

【鉴赏】

开合自如，顿挫简捷的结构，也增强了本诗的力度。首尾双起双结，遥相呼应是显而易见的，结末的“至德”、“清节”更将起首二典四句傲兀意象的内含剔抉，升华，达到了超远的精神境界；而这一升华的关捩在中间四句。“刍藁”、“采莒”分承双起两典，而“常”、“足”二字互文，由叙启论，由分向合；再以“岂不”二句问答合二为一，并转折诗意，引出道胜之义，结末再散为二事，以“至德”、“清节”互文相照，更上一层楼。这一结构在陶诗一贯的顺畅之中见出开合擒纵之力。使盘礴意气，在分合中得到充分的抒发，在顿挫中显出夭矫之力。意气夭矫盘礴也是同时代谢灵运诗的主要特色，但陶诗完全不落痕迹，一任自然，是较胜于谢诗处。

用典自然贴切也增强了本诗的浑厚之感。袁、阮二典分启寒饥二端，本已甚精，更妙在切合诗人本身行事。陶潜晚年饥卧数日，江州刺史檀道济使人以酒肉馈之，诗人麾而去之，此事虽与作诗之时间先后难以确定，但可以看出陶潜晚年虽病而不轻易求人，特别是请名利场中人援手的品格。

由此亦可推见阮公一典之深意。《归去来辞》序曾自述仕隐经过：因家贫，耕植不足自给，而屈己从仕小邑，在官八十余日，即去仕归隐。按东汉高士毛义，以家贫亲老，不择仕而官，一旦母去即不仕，张奉赞之，谓其为亲而屈己。阮公之事当与之相类，陶潜用之，正切自己当初出仕之心曲。所以二曲虽饥寒并举，却是由今及昔，尤见感情的深沉。诗的后半部分，字面意思甚明，而其实亦用二典，“所惧非饥寒”用《庄子》中事：原宪居蓬蒿中，二日一炊，子贡结驷连骑以访之，曰“甚矣，子之病也！”原宪答曰“予贫也，非病也。”原宪不以贫为病，后人称之为“忧道不忧贫”。“所惧非饥寒”正其意。“贫富”二句用《韩非子》事：子夏曰“吾人见先王之义，出见富贵，二者交战于胸，故臞（瘦）；今见先王之义战胜，故肥”。“道胜无戚颜”，正是战胜而肥，心广体舒之状。二典由不忧病到道胜，层层推进，含义极浑厚，却以浅语出之，有绎之无穷之感。

这些就是本诗所以风骨凛凛的作法上的因素。

《咏贫士》七首在诗史上的意义极可注意，从诗体来看，它合阮籍《咏怀》与左思《咏史》于一体，钟嵘谓陶诗“其源出于应璩，又协左思风力”，合《咏贫士》观之，正可见建安正始之风由晋而宋之传承。再以反观陶潜他作，可见洵如朱熹所云，陶诗之平淡之下实有豪放，“但豪放得不觉来耳。”(《朱子语类》卷一百四十)。因此这一类诗，正是解开陶诗与建安风骨关系的钥匙。

从诗章组织看，组诗虽不起于陶，但如阮籍《咏怀》、左史《咏史》等，均各诗并列，是相近题材之组合。而《咏贫士》七首，有总有分，首尾呼应，脉络贯通，将组诗形式推进到新的高度，启后来杜甫《秋兴八首》等先声。

(赵昌平)

读山海经十三首(其一)

孟夏草木长，绕屋树扶疏。众鸟欣有托，吾亦爱吾庐。既耕亦已种，时还读我书。穷巷隔深辙，颇回故人车。欢然酌春酒，摘我园中蔬。微雨从东来，好风与之俱。泛览周王传，流观山海图。俯仰终宇宙，不乐复何如！

《山海经》十八卷，多述古代海内外山川异物和神话传说。王充《论衡》和《吴越春秋》都说这书是大禹治水时命伯益记录而成，不可信，鲁迅认为是古代的巫书(见《中国小说史略》)，晋郭璞曾为该书作注并题图赞，陶潜读的“山海图”，就是这种有图赞的《山海经》。《读山海经》“凡十三首，皆记

【鉴赏】

二书(《山海经》及《穆天子传》)所载事物之异。而此发端一篇,特以写幽居自得之趣耳。”(元刘履《选诗补注》)其实,这首诗不但可见陶潜的生活乐趣,还反映了其读书态度及其诗歌创作之艺术极诣。陈仲醇就说:“予谓陶渊明诗此篇最佳。咏歌再三,可想陶然之趣。‘欲辨忘言’(指《饮酒》)之句,稍涉巧,不必愈此。”(《陶诗汇评》引)。诗共十六句一韵到底,然大体四句可为一解。

一起先从良辰好景叙开,结穴到“得其所哉”的快乐。“孟夏”四月,是紧接暮春的时序。“暮春三月,江南草长,杂花生树,群莺乱飞”(丘迟《与陈伯之书》),到四月,树上的杂花虽然没有了,但草木却更加茂密,蔚为绿阴。“孟夏草木长,绕屋树扶疏”,“扶疏”便是树木枝叶纷披的样子,陶氏山居笼在一片树阴之中,这是何等幽绝的环境。鸟群自然乐于到这林子中来营窠。“众鸟欣有托”一句,是赋象。然而联下“吾亦爱吾庐”之句,又是兴象——俨有兴发引起的妙用。“欣托”二字,正是“吾亦爱吾庐”的深刻原因。不是欣“吾庐”之堂华而宅高,而是如同张季鹰所谓:“人生贵得适意尔”。渊明此时已弃“名爵”而归来,于此“衡宇”(陋室)中,自可“引壶觞以自酌,眄庭柯以怡颜。倚南窗以寄傲,审容膝之易安。”(《归去来兮辞》)他已感到今是昨非,得其所哉。“吾亦爱吾庐”,平平常常五个字,饱含有欣喜之情和无穷妙理。诗人推己及物,才觉得“众鸟”“有托”之“欣”。故“众鸟”一句,又可视为喻象。比较诗人自己的“万族各有托,孤云独无依”(《咏贫士》)二句,“众鸟欣有托,吾亦爱吾庐”更能反映陶渊明得到心理平衡的精神状态,“观物观我,纯乎元气”(沈德潜《古诗源》),颇有泛神论的哲学趣味,大是名言。

紧接诗人就写“吾”在“吾庐”的耕读之乐及人事关系。“既耕亦已种,时还读我书”二句值得玩味的,首先是由“既已”、“时还”等勾勒字反映的陶潜如何摆放耕种与读书之关系。显然,耕种在前,读书其次。这表现了诗人淳真朴质而富于人民性的人生观:“人生归有道,衣食固其端。孰是都不营,而以求自安,开春理常业,岁功聊可观。晨出肆微勤,日入负耒还。”“但愿长如此,躬耕非所叹。”(《庚戌岁九月中于西田获早稻》)热爱生产劳动,正是陶渊明最可贵的品质之一。到孟夏,耕种既毕,收获尚早,正值农闲,他可以愉快地读书了。当然他还不是把所有的时间用来读书,这从“时还”二字可以体味。然而正是这样的偷闲读书,最有读书的兴味。关于陶潜是否接待客人,回答应是肯定的。他生性是乐群的人,“昔欲居南村,非为卜其宅。闻多素心人,乐与数晨夕”,“邻曲时时来,抗言谈在昔”(《移居》)便是他的自白。《宋书·隐逸传》则云:“贵贱造之者,有酒辄设。”但如果对方有碍难而不来,他也不会感到遗憾。这种怡然自得之乐,比清人吴伟业《梅村》诗句“不好诣人贪客过”还要淡永。读者正该从这种意义上来理解“穷巷隔深辙,颇回故人车。”这里,诗人信笔拈来好句,无意留下难题,使后世注家有两种完全对立的解会。一种认为这两句都为一意:“居于僻巷,常使故人回车而去,意谓和世人很少往来”(《魏晋南北朝文学史参考资料》注);另一种认为两句各为一意:“车大辙深,此穷巷不来贵人。然颇回(召致)故人之驾,欢然酌酒而摘蔬以侑之。”(王士祯《古学千金谱》)无论哪一说,都无害渊明诗意。但比较而言,后说有颜延之“林间时宴开,颇回(召致)故人车”参证,也比较符合陶潜生活的实际情况。盖“独乐乐,不如与人乐”也,虽然“门虽设而常关”的情况也有。

如从“次写好友”(吴菘《论陶》)一说,则以下就是写田园以时鲜待客,共乐清景了。“欢言酌春酒,摘我园中蔬”二句极有田园情趣。农村仲冬时酿酒,经春始成,称为“春酒”(《诗经·豳风·七月》“为此春酒,以介眉寿”),初夏时节,正好开瓮取酌。举酒属客,不可无肴。诗人却只写“摘我园中蔬”,盖当时实情有此。四月正是蔬菜旺季,从地中旋摘菜蔬,是何等新鲜惬意的事。而主人的一片殷勤欣喜之情,亦洋溢笔端。“欢

【鉴赏】

言”犹“欢然”。“微雨从东来，好风与之俱”乃即景佳句，“微雨”“好风”的“好”“微”二字互文，即所谓和风细雨。风好，雨也好，吹面不寒，润衣不湿，且俱能助友人对酌之兴致。在很容易作成偶句的地方，渊明偏以散行写之，雨“从东来”、风“与之俱”，适见神情萧散，兴会绝佳，“不但兴会绝佳，安顿尤好。如系之‘吾亦爱吾庐’之下，正作两分两搭，局量狭小，虽佳亦不足存”（王夫之《古诗评选》），盖中幅垫以写人事的六句，便见“尺幅平远，故托体大”。

诗人就这样次第将欣托惬意、良辰好景、遇友乐事写足味后，复落到“时还读我书”即题面的“读山海经”上来，可谓曲终奏雅。“泛览周王传，流览山海图”，虽点到为止，却大有可以发挥之奥义。盖读书，有两种完全不同的方式。一是出于现实功利目的，拼命地读，由于压力很大，有时得“头悬梁，锥刺股”，可名之为“苏秦式苦读”。一是出于求知怡情目的，轻松地读，愉悦感甚强，“乐琴书以销忧”（《归去来兮辞》）、“好读书，不求甚解，每有会意，辄欣然忘食”（《五柳先生传》），可名之为“陶潜式乐读”。陶渊明“少年罕人事，游好在六经”（《饮酒》），虽读经书，已有“乐读”倾向。而在归园田居后，又大有发展。这里读的就不是圣经贤传，而是《山海经》、《穆天子传》（“周王传”）。《山海经》固然是古代神话之渊薮，而《穆天子传》也属神话传说（《晋书·束皙传》载“太康二年(221)，汲郡人不准盗发魏襄王墓，或言安厘王冢，得竹书数十车。”中有《穆天子传》五篇，叙周穆王驾八骏游行四海之事）。它们的文艺性、可读性很强。毛姆说：“没有人必须尽义务去读诗、小说或其它可以归入纯文学之类的各种文学作品。他只能为乐趣而读。”（《书与你》）可以说陶潜早就深得个中三昧。你看他完全不是刻苦用功地读，也不把书当敲门砖；他是“泛览”、“流观”，读得那样开心而愉快，读得“欣然忘食”——即“连饭也不想吃”（贾宝玉谓读《西厢记》语），从而感到很强的审美愉悦。同时，他有那样一个自己经营的美妙的读书环境，笼

【鉴赏】

在夏日绿荫中的庐室，小鸟在这里营窠欢唱，当然宜于开卷，与古人神游。他的读书又安排在农余，生活上已无后顾之忧。要是终日展卷，没有体力劳动相调剂，又总会有昏昏然看满页字作蚂蚁爬的时候。而参加劳动就不同，这时肢体稍觉疲劳，头脑却十分好用，坐下来就是一种享受，何况手头还有一两本毫不乏味、可以消夏的好书呢。再就是读书读到心领神会处，是需要有个人来谈上一阵子的，而故人回车相顾，正好“奇文共欣赏，疑义相与析”(《移居》)呢。

“俯仰终宇宙，不乐复何如!”二句是全诗的总结。它直接地，是承上“泛览”“流观”奇书而言。孟夏日月几何？就是人生百岁，也很短暂。如何可以“俯仰终宇宙”呢？(《淮南子·齐俗》：“往古来今谓之宙，四方上下谓之宇。”)此五字之妙，首先在于写出了“读山海经”的感觉，由于专注凝情，诗人顷刻之间已随书中人物出入往古、周游世界，这是何等快乐。就陶潜有泛神论倾向的人生哲学而言，他本来就是大自然的一部分，精神上物我俱化，古今齐同，这是更深层的“俯仰终宇宙”之乐。就全诗而言，这两句所言之乐，又不仅限于读书了。它还包括人生之乐，其间固然有后人所谓“布衣暖，菜根香，诗书滋味长”的安于所适的快乐；是因陶潜皈依自然，并从中得到慰藉和启示，树立了一种乐观的人生态度的缘故。在传统上，是继承了孔子之徒曾点的春服浴沂的理想；在实践上，则是参加劳动，亲近农人的结果。是一份值得重视的精神遗产。

虽然不乏要言妙道，此诗在写法上却纯以自然为宗。它属语安雅，间用比兴，厚积薄发，深衷浅貌，在节奏上舒缓适度，文情融合臻于绝妙。故温汝能《陶集汇评》有云：“此篇是渊明偶有所得，自然流出，所谓不见斧凿痕也。大约诗之妙以自然为造极。陶诗率近自然，而此首更令人不可思议，神妙极矣。”

(周啸天)

【原文】

读山海经十三首(其六)

逍遥芜皋上,杳然望扶木。洪柯百万寻[①],森散[②]覆旸谷。灵人侍丹池,朝朝为日浴。神景[③]一登天,何幽不见烛!

〔注〕 ① 古时以八尺为一寻。 ② 森散:枝叶茂盛貌。 ③ 神景:指太阳。

陶渊明《读山海经十三首》是一组用神话素材创作的特殊抒情诗。据逯钦立先生考证(参见逯氏校注《陶渊明集》附录一),这组诗作于晋安帝义熙三年(407)或四年。其时正值桓玄篡位失败之后,刘裕代立心迹未彰之前,东晋政权虽遭严重摧残,尚未完全崩溃,如能进用贤良,革除弊害,也许还有再兴的可能。本诗的基点就在于此。

《逍遥芜皋上》是《读山海经》组诗的第六首。这首诗取材于《山海经》的《东山经》、《海外东经》、《大荒东经》、《大荒南经》诸篇所载关于无皋(即"芜皋")、扶木(又名"扶桑"、"榑木")、汤谷(即"旸谷")、羲和、太阳的几个神话传说。在这些神话传说中,无皋是一座可以望见远海的极高的神山,扶木是一株可供十个太阳栖息的奇伟的桑树,汤谷是一个可供十个太阳洗浴的辽阔的神渊,同时又是太阳巡天的起点,那株奇伟的扶木就长在它的水中央(据《海外东经》"居水中"一语);羲和则是一位替太阳洗浴的女神。诗人依据这些神话传说进行独特的艺术构思,创造出瑰奇朴茂、寥廓光明的意境,非常精彩地表现了祝愿国家中兴的宏大主题。

根据所取题材的特点和表现主题的要求,诗人采取了象征手法,同时把自己写进诗中。开篇二句写远望的逸兴。诗人幻想自己悠然迥立于横空出世的芜皋绝顶，极目眺望海天尽处的扶木奇姿。“逍遥”见风神潇洒、意态安闲，“杳然”见云水苍茫，天地寥廓，落笔便写出一种高瞻远瞩、沉思遐想的意象，以此暗示对国家前景的深切关心，并且自然而然地引出下边描述的景物和情事。

“洪柯”二句描绘扶木的伟姿。诗人眼中出现了一株高入云天的桑树，这株桑树挺立在辽阔的旸谷水中，巨枝横出数十万丈，碧叶层层宛若重峦，把整个旸谷都覆盖了。这是多么宏奇的景观！诗人用如椽巨笔写出这样宏奇的景观，其中别有一番深意，就是希望晋王朝获得再兴，像扶木一样生机蓬勃，茂盛不衰。原来，桑树是晋室的象征。晋武帝司马炎仕魏为中垒将军时，在官署庭前植了一株桑树。后来司马炎做了开国皇帝，这株桑树便被神化为表德兆基的瑞物。著名辞赋家陆机、潘尼、傅咸等都为之作赋，极力宣扬它的征兆意义（参见逯钦立校注《陶渊明集》关于《拟古》第九首“种桑长江边，三年望当采”二句的解释和欧阳询编撰《艺文类聚》卷八十八所录陆、潘、傅三家《桑赋》及赋前序文）。其中傅咸的《桑树赋》已将司马炎所植桑树比作旸谷上的扶木，谓“以厥树之巨伟，登九日于朝阳”。陶渊明显然从此赋得到了启发，故开篇即借远望扶木以寄其关心国家前景的深情，这里又托扶木伟姿以寓其祝愿国家中兴的厚意。

扶木及其覆盖下的旸谷既是太阳的生活环境，下边便自然转写太阳的活动情节。

“灵人”二句渲染浴日的奇情。“灵人”就是神人的意思，指侍浴的女神。“丹池”则是指太阳的浴池。古时皇帝所居多用丹采为饰，有“丹禁”、“丹阙”、“丹墀”诸称，又古人向以日为君象，渊明此诗亦以日象君，故用语如此。诗人幻想有神女侍候太阳，每天早晨都在饰以丹采的浴池中替太阳洗涤尘垢，使太阳总是那样光明皎洁。《山海经·大荒南经》所载羲和浴日神话原文只说“有女子名曰羲和，方浴日于甘渊”，诗人则锦上添花，补充

【鉴赏】

"灵人侍丹池"的场面,又把"方浴日"改为"朝朝为日浴",更见形象鲜明,意义深刻。此中隐寓的深意乃希望有贤臣辅佐皇帝,经常为皇帝规箴过失,以致政治清平,国家昌盛。"浴"字本义是洗去身上的污垢,但可引申为修养德性的意思,《礼记·儒行》即有"澡身而浴德"之语,说明这两句诗可作如此理解。陶渊明在《咏三良》诗中赞美子车氏三子服事秦穆公时"出则陪文舆,入必侍丹帷。箴规响已从,计议初无亏",用意正与"灵人侍丹池,朝朝为日浴"相似,更说明这两句诗应作如此理解。

篇末二句讴歌日出的壮采。这两句除隐括《山海经·大荒东经》所载日出扶桑的神话传说外,还化用了曹操《秋胡行》"明明日月光,何所不光昭"和傅玄《日升歌》"逸景何晃晃,旭日照万方。皇德配天地,神明鉴幽荒"等诗句。这是全诗的总结,也是全诗的高潮。诗人怀着无限的激情,热烈赞美日出时的光明景象:"神景一登天,何幽不见烛!"这两句直译出来是:神圣辉煌的太阳一跃上天空,哪个幽远的地方不被它照亮!劲健的辞气,昂扬的声采,造成一种"横素波而旁流,干青云而直上"(萧统《陶渊明集序》)的磅礴意象,更加有力地表现了渴望国家中兴的慷慨情怀。当然,诗中的"神景"仍是皇帝的象征。陶渊明受历史的局限,只能寄希望于皇帝的英明。有明君才能用贤臣,用贤臣才能行美政,行美政才能致中兴:这是屈原和诸葛亮的逻辑(参看屈原《离骚》和诸葛亮《前出师表》),也是陶渊明的逻辑。

苏轼说陶渊明的诗"质而实绮,癯而实腴"(苏辙作《追和陶渊明诗引》转述苏轼语)。此诗确是一篇这样的珍品。全诗用语均极朴实,篇幅非常短小,但却包含许多瑰奇的意象,蕴蓄极其深广的情思,使人读之仿佛飞身天外,目睹迥立危峰、遥望大海的诗人,上凌苍穹、下覆旸谷的仙木,长侍丹池、殷勤浴日的神女,灿烂辉煌、喷薄而出的旭日,获得种种特异的审美愉快,并深受"充满郁勃而见于外"(苏轼《南行前集叙》)的爱国情思的鼓舞。

此诗真正达到了平常与奇崛、淡朴与精彩、洗练与丰腴的完美统一，因而具有很高的艺术价值。

刘熙载说："渊明《读山海经》，言在八荒之表而情甚亲切，尤诗之深致也"（《艺概》卷二）。此诗在处理神话与现实的关系上，更是一篇这样的杰作。诗人先从神话传说中获得某种与自己的理想和情怀相照映的感触，并由此产生了强烈的创作冲动。然后"精骛八极，心游万仞"，将自己的主观感情注入神话之中，令扶木的"森散覆旸谷"产生象征意义，让灵人怀抱"朝朝为日浴"的忠悃，把原来质木无文的神话素材改造得"秘响旁通，伏采潜发"。这些相对独立的审美意象，经过诗人的神妙点化，又组织成"外文绮交，内义脉注"的天机云锦。从而八荒之表的灵物都有了现实人间的情采，离奇诡怪的传说都有了耐人寻味的意义，真使人感到又奇幻，又亲切，别觉"其中有一段渊深朴茂不可到处"（沈德潜《说诗晬语》）。

（罗忠族）

读山海经十三首（其九）

夸父诞宏志，乃与日竞走。

俱至虞渊[①]下，似若无胜负。

神力既殊妙，倾河[②]焉足有？

余迹[③]寄邓林[④]，功竟在身后。

〔注〕 ① 虞渊：即禺谷，神话中日入之处。 ② 倾河：把河水倒干，即饮尽河水。 ③ 余迹：本意为遗迹，此处兼指夸父之遗愿。 ④ 邓林：古时邓、桃二字音近，邓林即桃林。

【鉴赏】

《山海经》一书记载着许多美丽的神话，其中《海外北经》和《大荒北经》所载夸父追日的神话更饶奇采："夸父与日逐走，入日。渴欲得饮，饮于河、渭。河、渭不足，北饮大泽。未至，道渴而死。弃其杖，化为邓林。"(《海外北经》)"夸父不量力，欲追日景。逮之于禺谷。"(《大荒北经》)

夸父追日的神话以绝妙天真的想像极度夸张地表现了先民们战胜自然的勇气和信心，具有巨大的艺术魅力。陶渊明《读山海经》组诗第九首即据此写成。但诗人不是一般地复述神话的情节，而是凭借卓越的识见，运用简妙的语言，对神话中的人物和事件进行独特的审美观照和审美评价，因而又有其不同于神话的审美价值。

神话反映事物的特点是"人间的力量采取了超人间的力量的形式"(恩格斯《反杜林论》)。因此，神话中的人物和事件都具有某种象征的意义。此诗对夸父追日其人其事的歌咏，自然也是一种含有某种象征意义的歌咏。诗人之言在此，诗人之意则在彼，所以不像直陈情志的诗那么容易理解。但是，"缀文者情动而辞发，观文者披文以入情。沿波讨源，虽幽必显"(刘勰《文心雕龙·知音》)。现在我们就采取披文入情、沿波讨源的方法，试探一下这首诗的意蕴。

开篇二句咏夸父之志。《大荒北经》原说"夸父不量力，欲追日景"。言外似乎还有点不以为然的意思。诗人却说：夸父产生了一个宏伟的志愿，竟然要同太阳赛跑！字里行间流露出一种不胜惊叹的情感，有力地肯定了夸父创造奇迹的英雄气概。这里表面上是赞扬夸父"与日竞走"的"宏志"，实际上是赞扬一种超越世俗的崇高理想。

"俱至"二句咏夸父之力。《大荒北经》原有"逮之于禺谷"一语，诗人据此谓夸父和太阳一齐到达了虞渊，好像彼此还难分胜负，暗示夸父力足以骋其志，并非"不量力"者，其"与日竞走"之志也就确是"宏志"而非妄想了。

本言胜负而不下断语，只用“似若”两字点破，故作轻描淡写，更有一种高兴非常而不露声色的妙趣。诗人对夸父神力的欣赏，也隐含着对一切奇才异能的倾慕。

“神力”二句咏夸父之量。《海外北经》说夸父“渴欲得饮，饮于河、渭。河、渭不足，北饮大泽”。想像一个人把黄河、渭水都喝干了还没解渴，似乎有点不近情理。诗人却说：夸父既有如此特异的可以追上太阳的神力，则虽倾河而饮又何足解其焦渴？用反问的语气表现出一种坚信的态度，把一件极其怪异的事说得合情合理，至欲使人忘其怪异。在诗人的心目中，夸父的豪饮象征着一种广阔的襟怀和雄伟的气魄，因而有此热烈的赞颂。

篇末二句咏夸父之功。《海外北经》说夸父“道渴而死，弃其杖，化为邓林”。想像夸父死后，抛下的手杖变成了一片桃林，固甚瑰奇悲壮，但尚未点明这一变化的原因，好像只是一件偶然的异事。诗人则认定这片桃林是夸父为了惠泽后人而着意生成的，说夸父的遗愿即寄托在这片桃林中，他的奇功在身后还是完成了。意谓有此一片桃林，将使后来者见之而长精神，益志气，其功德是无量的。诗人如此歌颂夸父的遗愿，真意乃在歌颂一种伟大的献身精神。

总起来看，这首诗的意蕴是非常深广的。历史上有许多杰出的人物，生前虽未能施展其才能，实现其抱负，但他们留下的精神产品，诸如远大的理想，崇高的气节，正直的品质，以及各种卓越的发现和创造，往往沾溉后人，非止一世，他们都是“功竟在身后”的人。陶渊明自己也是一个“欲有为而不能者”(《朱子语类》卷一百四十)，少壮时既有“猛志逸四海，骞翮思远翥”(《杂诗·忆我少壮时》)的豪情，归耕后复多“日月掷人去，有志不获骋”(《杂诗·白日沦西阿》)的悲慨，他在读到这个神话时自然感触极深而非作诗不可了。所以在这首诗中，也寄托着他自己的一生心事。明代学者黄文焕评说此诗“寓意甚远甚大。天下忠臣义士，及身之时，事或有所不能济，而其志其功足留万古者，皆夸父之类，非俗人目论所能知也。胸中饶有幽愤”（《陶诗析义》卷四），这是很有见地的。

用神话题材作诗，既须顾及神话原来的情节，又须注入诗人独特的感受，并且要写得含蓄和自然，否则便会流于空泛和枯萎，没有余味和生气。陶渊明毕竟是“文章不群”（肖统《陶渊明集序》）的高手，他把神话原来的情节和自己独特的感受巧妙地结合了起来，熔叙事、抒情、议论于一炉，于平淡的言辞中微婉地透露出对夸父其人其事的深情礼赞，使人不知不觉地受到诗意的感发，从心灵深处涌起一种对夸父其人其事的惊叹和向往之情，并由此引出许多联想和想象，从而获得更加丰富的审美怡悦。清代著名诗论家叶燮说：“诗之至处，妙在含蓄无垠，思致微渺，其寄托在可言不可言之间，其指归在可解不可解之会，言在此而意在彼，泯端倪而离形象，绝议论而穷思维，引人于冥漠恍惚之境，所以为至也”（《原诗·内篇》）。陶渊明此诗可谓真正达到这样的“至处”了。

（罗忠族）

读山海经十三首（其十）

精卫衔微木，将以填沧海。
刑天舞干戚，猛志固常在。
同物既无虑，化去不复悔。
徒设在昔心，良辰讵可待。

陶渊明一生酷爱自由，反抗精神是陶诗重要的主题，这首诗赞叹神话形象精卫、刑天,即是此精神的体现。

“精卫衔微木,将以填沧海。”起笔二句,概括了精卫的神话故事,极为简练、传神。《山海经·北山经》云:“发鸠之山……有鸟焉,其状如乌,文首、白喙、赤足,名曰精卫,其鸣自詨。是炎帝之少女,名曰女娃。女娃游于东海,溺而不返,故为精卫。常衔西山之木石,以堙于东海。”精卫为复溺死之仇,竟口衔微木,要填平东海。精卫之形,不过为一小鸟,精卫之志则大矣。“精卫衔微木”之“衔”字、“微”字,可以细心体会。“衔”字为《山海经》原文所有,“微”字则出诸诗人之想象,两字皆传神之笔,“微木”又与下句“沧海”对举。精卫口中所衔的细微之木,与那莽苍之东海,形成强烈对照。越凸出精卫复仇之艰难、不易,便越凸出其决心之大,直盖过沧海。从下字用心之深,足见诗人所受感动之深。“刑天舞干戚,猛志固常在。”此二句,概括了刑天的神话故事,亦极为简练、传神。《山海经·海外西经》云:“刑天与帝至此争神,帝断其首,葬之常羊之山,乃以乳为目,以脐为口,操干戚以舞。”干,盾也;戚,斧也。刑天为复断首之仇,挥舞斧盾,誓与天帝血战到底,尤可贵者,其勇猛凌厉之志,本是始终存在而不可磨灭的。“刑天舞干戚”之“舞”字,“猛志固常在”之“猛”字,皆传神之笔。渊明《咏荆轲》“凌厉越万里”之“凌厉”二字,正是“猛”字之极好诠释。体会以上四句,“猛志固常在”,实一笔挽合精卫、刑天而言,是对精卫、刑天精神之高度概括。“猛志”一语,渊明颇爱用之,亦最能表现渊明个性之一面。《杂诗》其五“猛志逸四海”,是自述少壮之志。此诗作于晚年,“猛志固常在”,可以说是借托精卫、刑天,自道晚年怀抱。下面二句,乃申发此句之意蕴。“同物既无虑,化去不复悔。”“同物”,言同为有生命之物,指精卫、刑天之原形。“化去”,言物化,指精卫、刑天死而化为异物。“既无虑”实与“不复悔”对举。此二句,上句言其生时,下句言其死后,精卫、刑天生前既无所惧,死后亦无所悔也。此二句,正是“猛志固常在”之充分发挥。渊明诗意绵密如此。“徒设在昔心，良辰讵可待。”结笔二句，叹惋精卫、刑天徒存昔日之猛志，然复仇雪恨之时机，终未能等待得到。诗情之波澜，至此由豪情万丈转为悲慨深沉，引人深长思之。猛志之常在，虽使人感佩；而时机之不遇，亦复使人悲惜。这其实是一种深刻的悲剧精神。

渊明此诗称叹精卫、刑天之事，取其虽死无悔、猛志常在之一段精神，而加以高扬，这并不是无所寄托的。《读山海经》十三首为一组联章诗，第一首咏隐居耕读之乐，第二首至第十二首咏《山海经》、《穆天子传》所记神异事物，末首则咏齐桓公不听管仲遗言，任用佞臣，贻害己身的史事。因此，此组诗当系作于刘裕篡晋之后。故诗中“常在”的“猛志”，当然可以包括渊明少壮时代之济世怀抱，但首先应包括对刘裕篡晋之痛愤，与复仇雪恨之悲愿。渊明《咏荆轲》等写复仇之事的诗皆可与此首并读而参玩。

即使在《山海经》的神话世界里，精卫、刑天的复仇愿望，似亦未能如愿以偿。但是，其中的反抗精神，却并非是无价值的，这种精神，其实是中国先民勇敢坚韧的品格之体现。渊明在诗中高扬此反抗精神，“猛志固常在”，表彰此种精神之不可磨灭；“徒设在昔心，良辰讵可待”，则将此精神悲剧化，使之倍加深沉。悲尤且壮，这就使渊明此诗，获得了深切的悲剧美特质。

（邓小军）

拟挽歌辞三首

【原文】

有生必有死，早终非命促。昨暮同为人，今旦在鬼录。魂气散何之，枯形寄空木。娇儿索父啼，良友抚我哭。得失不复知，是非安能觉！千秋万岁后，谁知荣与辱？但恨在世时，饮酒不得足。

在昔无酒饮，今但湛空觞。春醪生浮蚁，何时更能尝！肴案盈我前，亲旧哭我旁。欲语口无音，欲视眼无光。昔在高堂寝，今宿荒草乡；一朝出门去，归来良[①]未央。

荒草何茫茫，白杨亦萧萧。严霜九月中，送我出远郊。四面无人居，高坟正嶕峣。马为仰天鸣，风为自萧条。幽室一已闭，千年不复朝。千年不复朝，贤达无奈何。向来相送人，各自还其家。亲戚或余悲，他人亦已歌。死去何所道，托体同山阿。

〔注〕 ① 良：一本作“夜”。

多年来我一直坚持一种看法，即陶渊明诗文应读全集，无须遴选；而陶诗明白如话，尤不必加以评论和赏析。至于陶之为人，亦久有定论，再施品评，尽属辞费。近时重读陶诗，觉得他的三首《挽歌诗》（本集题作《拟挽歌辞》，此据《文选》）极有新意。于是泚笔略陈心得，算是填补我几十年来不谈陶诗的空白吧。

陶诗一大特点，便是他怎么想就怎么说，基本上是直陈其事的“赋”笔，运用比兴手法的地方是不多的。故造语虽浅而涵义实深，虽出之平淡而实有至理，看似不讲求写作技巧而更得自然之趣。这就是苏轼所说的似枯而实腴。魏晋人侈尚清谈，多言生死。但贤如王羲之，尚不免有“死生亦大矣，岂不痛哉”之叹；而真正能勘破生死关者，在当时恐怕只有陶渊明一人

【鉴赏】

而已。如他在《形影神·神释》诗的结尾处说："纵浪大化中,不忧亦不惧;应尽便须尽,无复独多虑。"意思说人生居天地之间如纵身大浪,沉浮无主,而自己却应以"不忧亦不惧"处之。这已是非常难得了。而对于生与死,他竟持一种极坦率的态度,认为"到了该死的时候就任其死去好了,何必再多所顾虑!"这同陶在早些时候所写的《归去来辞》结尾处所说的"聊乘化以归尽,乐夫天命复奚疑",实际是一个意思。

这种勘破生死关的达观思想,虽说难得,但在一个人身体健康、并能用理智来思辨问题时这样说,还是比较容易的。等到大病临身,自知必不久于人世,仍能明智地认识到这一点,并以半开玩笑的方式(如说"但恨在世时,饮酒不得足")写成自挽诗,这就远非一般人所能企及了。陶渊明一生究竟只活了五十几岁(梁启超、古直两家之说)还是活到六十三岁(《宋书·本传》及颜延之《陶徵士诔》),至今尚有争议;因之这一组自挽诗是否临终前绝笔也就有了分歧意见。近人逯钦立先生在《陶渊明事迹诗文系年》中就持非临终绝笔说,认为陶活了六十三岁,而在五十一岁时大病几乎死去,《拟挽歌辞》就是这时写的。我对陶的生卒年缺乏深入研究,不敢妄议;但对于这三首自挽诗,却断定他是在大病之中,至少认为自己即将死去时写的。而诗中所体现的面对生死关头的达观思想与镇静态度,毕竟是太难得了。至于写作时间,由于《自祭文》明言"岁惟丁卯,律中无射",即宋文帝元嘉四年(427)九月,而自挽诗的第三首开头四句说:"荒草何茫茫,白杨亦萧萧,严霜九月中,送我出远郊。"竟与《自祭文》时令全同,倘自挽诗写作在前,何其巧合乃尔!因此我以为仍把这三首诗隶属于作者临终前绝笔更为适宜。

第一首开宗明义,说明人有生必有死,即使死得早也不算短命。这是贯穿此三诗的主旨,也是作者对生死观的中心思想。然后接下去具体写从生到死,只要一停止呼吸,便已名登鬼录。从诗的具体描写看,作者是懂得人死气绝就再无知觉的道理的，是知道没有什么所谓灵魂之类的，所以他说："魂气散何之，枯形寄空木。"只剩下一具尸体纳入空棺而已。以下"娇儿"、"良友"二句，乃是根据生前的生活经验，设想自己死后孩子和好友仍有割不断的感情。"得失"四句乃是作者大彻大悟之言，只要人一断气，一切了无所知，身后荣辱，当然也大可不必计较了。最后二句虽近诙谐，却见出渊明本性。他平生俯仰无愧怍，毕生遗憾只在于家里太穷，嗜酒不能常得。此是纪实，未必用典。不过陶既以酒与身后得失荣辱相提并论，似仍有所本。盖西晋时张翰有云："使我有身后名，不如即时一杯酒。"（见《晋书·文苑》本传）与此诗命意正复相近似。

此三诗前后衔接，用的是不明显的顶针续麻手法。第一首以"饮酒不得足"为结语，第二首即从"在昔无酒饮"写起。而诗意却由入殓写到受奠，过渡得极自然，毫无针线痕迹。"湛"训没，训深，训厚，训多（有的注本训澄，训清，似未确），这里的"湛空觞"指觞中盛满了酒。"今但湛空觞"者，意思说生前酒觞常空，现在灵前虽然觞中盛满了酒，却只能任其摆在那里了。"春醪"，指春天新酿熟的酒。一般新酒，大抵于秋收后开始酝酿，第二年春天便可饮用。"浮蚁"，酒的表面泛起一层泡沫，如蚁浮于上，语出张衡《南都赋》。这里说春酒虽好，已是来年的事，自己再也尝不到了。"肴案"四句，正面写死者受奠。"昔在"四句，预言葬后情状，但这时还未到殡葬之期。因"一朝出门去"是指不久的将来，言一旦棺柩出门就再也回不来了，可见这第二首还没有写到出殡送葬。末句是说这次出门之后，再想回家，只怕要等到无穷无尽之日了。一本作"归来夜未央"，意指自己想再回家，而地下长夜无穷，永无见天日的机会了。亦通。

从三诗的艺术成就看，第三首写得最好，故萧统《文选》只选了这一首。此首通篇写送殡下葬过程，而突出写了送葬者。"荒草"二句既承前篇，又

【鉴赏】

写出墓地背景，为下文烘托出凄惨气氛。“严霜”句点明季节，“送我”句直写送葬情状。“四面”二句写墓地实况，说明自己也只能与鬼为邻了。然后一句写“马”，一句写“风”，把送葬沿途景物都描绘出来，虽仅点到而止，却历历如画。然后以“幽室”二句作一小结，说明圹坑一闭，人鬼殊途，正与第二首末句相呼应。但以上只是写殡葬时种种现象，作者还没有把真正的生死观表现得透彻充分，于是把“千年”句重复了一次，接着正面点出“贤达无奈何”这一层意思。盖不论贤士达人，对有生必有死的自然规律总是无能为力的。这并非消极，而实是因勘得破看得透而总结出来的。而一篇最精彩处，全在最后六句。“向来”犹言“刚才”。刚才来送殡的人，一俟棺入穴中，幽室永闭，便自然而然地纷纷散去，各自回家。这与上文写死者从此永不能回家又遥相对照。“亲戚”二句，是识透人生真谛之后提炼出来的话。家人亲眷，因为跟自己有血缘关系，可能想到死者还有点儿难过；而那些同自己关系不深的人则早已把死者忘掉，该干什么就干什么去了。《论语·述而篇》：“子于是日哭，则不歌。”这是说孔子如果某一天参加了别人的丧礼，为悼念死者而哭泣过，那么他在这一天里面就一定不唱歌。这不但由于思想感情一时转不过来，而且刚哭完死者便又高兴地唱起歌来，也未免太不近人情。其实孔子这样做，还是一个有教养的人诉诸理性的表现；如果是一般人，为人送葬不过是礼节性的周旋应酬，从感情上说，他本没有什么悲伤，只要葬礼一毕，自然可以歌唱了。陶渊明是看透了世俗人情的，所以他反用《论语》之意，爽性直截了当地把一般人的表现从思想到行动都如实地写了出来，这才是作者思想上的真正达观而毫无矫饰的地方。陶之可贵处亦正在此。而且在作者的人生观中还是有着唯物的思想因素的，所以他在此诗的最后两句写道：“死去何所道，托体同山阿。”大意是，人死之后还有什么可说的呢，他把尸体托付给大自然，使它即将化为尘埃，同山脚下的泥土一样。这在佛教轮回观念大为流行的晋宋之交，真是十分难能可贵的唯物观点呢。

至于我前面说的此三首陶诗极有新意，是指其艺术构思而言的。在陶渊明之前，贤如孔孟，达如老庄，还没有一个人从死者本身的角度来设想离开人世之后有哪些主客观方面的情状发生；而陶渊明不但这样设想了，并且把它们一一用形象化的语言写成了诗，其创新的程度可以说是前无古人。当然，艺术上的创新还要以思想上的明彻达观为基础。没有陶渊明这样高水平修养的人，是无法构想出如此新奇而真实、既是现实主义的、又是浪漫主义的作品来的。

（吴小如）

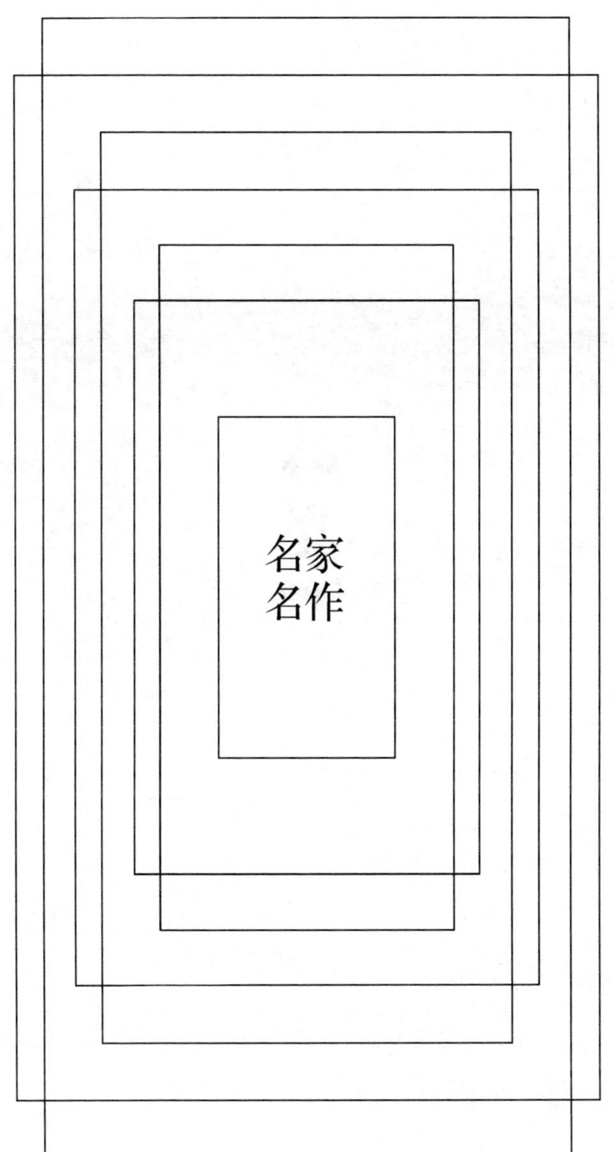

名家名作

吴小如　韦凤娟　骆玉明　赵昌平　葛晓音　周勋初　周啸天　韩兆琦　等撰写

【文】

【原文】

游斜川序

辛酉正月五日，天气澄和，风物闲美，与二三邻曲，同游斜川。临长流，望曾城，鲂鲤跃鳞于将夕，水鸥乘和以翻飞。彼南阜者，名实旧矣，不复乃为嗟叹；若夫曾城，傍无依接，独秀中皋，遥想灵山，有爱嘉名。欣对不足，率尔赋诗。悲日月之遂往，悼吾年之不留。各疏年纪乡里，以纪其时日。

——《陶渊明集》

这是诗的小序，辛酉一作"辛丑"，但诗的开头说："开岁倏五十，吾生行归休。念之动中怀，及辰为兹游。"辛丑为东晋隆安五年(401)，陶渊明才三十七岁，非五十岁。有的本子，"开岁倏五十"作"开岁倏五日"，即仍以为是三十七岁时所作，但这时渊明尚在官场中，和序的"悼吾年之不留"，诗的"吾生行归休"，皆不相符洽。

有的本子，辛丑作"辛酉"。这辛酉是纪日子的干支，意即正月五日辛酉，年份为义熙十年(414)，陶渊明正五十岁。据陈垣《二十史朔闰表》，本年正月朔日正为辛酉，序中的"五日"之"五"当误。其次，渊明所以择孟春酉日游宴，乃遵晋朝旧俗。详见逯钦立《陶渊明集》附录的《陶渊明事迹诗文系年》。

此序可说是《兰亭集序》的具体而微，王羲之兰亭之会，也是五十岁。义熙元年冬，陶渊明辞彭泽令返里。九年，诏征他为编纂国史的著作郎，不就，与雁门周续之、彭城刘遗民并称"寻阳三隐"。《游斜川》作于次年，更表明归隐之志。

斜川在江西星子县，本汉豫章郡柴桑县地，唐为寻阳县地，也即渊明故乡。南皐意为南山，指庐山。曾城即层城，这里指鄣山，在庐山之北。晋庐山诸道人《游石门诗序》："石门在精舍南十余里，一名鄣山。基连大岭，体绝众阜，此虽庐山之一隅，实斯地之奇观。"中皋指泽旁高地。前人曾以斜川比作桃花源。

出游时乘扁舟而往，故只有二三邻人。鲂鲤跃鳞，水鸥翻飞，正是舟游实况。跃鳞写日丽，翻飞写风和，时尚正月，虽是南方，也见这一年春气来得早。诗中说："弱湍驰文鲂，闲谷矫鸣鸥"，湍弱鱼可从容驰游，谷静鸟乃高飞啼唱。下文写旅游心理，南皐已是旧识，所以不复叹赏，鄣山却是独秀中皋，慕名已久，所以令人遐想。但光凭视觉上的欣赏还不够，还须大家来赋诗，依然回到诗人本色。

诗中又说："提壶接宾侣，引满更献酬。未知从今去，当复如此不？中觞纵遥情，忘彼千载忧。"则去时是带着酒的。陶公非酒不欢，既醉而百忧可忘，他的大半生都在醉乡中度过，却又写出了那么多的好诗。

（金性尧）

与子俨等疏

告俨、俟、份、佚、佟：

天地赋命，生必有死，自古圣贤，谁独能免？子夏有言曰："死生有命，富贵在天。"四友[①]之人，亲受音旨，发斯谈者，将非穷达不可妄求，寿夭永无外请故耶？

吾年过五十，少而穷苦，每以家弊，东西游走。性刚才拙，与物多忤，自量为己，必贻俗患，僶俛辞世，使汝等幼而饥寒。

【原文】

余尝感孺仲贤妻之言[2]，败絮自拥，何惭儿子。此既一事矣。但恨邻靡二仲[3]，室无莱妇[4]，抱兹苦心，良独罔罔。少学琴书，偶爱闲静，开卷有得，便欣然忘食。见树木交荫，时鸟变声，亦复欢然有喜。常言五六月中，北窗下卧，遇凉风暂至，自谓是羲皇上人[5]。意浅识罕，谓斯言可保。日月遂往，机巧好疏[6]。缅求在昔，眇然如何。

疾患以来，渐就衰损，亲旧不遗，每以药石见救；自恐大分[7]将有限也。汝辈稚小家贫，每役柴水之劳，何时可免？念之在心，若何可言！然汝等虽不同生[8]，当思四海皆兄弟之义。鲍叔、管仲，分财无猜[9]；归生、伍举，班荆道旧[10]。遂能以败为成，因丧立功。他人尚尔，况同父之人哉！颍川韩元长，汉末名士，身处卿佐，八十而终，兄弟同居，至于没齿。济北氾稚春，晋时操行人也，七世同财，家人无怨色。诗曰："高山仰止，景行行止。"虽不能尔，至心尚之。汝其慎哉，吾复何言。

——《陶渊明集》

〔注〕 ① 四友：指孔门弟子。 ② 孺仲贤妻之言：东汉王霸字孺仲，年轻时就有高节，避世隐居。他的朋友令狐子伯后来做了大官，子伯的儿子也做了官。一次子伯叫他的儿子给王霸送信，王霸见人家的孩子做了官，那么有排场，而自己的孩子蓬头粗服，很是惭愧。他的妻子说：你立志不做官，生活自然艰苦，儿子自然也要耕田，耕田的人怎能像做官的人那么讲排场？你怎么忘了当初的志节为儿子惭愧起来了呢？王霸听了十分佩服，就和她安心隐居了。 ③ 二仲：指西汉求仲、羊仲两个隐士。当时兖州刺史蒋翊辞官归乡，在院中辟三径，只与这二人来往。 ④ 莱妇：楚老莱子的妻子。她曾坚阻老莱子接受官位。 ⑤ 羲皇上人：意谓伏羲时代以上的人，据说那个时代的人是没有多少欲求的。 ⑥ 好疏：很疏远。 ⑦ 大分：指寿命。 ⑧ 不

同生:不是一母所生。 ⑨ 鲍叔、管仲:《史记·管晏列传》载二人分财利的事,“管仲曰:‘吾始困时尝与鲍叔贾(经商),分财利,多自与,鲍叔不以我为贪,知我贫也。’”后二人各事其主,管仲失败,鲍叔又荐举他做齐相,成就了齐桓公的霸业。 ⑩ 归生、伍举二句:归生、伍举皆楚国人,相友善。后伍举因罪避害逃亡到晋国做官,归生作为楚使者使晋,途中与伍举相遇,遂坐地共食,谈起旧日情好。归生归国后在执政面前讲起楚材晋用于楚不利的情况,并保举伍举,执政就把他召了回来,伍举归楚后协助公子围,继承王位,立下功劳。

渊明挂冠已10年多了,安静的田园生活使他的精神得到了很大的满足,可是,毕竟是“岁月掷人去”,老境不觉来临了。不久前,又发生了刘宋代晋的大变故,这似乎也预示着他的人生道路离终点不远了。一场大病过后,他给自己的五个儿子写了这份疏札。这篇文字虽是带有训诫、遗嘱的庄重性质,可读来大体絮絮如家常,叫人觉着亲切。

中间一段是在小辈面前回顾自己的一生。照理说,要谈的话很多,像他这样的读书人,也该谈谈阅历、成就;但他没谈那些,只谈了两件关乎儿子和自己的“人伦日用”之类琐事。他说,在他年轻的时候,因为家贫游宦四方,后来考虑到自己性情与世俗多不投合,这样下去怕要招惹祸事,于是打定主意辞了官,又叫儿子们吃苦了。这样的话头他在其他好几篇诗文中都谈过,疾患之中又一次提起,显然是有看重的意思,辞官归田看来就是他平生可以称说的大事业了。不过,这次提起语气有别,不像《归去来兮辞》那般“载欣载奔”,也不像《五柳先生传》那般的“忘怀得失”,话语中明显有一种歉疚感和怅惘的意绪。他面对的是孩子,面对的是目前家计和将来孩子的生计,来不得那么浪漫了。这里的“使汝等幼而饥寒”、“抱兹苦心,良独罔罔(惘惘)”和下段的“汝辈稚小家贫……”等语,都是发自内心的至情至性的话语。选择这样的人生道路,付出了多大的代价啊,面对儿子们的饥寒,抚躬自省,怎能无动于衷呢。下面他又谈到自己的爱好,说自己从小就喜好琴书,喜好闲静,这两桩喜好都曾叫他获得极大的乐趣。也许“开卷有得,便欣然忘食”这样的话不算挺特别,而“见树木”以下几句则是难得的妙语了。他说,见树木荫影重叠,季节换了,鸟鸣也变了,他感到十分的高兴。五六月炎天,躺在北窗下,承受那阵阵袭来的凉风,又多么快活啊,真是人生最大的享受了。多么具体、细腻,又多么坦诚,只有那具有诗人的锐感、又能以童稚之心对待生活的人,才能说出这些话来。病中说这些话,除了表现出自己热爱自然的禀性外,还表现出目下对生活的眷恋。他把这些话讲给孩子们听,孩子们会是如何感动啊。下面他感叹“缅求在昔,眇然如何”(想想那些过去的时光,实在叫人渺茫啊),心里又不平静起来了。

渊明就是这样回顾自己的一生的,文字简短而具体,就像回答“您平生最大的满足与遗憾是什么”的问卷一样,他从于子、于己两个角度作了回答。回首平生,没有什么勋绩伟业,这不是什么谦虚,正是他的真诚、可爱处;也没有一味地“达观”,无悔于退隐,又挂虑儿子们的饥寒,无惧于命终,又叹息日月易逝,佳时难再,这也是他的真诚、可爱处。“陶潜避俗翁,未必能达道。”杜甫这两句诗,若排除讥讽的意味,正说到渊明的实处,他也是一个有情有性、有爱有憎的凡人,这临“终”遗言不正托出了他的心迹么?

(汤华泉)

五柳先生传

先生不知何许人也,亦不详其姓字。宅边有五柳树,因以为号焉。闲静少言,不慕荣利。好读书,不求甚解;每有会意,便欣然忘食。性嗜酒,家贫,不能常得。亲旧知其如此,或置酒而招之。造饮辄尽,期在必醉;既醉而退,曾不吝情去留。环堵萧然,不蔽风日。短褐穿结,箪瓢屡空,晏如也。常著文章自娱,颇示己志。忘怀得失,以此自终。

赞曰:黔娄之妻有言:“不戚戚于贫贱,不汲汲于富贵。”极其言兹若人之俦乎?酬觞赋诗,以乐其志,无怀氏之民欤?葛天氏之民欤?

——《陶渊明集》

这篇所谓“传”,实际是作者抒述自己志趣的小品。林云铭《古文析义》,谓赞末“无怀”、“葛天”二句,“暗寓不仕宋意”,吴楚材《古文观止》谓“刘裕移晋祚,耻不复仕,号五柳先生,此传乃自述其生平”。刘裕之篡晋为宋,在永初元年(420),逯钦立《陶渊明事迹诗文系年》采林、吴之说,因而假定为渊明五十六岁前后之作。渊明的贫困,也至晚年而益甚。

全文共用了九个“不”字,钱钟书《管锥编》第四册,以为“不”字为一篇眼目。既然称为“传”,岂有不知自己为何许人,不详其姓氏籍贯之理?现在这样写,“正激于世之卖声名、夸门地者而破除之尔”。说得也对。总之是对世俗势利的一种蔑视。文中的“好读书,不求甚解,每有会意,便欣然忘食”,即《庄子·外物》的“得意而忘言”之意。

其次,文中的“不慕荣利”、“忘怀得失”、“不戚戚于贫贱,不汲汲于富贵”云云,推测渊明的原意,大概以此表白自己无意于仕进,不以得失为怀,因而希望人家不要推荐劝诱,最后的无怀、葛天之民,便是“帝力于我何有哉”之意。但张廷玉《澄怀园语》卷一说:“余二十岁时读陶渊明《五柳先生传》,以为此后人代作,非先生手笔也。盖篇中不慕荣利、忘怀得失、不戚戚于贫贱,不汲汲于富贵诸语,大有痕迹,恐天怀旷逸者不为此等语也。此虽少年狂肆之谈，迄今思之，亦未必全非。”也确实是“未必全非”。因为不慕荣利、不忧贫贱这一类志趣，即使产生于其他文士，也是被人看作清高雅洁的，如今由陶渊明自己来说，反而成为标榜，率真还得有一个界限。

（金性尧）

自祭文

岁惟丁卯，律中无射[①]。天寒夜长，风气萧索。鸿雁于征，草木黄落。陶子将辞逆旅之馆，永归于本宅。故人凄其相悲，同祖行[②]于今夕。羞以嘉蔬，荐以清酌。候颜已冥，聆音愈漠[③]。呜呼哀哉！

茫茫大块，悠悠高旻，是生万物，余得为人。自余为人，逢运之贫，箪瓢屡罄，絺绤[④]冬陈。含欢谷汲，行歌负薪，翳翳柴门，事我宵晨。春秋代谢，有务中园，载耘载耔，乃育乃繁。欣以素牍[⑤]，和以七弦。冬曝其日，夏濯其泉。勤靡馀劳，心有常闲。乐天委分，以至百年。

惟此百年，夫人[⑥]爱之。惧彼无成，愒日惜时[⑦]。存为世珍，殁亦见思。嗟我独迈，曾是异兹。宠非己荣，涅岂吾缁[⑧]？捽兀穷庐[⑨]，酣饮赋诗。识运知命，畴能罔眷。余今斯化，可以无恨。寿涉百龄，身慕肥遁[⑩]。从老得终，奚所复恋！寒暑逾迈，亡既异存。外姻晨来，良友宵奔。葬之中野，以安其魂。

窅窅我行[⑪]，萧萧墓门。奢耻宋臣，俭笑王孙[⑫]。廓兮已灭，慨焉已遐。不封不树[⑬]，日月遂过。匪贵前誉，孰重后歌？

【原文】

人生实难,死如之何? 呜呼哀哉!

——《陶渊明集》

〔注〕 ① 丁卯:指宋文帝元嘉四年(427)。律中无射:指夏历九月。古代将乐律与历法附会,以十二律应十二月。陶渊明卒于此年十一月。 ② 祖行:古人出行时的祭神仪式,这里指出殡前一夕的祭奠。 ③“候颜”二句:指晤面和闻声都已不可能。 ④ 绨绤(chī xì):葛布精者称绨,粗者称绤。 ⑤ 素牍:指书籍。 ⑥ 夫(fú)人:众人。 ⑦ 愒(kài)日:贪爱时日。 ⑧ 涅:黑色染料。缁:黑色。 ⑨ 捽兀(zuó wù):意气傲然貌。 ⑩ 肥遁:隐居。 ⑪ 窅(yǎo)窅:隐晦、深远貌。 ⑫“奢耻宋臣”二句:宋臣桓魋作石椁(棺),三年尚未完成,孔子叹以为奢。汉代杨王孙临终,遗嘱命其子裸葬,未免又过俭啬。 ⑬ 封:封墓,积土成高坟。树:墓地植树。

旷达不羁的陶渊明,也做过许多美丽的人生之梦:从《桃花源记》那“黄发垂髫,并怡然自乐”的老人、孩子身上,人们看到了他憧憬的理想之梦;从《咏荆轲》那“惜哉剑术疏,奇功遂不成”的嗟叹中,人们看到了他的金刚怒目之梦;还有那些个“采菊东篱下,悠然见南山”的飘逸之梦,那些个“登东皋以舒啸,临清流而赋诗”的自得之梦……正是这些缤纷、断续的梦,给了陶渊明一生以莫大的慰藉。就是到了沉疴不去、即将辞世之际,他似乎还流连在这些梦中,凄怆却又坦然,悲凉而仍平静;甚至还有心境编织了一个自我悼祭的梦——这就是他的临终绝笔《自祭文》。

祭文起笔,展现的是一个凄清的虚境:深秋的夜晚,萧瑟的寒风刮得正紧;草木相约着一起枯黄萎去;夜色里还传来几声鸿雁南飞的哀唳。作者终于感觉到生命的大限已到,该是辞别人世、永归“本宅”的时候了。恍惚间“嘉蔬”、“清酌”已供满祭案,“娇儿索父啼,良友抚我哭”(《挽歌辞》)的景象,依稀都飘浮眼前。自己却将停卧棺中,再听不到那幽幽悲泣之音,看不见那

【鉴赏】

吊衣如雪之景。这是一种怎样令人心酸的情境:秋气的萧瑟与将死的哀情相融相映。一句“呜呼哀哉”之叹,更使开篇蒙上了几多苍凉气息!

在辞世的弥留之间,追索飘逝而去的一生,不知会有怎样的感觉?当陶渊明抚视那“逢运之贫”的清素出身,“箪瓢屡罄,绨绤冬陈”的窘困生涯时,想必也曾为之黯然的吧?不过令他宽慰的是,清素养育了他的淳真之心,窘困也未移易他对人生的热爱。虽然不免要宵晨“谷汲”,荷锄“负薪”,朝夕出入的也只是“翳翳柴门”。然而他有欢乐,有歌声,有“载耘载耔”的怡然和“欣以素牍,和以七弦”的自得。《自祭文》所展示的陶渊明之平生,似乎很琐碎,很平淡,远没有官场中人车骑雍容的气象、笙歌院落的富丽。但这恰恰是作者引为自豪的人生!人们从“含欢”、“行歌”的轻笔点染中见到的,不正是一位遗世独立、超逸不群的高蹈之士的身影么?他“不戚戚于贫贱,不汲汲于富贵”,在“冬曝其日,夏濯其泉”的简朴生活中,在“乐天委分”的淡然一笑中,领略到了“我心常闲”的劳作之乐趣,体会到了自由不羁的人生之价值。这样度过的一生看似平淡,但较之于巧取豪夺,较之于“为五斗米折腰”而丧失独立之人格,岂不是更充实、更富足的吗?这一节的行文,正如作者平日的田园诗,疏淡、平远,字里行间淌满了深情。浓浓的人生意趣,融入悠悠的哲理思索,更令人久久回味而不尽。

人生百年,谁不珍惜?倘若陶渊明亦有世人所不免的“适俗”之韵,它原本可以作另一种安排的,那就是追求虚幻的尊宠和声名,“愒日惜时”地钻营于仕宦之途。对于这样一种“存为世珍,殁(死)亦见思”的人生,陶渊明在辞世之际又是怎样看待的呢?“嗟我独迈,曾是异兹”一节,正表明了他回顾平生后无悔无怨的态度:营营惜生、追名逐利的生涯毫不可慕;在那污浊的世界里,适足以秽污了人的美好本性而已。我洁身自好,不以尊宠为荣,肮脏的东西又岂能沾染我的身心?置身于陇亩之中,独立于天地之间,“捽兀穷庐,酣饮赋诗”,才是值得追求的傲岸率真之人生!陶渊明正是这样做了,这一生已无所遗恨。所以对于即将到来的死生之变,他也显得格外平静。他知道帝乡之“不可期”,他知道死去之“何所道”,自己既然已“寿涉百龄”,“从老得终”,那就任它“托体同山阿”好了,又有什么可眷恋的?在“外姻晨来,良友宵奔”的凄清氛围中,一位哲人就要离去——他似乎不喜不惧,显得异样地安详。

然而,陶渊明对自己的一生,也并非真的一无憾意。在他的内心深处,其实仍蕴蓄着几分悲怆和苦涩。《自祭文》写到结尾,陶渊明的辞世之梦也已编织到了最幽暗的一幕:当他看见自己在昏昧中告别“逆旅之馆”、踽踽飘临“萧萧墓门”之际,虽然还表现了“不封不树,日月遂过”的淡泊,“匪贵前誉,孰重后歌”的超旷,毕竟还是发出了“廓兮已灭,慨焉已遐”的苍凉慨叹。此刻,陶渊明似乎对过去的一生,又投去了最后的一瞥,他忽然见到了另一个自己:从“猛志逸四海,骞翮思远翥”(《杂诗》)的少年意气,到“大济于苍生”(《感士不遇赋》)的壮年怀抱,从对“荆轲”抗暴精神的讴歌,到对“桃花源”无压迫社会的向往。在他的一生中,除了“性本爱丘山”的率真外,原也有造福世界的雄怀的呵!令人痛心的是,他所置身的时代,却是一个“网密裁而鱼骇,宏罗制而鸟惊”的专制时代。理想被幻灭,壮志被摧折,他纵然“怀琼握兰”,又能有什么作为?最终只能如一只铩羽之鸟、一朵离岫之云,在归隐林下的孤寂中了其一生。这深藏在内心的悲怆,在作者离世的最后一瞥中,终于如潮而涌,化作了《自祭文》结语那撼人心魄的嗟叹:“人生实难,死如之何?”

这嗟叹之音,震散了陶渊明的自悼之梦,也使貌似平静的祭文霎时改观。南宋真德秀在《跋黄瀛拟陶诗》中论及陶渊明时说:“虽其遗荣辱、一得丧,真有旷达之风,细玩其词,时亦悲凉感慨,非无意世事者。”《自祭文》亦正如此:在它那“身慕肥遁”、自甘淡泊的回顾中,虽然有“我心常闲”的安舒,但也有“嗟我独迈”的咨叹;那“翳翳柴门”,固然掩映着他“捽兀穷庐”的旷傲,但也不免有“闲居寡欢”的落寞(《饮酒》);“识运知命,乐天委分”是通达的,但又何尝不含有“日月掷人去,有志不获骋”的辛酸和无奈?他也平静,但那是饱经风霜后苦衷难言的平静;他也“含欢”,但那也大抵是暂时忘却苦恼的欢欣。旷达中含几多悲凉,飘逸中带几多沉重,这就是陶渊明辞世前夕,所编织的最后梦境的真实色彩。人们读到这篇祭文的结尾,不是分明感受到了那一片哀情,在凄凄问叹中弥漫?

(张　巍)

桃花源[1]记

晋太元[2]中,武陵[3]人捕鱼为业,缘溪行,忘路之远近。忽逢桃花林,夹岸数百步,中无杂树,芳草鲜美,落英[4]缤纷,渔人甚异之。复前行,欲穷其林。

林尽水源[5],便得一山。山有小口,仿佛若有光,便舍船从口入。初极狭,才通人。复行数十步,豁然开朗。土地平旷,屋舍俨然[6],有良田、美池、桑竹之属。阡陌[7]交通,鸡犬相闻。其中往来种作,男女衣著,悉如外人[8];黄发垂髫[9],并怡然自乐。见渔人,乃大惊,问所从来,具答之。便要[10]还家,设酒杀鸡作食。村中闻有此人,咸[11]来问讯。自云先世避秦[12]时乱,率妻子邑人来此绝境,不复出焉,遂与外人间隔。问今是何世,乃不知有汉[13],无论魏、晋[14]。此人一一为具言所闻[15],皆叹惋。馀人各复延[16]至其家,皆出酒食。停数日,辞去。此中人[17]语云:“不足[18]为外人道也。”

既出，得其船，便扶向路[19]，处处志[20]之。及郡[21]下，诣[22]太守，说如此[23]。太守即遣人随其往，寻向所志[24]，遂迷，不复得路。南阳刘子骥[25]，高尚士也，闻之，欣然规往[26]，未果[27]，寻病终。后遂无问津[28]者。

〔注〕 ① 桃花源：相传在今湖南桃源县西南十五公里处。《常德府志》："县西南三十里，乌头村南，即桃源洞，为秦人避乱处。"大约在南朝齐梁时即以此地为《桃花源记》所写的仙境。梁任安贫《武陵记》曾述及。 ② 太元：东晋孝武帝司马曜年号(376—396)。 ③ 武陵：郡名，治所在今湖南常德。④ 落英：落花。一说为初开之花。 ⑤ 林尽水源：言桃花林尽头即桃花溪源头。 ⑥ 俨然：整齐貌。 ⑦ 阡陌：田间小路，南北为阡，东西为陌。⑧ 外人：指桃源外的世人。 ⑨ 黄发垂髫(tiáo 条)：老人和儿童。髫，儿童垂以为饰的头发。 ⑩ 要(yāo 腰)：通"邀"。 ⑪ 咸：都，全。 ⑫ 秦：秦朝(前 221—前 207)。 ⑬ 汉：汉朝(前 206—后 8 为西汉，25—220 为东汉)。 ⑭ 魏：三国时的魏国(220—265)。晋：晋代(265—316 为西晋，317—420 为东晋)。 ⑮"此人"句：言渔人为桃源中人细说所知道的世间历史变化。 ⑯ 延：邀引。 ⑰ 此中人：指桃花源中人。 ⑱ 不足：不必，不可。 ⑲ 扶：缘，沿着。向路：旧路，指来时的路。 ⑳ 志：作标记。㉑ 郡：指武陵郡。 ㉒ 诣：往，到。 ㉓ 说如此：说了像前面写的这些情景。 ㉔ 寻向所志：寻找回来时所作的标记。 ㉕ 南阳：今河南南阳。刘子骥，名驎之，好游山水。曾至衡山采药，深入忘返，见涧岸有两石仓，一闭一开，因水深难渡，欲还而迷路，幸遇伐木者指路乃得还。后闻石仓有仙丹，欲再往，已不知其所在(见《晋书·隐逸传》)。陶渊明可能闻知其事，有所联想，因将其写入本文，不必实有。 ㉖ 规往：计划前往。 ㉗ 未果：没有实现。 ㉘ 问津：访求。

在中国，素有"山川以人而胜"的传统，所谓"美不自美，因人而彰"，"地不自胜，惟人则鸣"。王勃之于滕王阁，李白之于敬亭山，崔颢之于黄鹤楼，

【鉴赏】

柳宗元之于永州，范仲淹之于岳阳楼，欧阳修之于醉翁亭，苏轼之于黄冈赤壁，莫不如此。但他们写的都是实景，而桃源仙境却是虚构出来的。以一篇诗文虚构一个仙境而令游人神魂颠倒，在中外都是少有的。武陵桃源，原是鲜为人知的荒僻之地，自陶渊明作《桃花源诗并记》以后，始为文人墨客所重，梁陈之际已有诗人涉足山溪，探寻灵秘。至唐代开元天宝年间，桃花源忽名声大噪，甚至引起朝廷的关注。天宝七年，诏令“三十户蠲免税赋，永充洒扫，守备山林”。此后，游者日众，成为人皆慕趋的风景胜地，吟咏之作也历代赓续不绝。

陶渊明为什么要虚构桃源仙境？这要从他的时代和思想说起。东晋末年，陶渊明家乡江州（今江西九江）一带，由于战乱频仍，民不聊生，“至乃男不被养，女无匹对，逃亡去就，不避幽深”（《晋书·刘毅传》）。及至晋宋易代，人民逃亡情形更为严重。《宋书·荆州蛮传》说：“宋民赋役严苦，贫者不复堪命，多逃亡入蛮”，因“蛮无徭役，强者又不供官税”。这些史实便是虚构桃源仙境的历史背景和社会基础。从思想来说，陶渊明受道家思想影响很深，并又追慕阮籍无君无臣、无富无贵的社会理想，接受过鲍敬言的无君论思想，素怀高洁，久慕淳风，眷爱丘山，厌恶官场，曾以羲皇上人自谓，幻想做无怀氏、葛天氏之民。这些思想意识积聚起来便成为其虚构仙境的思想根源。《晋书》本传说陶渊明自以曾祖为晋世宰辅而“耻复屈身后代”，故何文焕说他是以“避宋之怀”写桃源人避秦之事，也可作为剖析其创作动机的参考。

从中国文学史的角度考察，桃源故事的出现也是一个十分惹人注目的奇异现象。其流传之广，影响之大，是一般诗文所难以企及的。探究其原因，固然与它的艺术成就有密切关系，但也与我们民族的文学理想、审美心理有着不可分割的联系。在桃花源中，人与人之间、人与自然之间都表现为和谐的、完美的统一。没有压迫，没有纷争，没有忧伤，处处恬静、和乐，人人敦厚、纯朴。这正是倍感人生苦难，充满忧患意识的古代诗人梦寐以求的理想境界，也是灾难深重的古代人民要求作家表现和赞美的理想社会。陶渊明生活在东晋末年，经历过刘裕篡晋的动乱，深切体验到社会的黑暗和人生的忧苦。从当时的文学倾向来说，他可以像同代诗人那样寄言上德，托意玄珠，沉溺于追步松乔，羽化登仙。但是，与人民有着深厚感情，对社会人生有着深刻认识的陶渊明不肯这样做。他没有长生的梦幻，也不想借助于玄谈游仙去求得解脱，而是以现实的态度去对待人生。他离开污浊的官场，长隐田园，过着躬耕自食，贫寒简朴的生活。《桃花源记》所构造的图景，正是艺术地反映了他逃禄归耕，经过农村生活体验以后所产生的生活理想。尽管在剥削制度下不可能有如此的化外世界，但在人民的心中它是应该有的。早在三千年前，《诗经·硕鼠》已在强烈地呼唤着这人间的乐土。应该说，《桃花源记》与《硕鼠》在思想倾向上是一脉相承的，都表现出对剥削的厌恨，对君权的否定，故宋王安石《桃源行》说："儿孙生长与世隔，虽有父子无君臣。"

陶渊明作诗，擅长白描，文体省净，语出自然，如大匠运斤，毫无斧凿之痕。金元好问谓之"一语天然万古新，豪华落尽见真醇"。《桃花源记》也具有这种艺术风格。它虽是虚构的世外仙境，但由于采用写实手法，虚景实写，给人以真实感，仿佛实有其人，真有其事。全文以武陵渔人行踪为线索，像小说一样描述了溪行捕鱼、桃源仙境、重寻迷路三段故事。第一段以"忘"、"忽逢"、"甚异"、"欲穷"四个相承续的词语生动揭示出武陵渔人一连串的心理活动。"忘"字写其一心捕鱼，无意于计路程远近，又暗示所行已远。其专注于一而忘其余的精神状态，与"徐行不记山深浅"的妙境相似。"忽逢"与"甚异"相照应，写其意外见到桃花林的惊异神情，又突出了桃花林的绝美景色。"芳草鲜美，落英缤纷"两句，乃写景妙笔，色彩绚丽，景色优美，仿佛有阵阵清香从笔端溢出，造语工丽而又如信手拈来。第二段先以数语描述发现仙境经过。"林尽水源，便得一山"，点明已至幽迥之地；"山有小口，仿佛若有光"，暗示定非寻常去处。渔人的搜寻目光、急切心情也映带出来。

【鉴赏】

及至通过小口狭道，写到“豁然开朗”，又深有柳暗花明的韵致。进入桃源仙境之后，先将土地、屋舍、良田、美池、桑竹、阡陌、鸡鸣犬吠诸景一一写来，所见所闻，历历在目。然后由远而近，由景及人，描述桃源人物的往来种作、衣着装束和怡然自乐的生活，勾出一幅理想的田园生活图景。最后写桃源人见到渔人的情景，由“大惊”而“问所从来”，由热情款待到临别叮嘱，写得情真意切，洋溢着浓郁的生活气息。第三段先写渔人在沿着来路返回途中“处处志之”，暗示其有意重来。“诣太守，说如此”，写其违背桃源人“不足为外人道也”的叮嘱。太守遣人随往的“不复得路”和刘子骥的规往不果，都是着意安排的情节，明写仙境难寻，暗写桃源人不愿“外人”重来。对桃源仙境，世俗之人寻访无着也不再问津了，而陶渊明自己却从来没有停止过追求，在《桃花源诗》的结尾处就剖露了“愿言蹑轻风，高举寻吾契”的心愿。他以桃源人为志趣相合的契友，热切期望与之共同生活于桃花源中。

陶渊明成功地运用了虚景实写的手法，使人感受到桃源仙境是一个真实的存在，显示出高超的叙事写景的艺术才能。但《桃花源记》的艺术成就和魅力绝不仅限于此，陶渊明也不仅仅是企望人们确认其为真实的存在。所以，在虚景实写的同时，又实中有虚，有意留下几处似无非无，似有非有，使人费尽猜想也无从寻求答案的话题。桃源人的叮嘱和故事结尾安排的“不复得路”、“规往未果”等情节，虚虚实实，惝恍迷离，便是这些话题中最堪寻味之笔。它所暗示于世人的是似在人间非在人间，不是人间胜似人间，只可于无意中得之而不可于有意中求之，似乎与“此中有真意，欲辨已忘言”有着某种微妙的内在联系。这虚渺灵奥之区始终蒙着一层神秘的面纱，“借问游方士，焉测尘嚣外”，世人是难以揭晓的。它的开而复闭，渔人的得而复失，是陶渊明有意留下的千古之谜，“惹得诗人说到今”。可是，他又在《桃花源诗》中透露了一点消息，说“一朝敞神界”之所以“旋复还幽蔽”，乃是因为“淳薄既异源”！原来桃源民风淳厚，人间世风浇薄，惟恐“使武陵太守至焉，化为争夺之场”（苏轼《和桃花源诗序》），玷污了这块化外的净土，即使像刘子骥那样的人间高尚之士，也得不到一睹仙境的机缘。

一千多年来，在中国诗人心中，桃源仙境始终是美好的，令人向往的，具有永恒的魅力。尽管唐代韩愈说“桃源之说诚荒唐”，子虚乌有，可是古代诗人宁信其有而不愿信其无，总是怀着虔诚的心理和美好的愿望去寻求那梦中的温馨。他们“不疑灵境难闻见”，只怪自己“尘心未尽思乡县”（王维《桃源行》），“尘心如垢洗不去”（刘禹锡《桃源行》）。也许，愈是神秘愈能叩动诗人的心扉，所以尽管“仙家一出寻无踪”，“只见桃花不见人”，不得不带着“恨满桃花一溪水”的惆怅离去，也还是魂牵梦随，津津乐道，难以忘情。因为它不同于一般的乌托邦的社会学说，而是一种理想，一种美的象征。

（臧维熙）

归去来兮辞并序

余家贫，耕植不足以自给。幼稚盈室，缾[①]无储粟，生生所资[②]，未见其术。亲故多劝余为长吏，脱然有怀，求之靡途[③]。会有四方之事[④]，诸侯以惠爱为德，家叔以余贫苦，遂见用于小邑。于时风波未静，心惮远役，彭泽去家百里，公田之利，足以为酒，故便求之。及少日，眷然有归欤[⑤]之情。何则？质性自然，非矫厉[⑥]所得，饥冻虽切，违己交病。尝从人事，皆口腹自役[⑦]。于是怅然慷慨，深愧平生之志。犹望一稔，当敛裳宵逝[⑧]。寻程氏妹丧于武昌，情在骏奔，自免去职。仲秋至冬，在官八十馀日。因事顺心，命篇曰《归去来兮》。乙巳岁[⑨]十一月也。

【原文】

归去来兮,田园将芜胡不归?既自以心为形役[10],奚惆怅而独悲!悟已往之不谏,知来者之可追。实迷途其未远,觉今是而昨非。舟遥遥[11]以轻飏,风飘飘而吹衣。问征夫以前路,恨晨光之熹微。

乃瞻衡宇,载欣载奔。僮仆欢迎,稚子候门。三径[12]就荒,松菊犹存。携幼入室,有酒盈樽。引壶觞以自酌,眄庭柯以怡颜。倚南窗以寄傲,审容膝之易安。园日涉以成趣,门虽设而常关。策扶老以流憩,时矫首而遐观[13]。云无心以出岫,鸟倦飞而知还。景翳翳以将入,抚孤松而盘桓。

归去来兮,请息交以绝游!世与我而相违,复驾言兮焉求?悦亲戚之情话,乐琴书以消忧。农人告余以春及,将有事于西畴。或命巾车,或棹孤舟。既窈窕以寻壑,亦崎岖而经丘。木欣欣以向荣,泉涓涓而始流。善万物之得时,感吾生之行休。

已矣乎,寓形宇内复几时!曷不委心任去留[14],胡为乎遑遑兮欲何之?富贵非吾愿,帝乡不可期。怀良辰以孤往,或植杖而耘耔[15]。登东皋以舒啸,临清流而赋诗。聊乘化以归尽[16],乐乎天命复奚疑!

〔注〕 ① 缾,同“瓶”,瓦瓮。 ② 生生:维持生计。前一“生”作动词,后一“生”是名词。资:凭借。 ③ 脱然:舒畅貌。有怀:产生出仕之念。靡途:无门路。 ④ 四方之事:指地方势力的争势夺权。 ⑤ 归欤:归家的叹息。《论语·公冶长》:“子在陈曰:‘归欤,归欤!’” ⑥ 矫:假。厉:勉强。 ⑦ 口腹自役:为糊口饱腹而役使自己。 ⑧ 稔(rěn 忍):谷物成熟之期。一稔即一年(古代谷物一年成熟一次)。敛裳:收拾行装。宵逝:连夜离去。

【鉴赏】

⑨ 乙巳岁：指晋安帝义熙元年(405)。 ⑩ 心：本心夙志。形役：为形体(所需)而役使。 ⑪ 遥遥：即“摇摇”。 ⑫ 三径：指小路，借用汉代蒋诩隐居后，在家宅前竹林中开“三径”，只与隐士求仲、羊仲二人游息的典故。⑬ 策：拄。扶老：鸠杖。流憩(qì 气)：周游、休息。矫首：抬头。 ⑭ 去：死。留：生。委心：随心。 ⑮ 植杖：把手杖直插在田边。耘：除草。耔：在苗根培土。 ⑯ 聊：姑且。乘化：随应大化(自然界)。

逆江而行的一叶扁舟上，站立着从彭泽弃官归家的诗人陶渊明。猎猎的江风，吹得他衣袂飘拂。此刻，他的心境正如那轻轻摇漾的小舟，既惆怅，又快意：想起以往的几度出仕，“皆口腹自役”，有违平生向往自由的情性，便不免爽然若失；仰对江天，想到终于从“迷途”返回，从此冲破官场的羁绊，就又欣然开怀。遥远的山村，似正有一个热切的声音在呼唤：“归来！归来！”而浪花飞溅的舟上，他那颗激动的心，也分明作出了殷殷的回应：“归去来兮！田园将芜胡不归？”这就是本文开篇所化生的情景：亲切而饱含人生哲理的自语，伴着“遥遥以轻飏”的浪舟，在读者眼前展开了一个何其清缈的诗一般画境！

大约因为心情急切，诗人的归程画面转换得也快：他刚才还在轻飏的舟上迎风伫立，转眼间又出现在“晨光熹微”的山路之上。“百里”之遥本应驾轻就熟，却偏还要一次次“问征夫以前路”；待到“乃瞻衡宇”，这位已届中年的诗人，竟又像年轻人一样奔跑起来。文中正是以这一连串画面的变换，把诗人的归家之情表现得分外浓烈。你从那“风飘飘”、“舟遥遥”的快风轻帆，从“恨晨光之熹微”、“问征夫以前路”的可笑情态，以及“载欣载奔”的异常举止上感受到的，不正是一颗迫不及待、欢欣“骏奔”之心的跳荡？

故乡的亲人又何尝不是如此。虽说离家才八十余日，童仆稚儿一听说诗人到来，早已惊喜地迎候门前；诗人襟怀高洁，平生爱与“松菊”为友，而今

【鉴赏】

它们在萧萧风日中，竟还生机蓬勃，仿佛也在为友人归来微笑低语。这欢欣随着诗人的“携幼入室”展开，终于在“有酒盈樽”的合家欢宴中推向高潮。三盏两杯过后，微醺的诗人不免有些忘形——“引壶觞以自酌”，免去了仆人侍候的俗节，任他自饮自酌岂不痛快？“眄庭柯以怡颜”，在醉眼乜斜中一瞥庭中高树，那景象是不是也多了一重可爱的朦胧？而后，倚窗而立，渐渐神畅气傲；还视狭小的居室，虽然环堵萧然，较之于大衙高府，愈觉得“晏如”可亲。何况还有后园，可供日日漫步遐观呢！这一节抒写初到家中的欢乐心境，全从家人迎候、把盏饮宴的情景中传达。那阶前的菊色、松影，席间飘溢的酒香，家人的欢语浅酌，和诗人“眄”柯、“倚”窗的忘形之态，在文中交织成了一种多么亲切的氛围，一片多么和悦的情韵！

而后出现在读者眼前的，已是诗人在园中沉思、“流憩”的身影。园虽有“门”，却因少有俗人造访而“常关”，自当更觉清幽；人虽未老，却也可扶杖而步，姑且体味一下老翁的悠闲。时或举首远眺，可以看到朵朵白云，正从淡青的远峰间悠悠飘出；联翩的鸟雀，在外飞倦了，也都纷纷归栖于苍茫的山林。已是夕阳落山时分，诗人却还在园中的“孤松”前抚思、流连——他是从那“出岫”的白云之态中，领略了与汲汲奔走仕途绝然不同的自由生活之哲理；还是在倦飞的鸟雀之栖中，体悟到了值得依恋的人生归宿之真谛？这体味因了“无心”、“知还”二语的点示，便使眼前之景染上了某种哲理意味，把读者引向了远为深邃和高妙的境界。

想必诗人自己也为这种境界陶醉了，因此在下笔之间，情不自禁再次发出了“归去来兮，请息交以绝游”的呼告。息交绝游、断绝与官场中人的来往，这生活在许多人看来，未免显得孤寂黯淡，诗人却感到，其中自有极大的兴味。文中接着所展开的，正是诗人对未来生活无限憧憬的虚境：早晚间有亲人问暖嘘寒的“情话”，寂寞中亦可借诵书弹琴“消忧”；春天来了，近邻的农人将会关切地相告：“该是去西坡地耕种的时节了。”人们常说陶渊明的诗文看似平淡，其实蕴含着浓浓的情趣。这几句如数家常的娓娓之语，正飘散着诗人村居生活的多少淳美气息和盎然情味！

村居之乐当然远不止于此。农作之余，诗人还可以自由游赏。“或命巾车，或棹孤舟”，在幽深的山溪、“崎岖”的丘壑中独来独往。那山必是朗润润的，树木也都蓬勃婀娜，一片新绿，刚刚解冻的小溪在山石间淙淙而流。漫步在这万物生长、自由适性的世界中，诗人的身心简直就与大自然融成一片了，怎能不发出“善万物之得时，感吾生之行休”的感叹？初读这后一句，似乎表现了一种乐尽哀来之悲。其实，这是诗人在领略到大自然的真美之后，所发出的由衷赞美和不能及早皈依自然的惋惜之叹。正因为如此，诗人在结尾一节才一再自问：“寓形宇内复几时”？“胡为乎遑遑欲何之”？问语中包含着对以往迷误的几多感慨，又透露着回归家园的几多欣慰。当年遑遑奔走仕途的怅惘，而今已为跳出尘网的意外喜悦所取代，更为对未来生活的美好展望所否定。此刻，诗人的心镜是那样朗畅、明净，再无一丝尘翳：他仿佛看到自己正在“良辰”的月光下信步独往，或者披着一身晨曦在田间“植杖耘耔”；村东的高地上可听到他敞怀舒心的啸音，清莹的山溪中将映出他“临流赋诗”的身影。《归去来兮辞》之结尾，正以如此富于情致的景象，将对未来生活的展望，推向更淡远、更令人憧憬的境界，而留下了让人含咏不尽、萦耳不息的意趣和声韵。

读过陶渊明田园诗的人们，大约都能深切地感受到其清淡平远的描述中，所包含着的一股浓浓的意趣。《归去来兮辞》不是田园诗，而是一篇记述诗人解职归田的抒怀之赋，并带有相当多的叙事成分。但由于它将议论、叙事与抒情极为和谐地交融在一起，善于在如画的情景展现中，着重表现诗人那洒落的胸怀、高洁的志趣和意兴，因此具有了诗一样的境界和淳挚动人的情致。在这里，诗人的情性与家乡自然的美好景物构成了一个和谐的统一体；心灵的淳朴和自由，外化在清纯、幽远而富于生机的岫云、归鸟、丘壑、林泉中，伴随着亲戚的情话、悠扬的琴声和邻人亲切的告语汩汩而流，自能造出苏东坡所称叹的那种“妙”境和“奇趣”。宋陈师道《后山诗话》以为，“渊明不为诗，写其胸中之妙尔”。《归去来兮辞》又何尝不是如此！

（张　巍）

闲情赋并序

初，张衡作《定情赋》，蔡邕作《静情赋》，检逸辞而宗澹泊，始则荡以思虑，而终归闲正。将以抑流宕之邪心，谅有助于讽谏。缀文之士，奕代继作；并因触类，广其辞义。余园闾多暇，复染翰为之；虽文妙不足，庶不谬作者之意乎！

夫何瓌逸[①]之令姿，独旷世以秀群[②]；表倾城[③]之艳色，期有德于传闻。佩鸣玉以比洁，齐幽兰以争芬；淡柔情于俗内，负雅志于高云。悲晨曦之易夕，感人生之长勤[④]；同一尽于百年，何欢寡而愁殷！褰[⑤]朱帏而正坐，泛清瑟以自欣[⑥]。送纤指之馀好，攘皓袖之缤纷；瞬美目以流眄，含言笑而不分。曲调将半，景落西轩；悲商[⑦]叩林，白云依山。仰睇天路，俯促鸣弦；神仪妩媚，举止详妍。

激清音以感余，愿接膝以交言。欲自往以结誓，惧冒礼之为愆[⑧]；待凤鸟以致辞，恐他人之我先。意惶惑而靡宁，魂须臾而九迁[⑨]。愿在衣而为领，承华首之馀芳；悲罗襟之宵离，怨秋夜之未央。愿在裳而为带，束窈窕之纤身；嗟温凉之异气，或脱故而服新。愿在发而为泽，刷玄鬓于颓肩；悲佳人之屡沐，从白水以枯煎。愿在眉而为黛[10],随瞻视以闲扬[11];悲脂粉之尚鲜,或取毁于华妆。愿在莞[12]而为席,安弱体于三秋;悲文茵之代御[13],方经年而见求。愿在丝而为履,附素足以周旋;悲行止之有节,空委弃于床前。愿在昼而为影,常依形而西东;悲高树之多荫,慨有时而不同。愿在夜而为烛,照玉容于两楹;悲扶桑[14]之舒光,奄灭景而藏明。愿在竹而为扇,含凄飙于柔握;悲白露之晨零,顾襟袖以缅邈[15]。愿在木而为桐,作膝上之鸣琴;悲乐极以哀来,终推我而辍音。

考所愿而必违,徒契契[16]以苦心。拥劳情而罔诉,步容与于南林。栖木兰之遗露,翳青松之馀阴;傥行行之有觌[17],交欣惧于中襟[18]。竟寂寞而无见,独悁想[19]以空寻。敛轻裾以复路,瞻夕阳而流叹;步徙倚以忘趣,色惨凄而矜颜。叶燮燮[20]以去条,气凄凄而就寒;日负影以偕没,月媚景于云端。鸟凄声以孤归,兽索偶而不还;悼当年之晚暮,恨兹岁之欲殚。思宵梦以从之,神飘飖而不安;若凭舟之失棹,譬缘崖而无攀。于时毕昴盈轩[21],北风凄凄;恫恫[22]不寐,众念徘徊。起摄带以伺晨,繁霜粲于素阶。鸡敛翅而未鸣,笛流远以清哀;始妙密以闲和,终寥亮而藏摧[23]。意夫人之在兹,托行云以送怀;行云逝而无语,时奄冉[24]而就过。徒勤思以自悲,终阻山而滞河;迎清风以祛累,寄弱志于归波。尤《蔓草》之为会[25],诵《邵南》之馀歌[26]。坦万虑以存诚,憩遥情于八遐。

〔注〕 ① 瓌:同"瑰"。瓌逸:奇妙卓出。 ② 旷世:超绝一世。秀群:超群。 ③ 倾城:汉李延年歌:"北方有佳人,绝世而独立。一顾倾人城,再顾倾人国。"此指美女。 ④ 长勤:总有诸多艰辛勤苦。 ⑤ 褰:同"搴",打

开。 ⑥ 泛：弹奏。自欣：自娱。 ⑦ 悲商：商为五音之一，音调凄厉。此指秋风之声。 ⑧ 愆：过失。 ⑨ 九迁：屡迁。九，多意。 ⑩ 黛：青黑色颜料，古代妇女饰眉之用。 ⑪ 闲扬：娴雅清扬。 ⑫ 莞：用蒲草编织的席子。 ⑬ 文茵：有花纹的皮褥。御：用。 ⑭ 扶桑：相传日出之地，指太阳。 ⑮ 缅邈：遥远貌。 ⑯ 契契：同"契阔"，辛苦貌。 ⑰ 行行：徘徊不前貌。觌：会面。 ⑱ 中襟：怀中。 ⑲ 悁想：忧思。 ⑳ 燮燮：叶落之声。 ㉑ 毕昴盈轩：星星满窗。毕、昴（mǎo 卯）：皆星宿名。 ㉒ 恫恫：同"炯炯"，神情不安貌。 ㉓ 藏摧：犹摧藏，心情受冲击。 ㉔ 奄冉：延迁。 ㉕ 尤：过咎、不赞同。蔓草：《诗经·郑风》有《野有蔓草》篇，写男女际遇。 ㉖《邵南》：同《召南》，《诗》十五国风之一。所谓《邵南》之馀歌，盖指其中之《行露》、《草虫》、《野有死麕》等篇，皆写男女私会。

【鉴赏】

这是一篇神采丰盈、旨趣深邃、文情并茂的抒情写志赋章，约成于作者彭泽致仕归隐期间。关于这篇赋的主旨和作用，历来众说纷纭，褒贬不一。萧统在《陶渊明集》的题序中直谓："白璧微瑕者，惟在《闲情》一赋。"苏轼则将它与屈原、宋玉之作相提并论，于《题文选》中批评萧统云："渊明《闲情赋》，所谓'国风好色而不淫'，正使不及《周南》，与屈宋所陈何异？而统大讥之，此乃小儿强作解事者。"后世如元李冶，明郭子章、张自烈，清邱嘉穗、方东树、刘光蕡等人评论，大都不外昭明、东坡之议而有所引申、发挥。综其所论，又不外乎"爱情"与"寄托"（讽谏）二说。就"寄托"而言，刘光蕡所云："身处乱世，甘于贫贱，宗国之覆既不忍见，而又无如之何，故托为闲情。其所赋之词，以为学人之求道也可，以为忠臣之恋主也可，即以为自悲身世以思圣帝明王也亦无不可"（《烟霞草堂遗书·陶渊明闲情赋注》），较为圆通。事实上，此赋主旨，作者赋序已启端绪，所谓承张衡之《定情》、蔡邕之《静情》，"将以抑流宕之邪心，谅有助于讽谏"。可见从题目、承传关系以及赋中自白，都有防闲爱情流宕之意。然而，作者赋序复谓"余园闾多暇，复染翰为之"，此中又透露两点消息：一是园闾多暇，又何须"闲情"？此必于作者之身世、心态得之。二是染翰作赋，而赋之言铺，敷采摛文，以致劝百讽一，客观描写效果与主观创作动机的矛盾，既为赋体常见，又呈示作者假赋体之光怪诡谲写矛盾心曲之奥妙。考陶氏一生，处晋末宋初，社会动荡，权贵倾轧，黎民困苦，世态浑噩。作为士族中一员，他既欲读书立品，异俗高蹈；又不免干禄求进，以维护其自身利益。所以他曾于二十九岁、三十五岁、四十一岁三度出仕，初仕晋朝，二仕桓玄，再仕刘裕。其出仕与归隐的矛盾，长期曲折地缠绕着他的心灵，使他在寻求解脱之时又往往陷入不可解脱之中。《闲情赋》可谓这种矛盾心态的艺术写照。换言之，作者彭泽归来，为束缚放荡不羁之情，恐意志不坚，难"全身保洁"，常警戒自己"但使愿无违"；然所"闲"之"情"，却非全如赋序所说的"流宕之邪心"，相反，是充满了上下求索之意。这恰是全赋旨外之趣的价值所在。

全赋正文分为三段。第一段首先将情志人格化、形象化，描写出一位外貌艳美、品行高尚、情感丰富、举止优雅的女子。她的"令姿""柔情"与"美德""雅志"，既是作者的自喻，又是其美好的追求和向往。可是，在混浊官场中，一个人自比白玉、幽兰，反而会受到现实的冷嘲。作者情志之初次萌发尚未待自我防闲，便受到客观的压抑，屈原"惟天地之无穷，哀人生之长勤"的志士之悲与作者"望云惭高鸟，临水愧游鱼"（《始作镇军参军经曲阿作》）的惆怅心绪的郁结，无疑昭示出《闲情赋》中"才华不隐世"（情）与"逃禄而归耕"（闲情）的深层矛盾。因此，作者在追求时虽顾忌"冒礼为愆"，却更怕"待凤鸟以致辞，恐他人之我先"，从而坐失良机。这使他"意惶惑而靡宁，魂须臾而九迁"。这种意象飘忽、魂魄迁荡的追求凝成全赋的妙笔，即第二段"愿在衣而为领"的"十

【鉴赏】

愿”描绘。在这里,“十愿”(十个比喻)不啻十种追求,直贯着炽热的感情,横陈了不平的机遇。每一追求均以“愿”字生出,又自成形象,表现情之坚贞、委婉、隐忍;然每一“愿”字又以“悲”字作结,表现的又正是人生坎坷、壮志难酬的情怀。尽管由现实激发出的感情和由心理映显出的现实,已使作者陷入仕途悲剧,但“倘行行之有觌,交欣惧于中襟”,只要存一线希冀,仍须求索。而只有当一切希望皆成泡影,作者才感到“气凄凄而就寒”,“鸟凄声以孤归”,回首往事,既感情采缤纷,又觉朔漠苍凉。于此“惆惆不寐,众念徘徊”,“言尽意不舒”的迷惘中,引出第三段以主动词的防闲之意结束全赋。在艺术上,末段萧然淡泊,闲和渊雅,自有一种胸襟气象;然在思想上,此虽为作者揭破主旨之处,但欲以此总其奔放之情,却只使人感觉作者仍陷在欲解脱而又不可解脱之间。如果仅依此确证“曲终奏雅”类的说教,则不能正视闲情与情的辩证关系;如果根据作者对情爱的渲染遽立纯“爱情”之说,亦乖作者治赋心曲。

爱情与闲情是诗赋艺术中先后出现的两种主题。《诗经》之《郑》、《卫》,已开情爱描写先河,而经《楚辞》之《九歌》、《离骚》人神爱情描写,宋玉较早地创作出《高唐》、《神女》等爱情主题赋。汉魏以来,爱情赋如司马相如《美人》、蔡邕《青衣》、曹植《洛神》等虽仍承写未绝,但《诗》中“郑卫”情爱描写在先秦已受到孔子等儒学派“郑风淫”之反拨,至汉儒之诗教化理解,势必延伸于辞赋创作,张衡《定情》等“闲情”主题应运而生,欲立人情与教化一体显现之道德文学典型。在这层意义上,陶渊明《闲情赋》正以此主题集前人之大成而居赋史之高标的。然而,陶赋的艺术价值又绝非仅限于儒家道德观的诠解,而是以文学创作的形象特征凝化《诗》、《骚》传统而达到的具有当世精神的审美境界。首先,陶赋尤《蔓草》之会,恪守孔子“人而不为《周南》、《召南》,其犹正墙面而立”(《论语·阳货》)之训词,但同时又能承继《诗》之风采,怊怅述情,以大胆直率的笔法对爱情渲染描绘,情真意

【鉴赏】

切，臻于神趣。赋中对“秀群”、“艳色”之美人的追求，既幻化为衣领、腰带、发膏、眉黛、床席、丝履、影子、蜡烛、扇子、鸣琴等物象，又连用“褰朱帏”、“泛清瑟”、“送纤指”、“攘皓袖”、“瞬美目”、“含言笑”等一系列戏剧性动作，至欲与美人“接膝交言”。此中又明显渗融了司马相如、曹植爱情赋的描写，使爱神飞动艳美的翅翼，回旋于神奇的画图。值得注意的是，陶赋中炽热的感情、无畏的追求、生动的比喻、象征的描摹，之所以超越汉晋诸家同类题材的赋作，还在于受屈骚浪漫主义表现手法的影响，驱使丰富的艺术想像。屈原《离骚》堪称凭虚构象的佳作，陶渊明身世与境遇虽同屈原有区别，可那种“怀才不遇”的遭际和“泥而不滓”的性格，确有仿佛之处；而《闲情》中虚构方法源自《离骚》，更显而易见。如《离骚》“惟天地之无穷，哀人生之长勤”，《闲情》“悲晨曦之易夕，感人生之长勤”；《离骚》“凤皇既受诒兮，恐高辛之先我”，《闲情》“待凤鸟以致辞，恐他人之我先”；《离骚》“恐美人之迟暮”，《闲情》“悼当年之晚暮”等等，相似的句意，传递出共同的心灵。《离骚》作为一首长诗，作者在自叙世系、生辰、品德、志趣后通过“女媭告诫”、“灵氛占卜”、“巫咸降神”三个情节，申述理想，批判现实，发抒愤慨，驰骋想像；《闲情》作为一篇短赋，作者同样能表达志趣、理想、品德，把理想的追求和政治上的失意隐示于十次短暂的幻梦之中。这里除缠绵柔情、愉心悦意外，有宵离之叹、脱故之悲、枯煎之苦、毁妆之痛、求见之难、委弃之怨……现实的愁绪被融化于梦幻，梦幻的苦痛成现实之反思；而梦醒之后，“寂寞无见”，“摇摇空寻”，如烟如雾，惝恍迷离。无怪清人陈沆感叹：“从来拟《骚》之作，见于《楚辞集注》者，无非灵均之重诒，独渊明此赋，比兴虽同，而无一语之似，真得拟古之神。”（《诗比兴笺》卷二）《闲情赋》采用浪漫手法，包孕现实内容，以小总大，情意弥深，实为作者善于含咀风骚菁华的结晶。

（周勋初　许　结）

【原文】

白水素女

晋安帝时，侯官①人谢端，少丧父母，无有亲属，为邻人所养。至年十七八，恭谨自守，不履非法。始出居②，未有妻，邻人共愍念③之，规为娶妇，未得。端夜卧早起，躬耕力作，不舍昼夜。后于邑下④得一大螺，如三升壶。以为异物，取以归，贮瓮中。畜之十数日。端每早至野还，见其户中有饭饮汤火，如有人为者。端谓邻人为之惠也。数日如此，便往谢邻人。邻人曰："吾初不为是，何见谢也。"端又以邻人不喻其意，然数尔如此，后更实问，邻人笑曰："卿已自取妇，密著室中炊爨⑤，而言吾为之炊耶？"端默然心疑，不知其故。后以鸡鸣出去，平早潜归，于篱外窃窥其家中，见一少女，从瓮中出，至灶下燃火。端便入门，径至瓮所视螺，但见女。乃至灶下问之曰："新妇从何所来，而相为炊？"女大惶惑，欲还瓮中，不能得去，答曰："我天汉中白水素女⑥也。天帝哀卿少孤，恭慎自守，故使我权为守舍炊烹。十年之中，使卿居富得妇，自当还去。而卿无故窃相窥掩。吾形已见，不宜复留，当相委去。虽然，尔后自当少差。勤于田作，渔采治生。留此壳去，以贮米谷，常可不乏。"端请留，终不肯。时天忽风雨，翕然⑦而去。端为立神座，时节祭祀。居常饶足，不致大富耳。于是乡人以女妻之。后仕至令长⑧云。今道中素女祠是也。

〔注〕 ① 侯官：郡名，今福建福州。 ② 出居：单独居住。《太平广记》引作

“始出作居”。 ③ 愍(mǐn 悯):同情、可怜。 ④ 邑下:城墙脚下。 ⑤ 炊爨(cuàn 窜):烧火做饭。 ⑥ 天汉:银河。白水素女:银河之女神。明·冯梦龙《情史》卷十九作“白螺天女”。 ⑦ 翕(xī 悉)然:迅疾的样子。 ⑧ 令长:县令,县长。

本篇选自《搜神后记》,是一则叙写人间男子得到超自然女性帮助的神话故事,民间俗称《田螺姑娘》。故事流传甚广,本事出自西晋束皙所作《发蒙记》。另外,《搜神记》、《述异记》、《舆地广纪》均有记载,唐代皇甫氏《原化记》亦载,情事相类,叙述更为婉曲细密。

白水素女,这位走入孤苦无告而又恭谨自守的未婚男子生活中的女性,或云银河女神,或云水神,或云天仙,或云妖异,总之,忽而为螺,忽而为美妇,可瓮中飘然而出,又可与风雨翕然同去,具有着超自然的神力,其所留螺壳,也是米谷取之不尽、用之不竭的宝物。这种超人的力量具有的神性,给人以恍惚迷离的朦胧美感,而白水素女的勤劳、善良,又赋予她现实的人性,从而更为这一形象增添了迷人的艺术魅力。

就叙事技巧而言,本文为制造真幻错综、以假乱真的神话幻想色彩,并令人领略到更多的人间情味,借助了限知视角,以增强阅读中由惊奇到亲切的心理效应。谢端劳作中拾得大螺带回家,以后下地回来便有做好的饭菜,他怀疑是邻居的好意,邻居却笑他藏妇为灶,这是从谢端的角度展示故事侧面,使人们在一种好奇猜测和生活亲切感中看到一个清新奇特的世界。而后人们又随着谢端的视线揭开谜团,得知少女来历。一种农耕生活理想通过白水素女清新优美的形象和委婉动人的言谈表达出来,写得非常务实而充分。限知视角通过制造悬念引人入胜,以优美的仙话风格表达了人间朴实的生活理想。

本篇小说小小情事而千载不废,见出民间故事丰富的想象力和叙事艺

【原文】

术所勃发的强健而持久的生命力。

（王　燕　于天池）

袁相根硕

会稽剡县[1]民袁相、根硕二人猎，经深山重岭甚多，见一群山羊六七头，逐之。经一石桥，甚狭而峻。羊去，根等亦随渡，向绝崖。崖正赤，壁立，名曰赤城。上有水流下，广狭如匹布。剡人谓之瀑布。羊径有山穴如门，豁然而过。既入，内甚平敞，草木皆香。有一小屋，二女子住其中，年皆十五六，容色甚美，著青衣。一名莹珠，一名□□。见二人至，欣然云："早望汝来。"遂为室家。忽二女出行，云复有得婿者，往庆之。曳履于绝岩上行，琅琅然。二人思归，潜去归路。二女追还已知，乃谓曰："自可去。"乃以一腕囊与根等，语曰："慎勿开也。"于是乃归。后出行，家人开视其囊。囊如莲花，一重去，一重复，至五盖，中有小青鸟，飞去。根还知此，怅然而已。后根于田中耕，家依常饷之，见在田中不动，就视，但有壳如蝉蜕也。

〔注〕　① 剡县：西汉置，今浙江嵊县，因剡溪而得名，时属会稽郡。

本篇选自《搜神后记》。

这是一篇入仙窟故事，由同一叙事母题增益润色而来。《列仙传》卷下《邗子》即言邗子随犬入山，得遇仙吏侍卫。而遇仙女，则以《拾遗记》卷十《洞庭山》为早。本篇或受上述故事影响，写猎人于深山重岭逐羊，偶入仙源遇二八姝丽。南朝同类传说更多，如《幽明录》之《黄原》、《刘晨阮肇》。清代《聊斋志异》之《翩翩》亦沿袭此一母题。故事模式大抵是设置特异身份人物，如采药人、猎人，总之是出入于人迹罕至之地的，又因迷路等原因由羊、犬或流杯、灯烛等导入，邂逅的又往往是自荐枕席的风情女子，而后物转星移，发一番"洞中方七日，世上已千年"、世事如梦如幻、转瞬即逝的感慨，以人间生老病死的失落感，反衬神仙不老的超凡性，从而别有情致地表达了一种超越俗世生命局限的期盼，而其百演不厌的与仙女的野合，则折射出对超人伦情爱的玩味与渴求。

《袁相根硕》一篇在同类题材中并非上乘之作，而同出此书的《桃花源记》则是千古名篇。两个世外桃源皆设置巧奥隐秘。《袁相根硕》以赤城绝崖为屏、水帘瀑布为障，多些雄壮之美；《桃花源记》则以桃花铺路、溪水为伴，多些阴柔之气。从山口入，《桃花源记》之渔人见土地平旷，屋舍俨然，有良田、美池、桑竹之属，阡陌交通，鸡犬相闻，黄发垂髫并怡然自乐，村人设酒杀鸡作食、盛情款待渔人。风情之美、人物之淳，难与伦比，反衬出时人"先世避秦难，率妻子邑人入此绝境"的对世局变乱的焦虑和对至善至美的人间乐土的渴望。相比之下，《袁相根硕》描写穴内环境，只一句"内甚平敞，草木皆香"，设置唯"一小屋"，仙女居此不亦荒凉简陋乎？一句"早望汝来"，可知等候之良苦。"遂为室家"，不免操之过急。二女出行，往庆"复有得婿者"，令人感到女儿国仙女倒像嫁不出去的老姑娘，不亦可悲乎？袁相、根硕潜归，二女不告而知，以物相赠，不许开启的一囊一重重掩蔽着仙姝的诡秘，打开却只一青鸟倏忽而去。人于是在这失而复得、得而又失中陷入思考：蝉蜕而去的根硕之魂灵，究竟是化青鸟而去？还是重觅仙府别享安乐？抑或因家人私开腕囊怨恨而去？故事戛然而止，留有余韵。不过，袁相下落没个交代，最终给人以残缺之憾。

（王　燕　于天池）

【原文】

丁公化鹤

丁令威[①]，本辽东人[②]，学道于灵虚山[③]。后化鹤归辽，集城门华表柱。时有少年，举弓欲射之。鹤乃飞，徘徊空中而言曰："有鸟有鸟丁令威，去家千年今始归。城郭如故人民非，何不学仙冢垒垒。"遂高上冲天。今辽东诸丁云其先世有升仙者，但不知名字耳。

〔注〕 ① 丁令威：也作"丁令"、"令威"。 ② 辽东：初为郡，战国燕置，郡治襄平(今辽宁辽阳)，西晋改国。 ③ 灵虚山：又作灵墟山，在今安徽怀远一带。

本篇选自《搜神后记》。

两汉魏晋求仙之风盛行，神仙道教蛊惑人心处很大程度上得益于其对生命永驻的执着信念。本篇受道教影响，宣传长生不老。《类聚》、《事类赋注》、《三洞群仙录》均引此文。末句诗又引作："何不学仙去，空伴冢垒垒？"比之"何不学仙冢垒垒"布道设教之意旨更为明确。

鹤的意象在中古传统文化中，是克享遐龄的吉祥飞禽，本有些仙风道骨的灵异之气，丁令威羽化登仙，与仙鹤互体共生翱翔环宇，以清冷超逸的眼光俯视尘世沧桑，作歌咏叹，悲悯没被仙缘拯救的无数灵魂，相比于荒冢下的枯骨僵尸，是何等自由不拘，令俗人羡慕！诱人信教之用意，在韵散交叉的抒情叙事艺术中，是不言自明的。

文章巧妙地用了连锁证明法，以虚妄之笔出入于仙凡之间，印证一个乌有故事的确存。你不信这人？丁公有名有姓有籍贯，有学道成仙的确切地点，有流传千古的通俗歌谣。言之凿凿，不像是作伪的杜撰。你说他已经死了？遗世的丁姓后裔依旧恍惚惦念着上祖成仙的他。造仙要让人信，选其后代作证当然最为可靠。于是读罢你不得不佩服这位了不起的作者，既天衣无缝地布了教，又给后世留下如此令人向往的传说。

（王　燕　于天池）

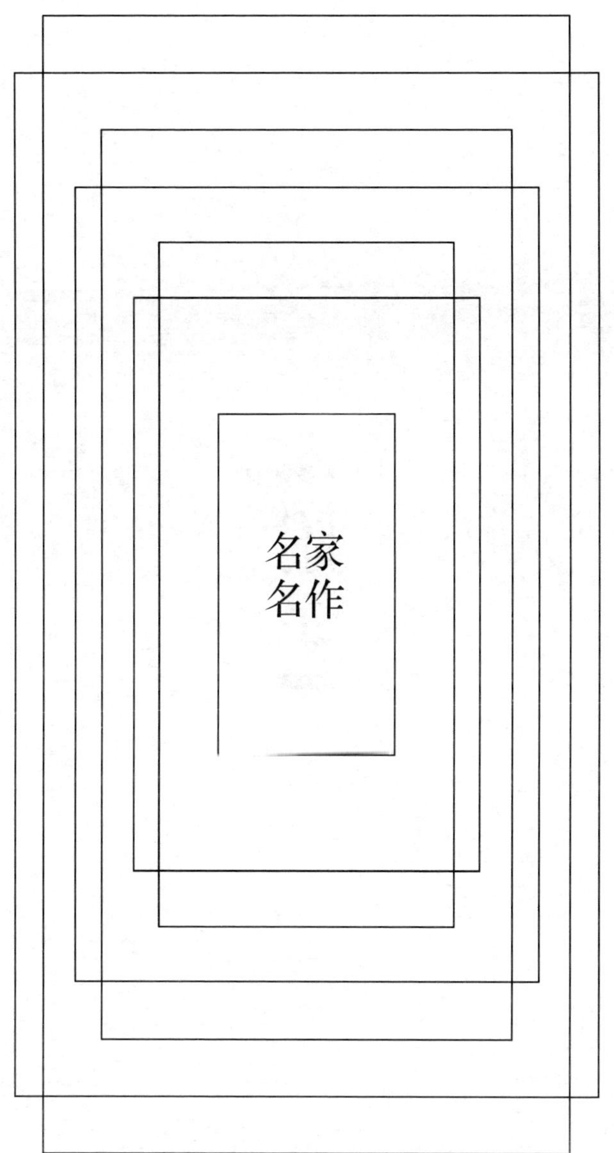

吴小如 韦凤娟 骆玉明 赵昌平 葛晓音 周勋初 周啸天 韩兆琦 等撰写

【附录】

陶渊明生平与文学创作年表

纪年	年岁	生平经历	主要作品	相关大事
晋哀帝兴宁三年（365）乙丑	1	出生于江州寻阳柴桑。		曾祖陶侃为晋大司马，长沙郡公；祖茂为武昌太守；父为安城太守；生母为孟嘉之女。桓冲为江州刺史。
海西公太和三年（368）戊辰	4			妹程氏生。
简文帝咸安二年（372）壬申	8	失怙。		父卒。前一年，桓温废帝，拥立简文帝。后一年，桓石秀任宁远将军、江州刺史；谢安等拥立孝武帝。
孝武帝太元元年（376）丙子	12			庶母（妹之生母）卒。后一年，桓嗣任江州刺史。
太元六年（381）辛巳	17			从弟敬远生。
太元八年（383）癸未	19			淝水之战。
太元九年（384）甲申	20	家道衰落。		颜延之生。后一年，谢安死，谢灵运生。
太元十五年（390）丙寅	26			豫章太守范宣、范甯相继倡经学，江州士风大受影响。

续表

纪　年	年岁	生平经历	主要作品	相关大事
太元十六年（391）辛卯	27			江州刺史王凝之热心翻译佛经，崇五斗米道。
太元十八年（393）癸巳	29	初仕，任江州祭酒，不久辞去，即所谓“不为五斗米折腰”。居寻阳，“躬耕自资”。受召任江州主簿，未赴。		
太元十九年（394）甲午	30	丧妻。		
晋安帝隆安元年（397）丁酉	33			前一年，孝武帝被杀。王愉任江州刺史；王恭举兵，晋内乱始。
隆安二年（398）戊戌	34			内乱加剧。桓玄击败王愉，任江州刺史。
隆安三年（399）乙亥	35	赴京口任镇军将军刘牢之参军。		桓玄杀原荆州刺史，自为荆、江二州刺史。孙恩兵逼建康，刘牢之击之。
隆安四年（400）庚子	36	以官使使都。		孙恩军再攻会稽，为刘牢之击退。
隆安五年（401）辛丑	37	赴任江陵，入桓玄幕。自荆州请假返家，七月复归江陵。丧母。再归寻阳，服丧三年。	诗《辛丑岁七月赴假还江陵夜行涂口》	刘遗民（程之）任柴桑令。冬，母孟氏卒。孙恩军再逼建康，刘牢之派刘裕讨之。桓玄兄桓伟任江州刺史。
元兴元年（402）壬寅	38			孙恩为刘裕所败，自杀。桓玄东下，攻陷京师，总揽朝政，改元大亨。刘牢之降，后自杀。

续表

纪　年	年岁	生平经历	主要作品	相关大事
元兴二年(403)癸卯	39		诗《癸卯岁始春怀古田舍二首》、《癸卯岁十二月中作与从弟敬远》	十二月,桓玄贬晋安帝为平固王,自称楚帝,改元永始。刘遗民弃官隐居。
元兴三年(404)甲辰	40	作刘裕镇军参军。	诗《时运》、《连雨独饮》、《始作镇军参军经曲阿作》	刘裕等起兵讨伐桓玄,裕为镇军将军。破桓玄军,据寻阳,桓玄挟持晋安帝西走江陵,后被诛灭。玄故将又攻陷江陵,晋安帝陷入其营。
义熙元年(405)乙巳	41	为江州刺史刘敬宣参军。三月,出使京都。八月,为彭泽令,十一月,弃职归里。丧程氏妹。	诗《乙巳岁三月为建威参军使都经钱溪》;文《归去来兮辞序》	三月,晋安帝复位。刘敬宣"自表解职"。刘裕迁车骑将军,总管军事。
义熙二年(406)丙午	42	居园田居(古田舍)。开荒南野。	诗《归园田居五首》;文《归去来兮辞》	何无忌为江州刺史。
义熙三年(407)丁未	43	作《祭程氏妹文》祭亡妹。		
义熙四年(408)戊申	44	遇火。	诗《读山海经》、《和郭主簿二首》、《戊申岁六月中遇火》	
义熙五年(409)己酉	45		诗《和刘柴桑》、《乙酉岁九月九日》	
义熙六年(410)庚戌	46		《庚戌岁九月中于西田获早稻》	三月,广州刺史卢循等举兵进犯豫章,灭江州刺史何无忌,据寻阳,五月,击败刘毅。六月,庾悦为江州刺史。

续表

纪 年	年岁	生 平 经 历	主 要 作 品	相 关 大 事
义熙七年 (411) 辛亥	47	移居南村。八月作《祭从弟敬远文》	诗《移居二首》	六月,刘毅为江州都督,镇豫章。
义熙八年 (412) 壬子	48	与邻人安南府长史掾殷景仁别,作《与殷晋安别》诗赠之。		孟怀玉为江州刺史,镇寻阳。刘毅迁江州刺史。殷景仁为刘裕参军,离寻阳。
义熙九年 (413) 癸丑	49	不应著作郎之征。与雁门周续之、彭城刘遗民并称寻阳三隐。	诗《形影神三首》	刘遗民不应辟召,隐于庐山。
义熙十年 (414) 甲寅	50	依晋俗,于孟春酉日与邻人出游斜川。还居上京旧宅。	诗《游斜川》;文《游斜川序》	
义熙十一年 (415) 乙卯	51	痁疾(即疟疾)一度加剧。	诗《拟挽歌辞三首》、《责子》;文《与子俨等疏》	刘遗民卒。
义熙十二年 (416) 丙辰	52	与颜延之为邻,宵盘昼游,颇为款洽。		颜延之为江州刺史刘柳后军功曹,住寻阳。八月,檀韶为江州刺史。
义熙十三年 (417) 丁巳	53		诗《赠羊长史》、《饮酒诗二十首》	刘裕伐秦。
义熙十四年 (418) 戊午	54	不应著作佐郎之征。王弘常以酒相馈。	诗《九日闲居》、《怨诗楚调示庞主簿邓治中》;文《桃花源记》	辅国将军王弘为江州刺史。宋王刘裕杀晋安帝,立恭帝。
晋恭帝元熙二年/宋武帝永初元年 (420) 庚申	56		诗《拟古九首》;文《五柳先生传》	刘裕篡晋称宋,改元永初。
永初二年 (421) 辛酉	57	为江州刺史王弘座上宾。作诗伤晋恭帝之遇害。		九月,晋恭帝被害。

续表

纪　年	年岁	生平经历	主要作品	相关大事
永初三年(422)壬戌	58			江州刺史王弘进号卫将军、开府仪同三司。
宋文帝元嘉元年(424)甲子	60	久病。邻人为荆州刺史参军,作诗送之。常相与饮酒的颜延之为始安太守,临去留两万钱,悉送酒家,稍就取酒。	诗《答庞参军》	颜延之为始安太守。
元嘉三年(426)丙寅	62	贫病交加。檀道济往探之,言:今子幸生文明之世,奈何自苦如此?对曰:志不及此。道济馈以粱肉,挥而去之。	诗《有会而作》、《乞食》、《咏贫士七首》	檀道济为江州刺史。
元嘉四年(427)丁卯	63	十一月,卒。颜延之为之作诔,谥曰“靖节征士”。	文《自祭文》	

(忆　慈)

图书在版编目(CIP)数据

陶渊明诗文鉴赏辞典／上海辞书出版社文学鉴赏辞典编纂中心编著．—上海：上海辞书出版社，2012.5(2023.2重印)
(中国文学名家名作鉴赏辞典系列)
ISBN 978-7-5326-3586-3

Ⅰ.①陶… Ⅱ.①上… Ⅲ.①陶渊明(365～427)-诗文-鉴赏-词典 Ⅳ.①I206.2-61

中国版本图书馆CIP数据核字(2011)第247869号

陶渊明诗文鉴赏辞典

上海辞书出版社文学鉴赏辞典编纂中心　编著

装帧设计　姜　明
技术编辑　顾　晴

出版发行　上海世纪出版集团
上海辞书出版社(www.cishu.com.cn)
地　　址　上海市闵行区号景路159弄B座(邮编201101)
印　　刷　上海新艺印刷有限公司
开　　本　890毫米×1240毫米　1/32
印　　张　7　插页5
字　　数　196 000
版　　次　2012年5月第1版　2023年2月第6次印刷
书　　号　ISBN 978-7-5326-3586-3/I·153
定　　价　88.00元

本书如有质量问题，请与承印厂质量科联系。电话：021-56683339